中国专业作家作品典藏文库

丁力卷

财经小说系列

透 资

丁力 著

中国文史出版社

总　序

　　虽然我的深圳作协副主席要等换届才能免去，但我实实在在是一个已经办理退休手续的人。为准确核算我的退休工资，社保部门把我的档案翻了一个底朝天，结果发现我的初级、中级职称是助理工程师、工程师，但副高、正高职称却是文创二级、一级，它们准确无误地记载了我从一名专业工程技术人员向作家转变的过程。

　　我认为工程师和作家的本质一样，都是"创作"，只不过区别于侧重"工创"还是"文创"而已。科学家的任务是发现自然规律，工程师则利用这些规律创造发明出有利于人类健康与进步的新产品新技术，这和文学理论家与作家的分工一致。对于我1988年获得安徽省自然科学奖，我认为是当时没有严格区分"科学"与"技术"的结果，好比如今仍然有人认为作家就该是"文学家"一样。可我真的不是"文学家"，只是特别善写而已。1990年我原单位冶金部马鞍山钢铁设计研究院举办科技成果展，我一个人展出的论文和著作超过全院2000多名工程师的总和，这并不表明我的专业水平力盖群雄，而仅仅是因为我特别善写，这也可以解释2001年我卸任上市公司高管后，为什么能突然成为"高产作家"。

1

善写主要是遗传。我很小就记得父亲一天到晚在写，更记得当年父亲为如何藏匿小说书稿而流露出的焦虑与恐惧。尽管由于时代局限，父亲写了一辈子的书却没有出版一本，但他善写的基因却遗传给了我。自 2003 年正式成为"坐家"以来，我平均每年在省级以上纯文学期刊发表四个中短篇，正式出版三部长篇，至今为止，已正式出版长篇小说和中短篇小说集五十部。但此情景到 2020 年似乎戛然而止，并非我失去了写作的兴趣与能力，而是如今的出版业遭遇了空前的窘境，我手上已经积压数本书稿了，还写吗？

正当我打算放弃长篇小说创作而只为杂志社写中短篇甚至只写散文随笔的时候，得知中国文史出版社打算精选我的七部小说再版，只是版税可能不如首版那么高，问我能不能接受。我不敢相信这样的好事正好砸到我头上。我打电话给周思明老师，他和我一样，特别善写，我们并称深圳的"二高"，我是高产小说家，他是高产评论家，"一天不写就难受"，所以我们虽然私下交往不多，但彼此视为同道人，并且我相信作家是常年埋头拉车，而评论家有时会抬头看路，所以这种类似天上掉馅饼的事，我首先向周思明求证。

"真的。"周思明非常笃定地说，"肯定是真的。"

"为什么？"我问，"你凭什么这么肯定？"

"因为我最近接到北京一家文学研究机构的电话，他们约我写一篇有关'创业文学'的综合评论，还特别提到了你，说你的小说无论以前叫老板文学、商情文学还是财经小说，现在都归类为'创业文学'，这说明，在中国改革开放四十余年之际，创新和创业被提到更高的位置，这时候他们不再版你的小说再版谁的？"

我信了，赶紧签订再版合同。

这次再版的七部小说《高位出局》、《透资》、《上市公司》、《职业经理人手记》、《生死华尔街》和《苍商》、《赢家》，其中前五部的初版均在清华大学出版社，《高位出局》、《透资》（《高位出局2》）和《上市公司》（《高位出局3》）都上了当年的畅销书排行榜，其中《高位出局》还获得中国书业2007年度"最佳商业图书·新人奖"。其实我2001年底发表小说处女作，2002年辞职专门当"坐家"，2003年开始出版长篇小说，因此到2007年也已经不能再算"新人"了，他们之所以颁此殊荣，大概是该书多次加印，累计发行量比较大的缘故吧。

清华大学出版社一般只做专业书，如电子计算机之类，能一下子出版我的五部长篇小说，是因为他们把我的小说归类为"财经小说"，如此，我的长篇小说又可被列为"财经类图书"，从而符合他们的出版范畴了。

从年龄上说，我的创作比较晚，来深圳之前是冶金部马鞍山钢铁设计院的工程师，但思想比一般的工程师活跃。1991年，随着中国市场经济的全面推进，我似乎看到了成为"大老板"的希望，于是辞职下海，投身中国改革开放的前沿阵地和中国市场经济最成熟的城市——深圳，先后拼搏十一年，其间还去过海南和武汉，一度也似乎已经成为"大老板"，先经营七家娱乐城，后出任金田华南投资公司董事长，在广州有二十三家连锁超市、一个灰狗巴士公司和两个地产项目。2000年上市公司新的财务制度落实后，金田集团退市，我的"事业"因之归零。此后也应聘民营投资公司总经理或证券机构操盘等，但终究不适应再"打工"的生活。为了延续自己的"老板"梦，我开始写小说，心里想，当不了大老板，还不能写大老板吗？于是，一口气创作出版了十几本书，内容都围绕着"老板"，所以我的小说起初被称为"老板文学"。后来《金潮》杂志发表文章，分析我的创作现象，称我是"中国最具爆发力的金融小说作家"，于是我的小说又成了"金融小说"。再后来，山东师范大学选择研究我的创作作为硕士研究生的论文专题，论文称我的小说为"商情文学"。最近，著名高产评论家周思明则告诉我，中国社会科学院下属的《中国文学批评》杂志将我的小说归类为"创业小说"。但我自己更认同清华大学出版社的"财经小说"定位。

这七本书中的故事都是虚构的，但其中的人和事都是有生活原型的，甚至有些就是我自己的经历，有些是我身边同事或朋友的经历。比如《高位出局》当中的王艳梅，原型是金田退市后我当"坐家"前为其打工的女老板。那段时期我是动荡的，也是迷茫的，除了给王艳梅这样的民营企业老板当总经理之外，也有过证券公司和机构操盘经历，这段时间虽然不长，但给我的冲击却是前所未有的——原来公司可以这样运作！原来他们是这样当老板的！原来股市的内幕是这个样子！我的内心受到了强烈的震撼，这种震撼激发了我用小说的形式披露这些内幕的冲动，于是直接把这种自己的经历与感受写在《高位出局》《透资》《上市公司》《职业经理人手记》等小说中，其中《高位出局》中最长的那个故事曾经以《股市内部消息》的题目，发表在《中国作家》杂志2004年第6期上。

虚构成分最多的是《生死华尔街》，因为彼时我还没有去过美国，更没到过华尔街，写华尔街只能靠虚构。创作这部小说的直接动因是想用小说的形式揭示2008年美国次贷危机的内幕。中国作协创研部主任牛玉秋老师评价说："在阅读《生死华尔街》之前，我始终没搞懂'次贷危机'到底是怎么回事。看了丁力的

《生死华尔街》，我不但自己明白了，而且还能给别人讲解美国的'次贷危机'了。"

《苍商》写的是几个湖南人闯深圳的故事。这也是有生活原型的。我虽然是安徽人，但1977年恢复高考后，我从安徽考到了湖南，班上同学有一半是湖南人或毕业后留在了湖南，他们大都分在湖南各地的冶炼厂，所以，小说中刘劲龙来深圳之前于冶炼厂干的那些事以及他昂首挺胸走出冶炼厂大门南下闯深圳的场景，在我当时写的时候，脑海中呈现的就是我们班同学"刘劲龙"的形象，所以才让读者感觉这个人物很具体、很真实、很生动。

《赢家》写了打工青年麻近水的故事。一看这个"麻"姓，就知道是湘西少数民族人，也因我兼任吉首大学教授，经常去湘西首府吉首市，并且湘西人客气，每次去，作为湘西少数民族人的田茂军院长都带我领略当地风俗，所以在后来创作《赢家》时，不知不觉就把"麻近水"设计成了主人翁。

麻近水的故事令人心酸。不仅因为他得了尿毒症，更因为他为之打工的老板与他是同期的考生，考分不如麻近水，却因为是大城市的城市户口而被录取，考分更高的麻近水却名落孙山。好在麻近水不屈不挠，最终凭着自身的努力终于在深圳站稳脚，成为真正的"赢家"。

这七部小说中，主人翁与我本人真实经历最接近的是《职业经理人手记》，该书也被称为"中国第一部本土MBA教材"，我也因此被邀请到清华大学经济管理学院讲课。回想自己一辈子没能成为清华的学生，却当了一回清华的老师，也算是文学给我的莫大奖赏吧。

2018年作家出版社出版我的长篇小说《图书馆长的儿子》，

细心的读者又给我留言："原来这个才是真实的你啊!"其实都不是,小说源于生活,又不等同于生活,《职业经理人手记》和《图书馆长的儿子》中的主人翁确实都有我自己的影子,但又不完全是我自己经历的真实写照,否则,怎么会有两个"我"呢?

丁 力

2020 年 12 月 13 日

透资可以使人一夜暴富，也可以让人顷刻破产。股市上，获利最丰者一定是那些敢于透资的人，同时，也只有大举透资才能导致一夜破产。如今，透资已超出股票操作范畴，金钱、权力、名誉、地位、超前享乐等一切满足人类无穷欲望的东西都可以进行透资，但是，我们在大举透资的同时，是否已经储备好将要支付的代价？

——作者手记

1

聂大跃后悔了，后悔自己不该收购"岳洲稀土"。他甚至对自己的综合素质产生了怀疑，怀疑凭自己的经济实力和对资本的驾驭能力只能从事产品经营，根本就不适合介入资本运作。他想起了家乡岳洲的一句土话——没有那么大的头，就不要戴那么大的帽子。他现在的情况比这还糟糕。没那么大的头戴那么大的帽子最多就是死要面子活受罪，而他现在的处境比活受罪要严峻百倍。由于大举透资，他所面临的直接压力就是被证券公司强行平仓，而一旦发生这种情况，他就立刻破产。对于一个白手起家逐步壮大起来的民营企业老板来说，有什么情况比企业面临破产更糟糕呢？

聂大跃恐惧了。是那种心里突然被彻底掏空一样的恐惧。这种恐惧二十年前他曾经历过一次，现在又出现了。

二十年前，聂大跃上初中的时候，有一次和同学一起去二十里之外的矿上玩。玩着玩着，他们对矿上的水塔产生了兴趣。于是，几个同学打赌，看谁能爬到水塔顶上。最后，聂大跃爬上去了。站在高高的水塔顶上，接受同学们的欢呼与祝贺，十里矿区一览无遗，还能远远了望岳洲县城，那份感受，是站在地面上的同学无论如何都体味不到的。但是，当他享受完这一切之后，却发现自己下不来了。

水塔呈圆形，下面略粗，上面略细，但是，在接近塔顶的时候，塔体又突然粗了一圈。聂大跃他们刚刚学完虹吸现象，知道粗出的部分是水塔的蓄水池。而无论是下面的塔身还是上面的蓄水池，外面都有梯子，是那种镶嵌在塔身上的钢筋梯子，所以，爬上去并非不可能。第一节梯子离地面很高，超出他们能够着的高度，可只要搭个人梯就能上去，而只要够着第一节梯子，就可以一直爬到接近塔顶了，但是，在接近塔顶的时候，由于头顶上蓄水池比脚下的塔身突然粗了许多，麻烦了。其他同学就是爬到这里被挡了下来。聂大跃在这里也被阻挡了一下，也差点退了下来。他当时停顿了一下，仔细观察和思考了一下，尝试着再攀上一节梯子，使双手收到了胸前，然后，用左手紧紧地抓住胸前的梯子，腾出右手往上伸，抓住上面蓄水池外面的第一节梯子，抓紧，抓牢，用力往里收，再松开下面的左手，抓住右手握住的那节梯子。当他两只手同时抓住蓄水池外面那节梯子的时候，他的整个身子是向外仰的。这时候，双脚已经不受力，和没有踩着梯子的感觉差不多。当时，聂大跃紧张了一下，不过，他挺过来了。聂大跃有手劲，几乎完全凭着双臂的力量又往上攀了两节，终于让双脚站在了蓄水池的梯子上，登上了塔顶，这才有了接受欢呼和登高望远。可是，当他下来的时候，这招不灵了。主要是他的脚没办法在下面的梯子上踩踏实。而如果他不能在下面的梯子上踩踏实，他就不能松开上面的手，否则，肯定是一个仰面倒栽下来，后果不堪设想。聂大跃浑身肌肉高度紧张，努力让自己镇静下来，试探了几次，没成功，而且，腿肚子打抖，根本使不上劲。下面的同学也早已停止了欢呼，吓得连声也不敢出了。

　　那一刻，聂大跃恐惧了，极度的恐惧，有一种濒临死亡的感觉。他强迫自己排除杂念，克服恐惧，咬着牙，重新爬上塔顶，但这一次感觉比刚才上来的那次艰难多了，仿佛每一节都有生命的危险。好不容易重新爬上去，一屁股坐上面，号啕大哭。

二十年之前，小小年纪的聂大跃就亲身体会到了上山容易下山难，并且深刻理解了什么叫高处不胜寒，按说教训深刻，他再也不会犯类似错误了，没想到二十年之后，同样的错误换一种方式又犯了一次。

二十年前，尽管一向标榜自己勇敢的聂大跃被吓哭了，尽管他在同学们面前彻底丢脸了，尽管他被工人师傅臭骂了一顿，尽管矿上扬言要把他们扣下让学校来领人，尽管矿上的工人威胁说他们行为将被写进个人档案，影响他们终生，但是最终，他还是被矿上的工人安全地救了下来，而今天，还有人能站出来救他吗？还有谁能救得了他吗？

今天这种局面是聂大跃无论如何没有想到的。当下市场的热点是资产重组，而"岳洲稀土"是典型的重组概念股，这些天一直涨得很好，几乎天天涨停板，偶尔几次受大盘回调影响，加上重组消息毕竟没有最终落实，"岳洲稀土"也出现过回调，但每次回调都是新资金抢筹的好时机，所以每次都能重新收复失地，第二天重整旗鼓，卷土重来，继续飙升，像这样连续三天天天跌停的情况，还从来没有发生过，特别是这种情况发生在重组合同正式签订，第一笔资金已经到位的情况下，更令聂大跃百思不得其解。

聂大跃现在有些后悔大举透资了，因为如果没有大举透资，那么不仅每天的资金损失少一半，而且也不会担心被别人强行平仓。

他妈的！

聂大跃心里骂了一句。不知道是骂证券公司，还是骂市场，或者干脆就是骂他自己，但毕竟已经骂了，尽管只是在心里骂，并没有骂出口，却也立刻感觉舒服许多。他没想到在心里暗暗地骂脏话也能让人出气，难怪那么多人戒不掉国骂呢，敢情国骂还有这功能。

出气之后，聂大跃心情就平和许多，就对自己的行为甚至券商的行为都表现出一定程度的理解。

是啊，聂大跃想，我不透资行吗？不透资，第一我没有足够的资金控盘，"岳洲稀土"是升是跌，是升多少还是跌多少，完全不受我的控制，那不更加乱套？第二，如果不透资，我能在二级市场上获利这么丰厚吗？而如果不靠二级市场获利丰厚，我哪里能有那么多的资金填补"岳洲稀土"这么大的窟窿？如果再考虑到方方面面的灰色开销，考虑到正式接手"岳洲稀土"后的技术改造和激活经营资金，那更是不可想象的事情，所以，透资是必须的，可以这么说，如果没有透资，凭他一个并不出名的民营企业要收购"岳洲稀土"绝对是不可能的。所以，尽管现在面临严峻处境，但当初的透资并没有错。

那么，证券公司是不是就错了呢？

聂大跃采用换位的方式重新思考了一下，感觉证券公司也没有错。证券公司之所以要给客户透资，无非是满足客户贪婪的需要。当然，他们自己也得利益。一方面，透资越多，客户的成交量就越大，证券公司的交易费收入就越高。另一方面，透资是需要支付利息的，而证券公司透资给客户的利息，肯定高于证券公司支付客户保证金的利息，如此，除了增大交易费之外，证券公司在利息这块也能吃一点差价。但是，平心而论，透资是有风险的。客户赚了钱还好说，反正账户掌握在证券公司手里，不管客户情愿不情愿，证券公司都能及时收回自己的本金和利息，但是，股票投资是高风险投资，谁能保证透资的客户只赚不赔？而一旦客户亏损，不但把客户自己的资金亏进去了，而且连证券公司透资给客户的资金也亏进去了，账上钱不够偿还证券公司透资

4

的本金和利息了，他们掌握客户一个空账户有什么用？如果那样，那么多少证券公司都破产了，谁还开证券公司？哪个证券公司还敢透资给客户？所以，当初在进行透资的时候，就有明确协议，一旦客户发生亏损，亏损到一定程度，剩余资金可能不足以偿还证券公司透资的本金加利息的时候，证券公司为保障自己的利益不受侵害，有权强行平仓。

这些情况聂大跃当然是知道的。当初他在要求透资的时候，证券公司把这些道理都是讲得非常清楚，而且透资协议也是白纸黑字这么写的，所以，聂大跃当然明白这些道理。不过，明白是一回事，心疼是另外一回事，当这种情况真要发生在自己身上的时候，聂大跃还是一百个不情愿，一万个不甘心。关键是，他实在想不通，既然自己已经公布了重大利好消息，为什么"岳洲稀土"不涨反而跌；为什么一开盘就在跌停板的位置上挂了足够量的卖单，封得死死的。这时候即便真有人见义勇为，敢顶风买进，成交的也是前面的挂单，轮不到他聂大跃出货。这样，聂大跃手中的"岳洲稀土"就一股也抛售不掉，而如果抛售不掉，他就没有两千万现金向岳洲市国资办支付，那么，按照收购协议，就是他的岳鹏实业违约，岳洲市国资办就可以按协议规定宣布收购失败，一千万首期资金罚没，还要承担其他的相关责任，其后果丝毫不亚于当年在水塔上脚下并没有站稳而上面双手松开。

聂大跃再次感到了恐惧。是那种比二十年前在水塔上下不来更可怕的恐惧。

是谁有这么大的筹码能够在跌停板的位置上挂这么大的买单呢？聂大跃想。又有谁能知道我急需要在二级市场上抛售股票获取现金来支付岳洲国资办呢？这两个疑问一叠加，就只能一个人可以做到。

聂大跃产生了一种非常不好的感觉。他感觉眼下发生的事情不是一般的市场行为，而明显带有故意置他于死地的阴谋。

聂大跃感到脊背上有一条凉飕飕的冷汗，像蛇一样沿着他的脊背慢慢爬行。他一个激灵，脱口就出："石峰呢？石峰在哪里？！"

这个声音是聂大跃下意识喊出来的，并不代表他真要询问别人。但他旁边恰好有人，所以就得到了回答。

"我也找不到他。两天没有开机了。"

答话的是聂小雨。聂小雨是聂大跃的妹妹，也是秦石峰的女朋友，所以，她在说这样的话的时候，心情非常复杂。

这里是二十一世纪的深圳，男女之间只要能够说是"男朋友"或者是"女朋友"，他们之间的实际关系你怎么想象也不算过分。不仅如此，他们俩的关系还是前两天当众宣布的，宣布的时候有很多人在场，甚至包括他们家乡岳洲市的父母官杜治洪市长。但是，宣布完了之后秦石峰就突然消失得无影无踪。所以，此时聂小雨的心里面未必比哥哥聂大跃好受。

"长青呢？"聂大跃又问。这次是有意识地问的，问得比刚才急，甚至有点紧张。

"也找不到。"聂小雨说。

"找万冬梅，"聂大跃说，"快！找万冬梅。她一定知道魏长青在哪里。"

"找了，"聂小雨说，"她比你还急呢。"

万冬梅是魏长青的老婆，正宗的结发夫妻，一贯老实的丈夫突然失踪两天，万冬梅当然比谁都急。

"怎么，她也找不到长青？"聂大跃问。

聂小雨点点头，算是回答。

"那就是有人暗算我们了，"聂大跃说，"要不然不会这么巧。是不是他们俩被绑架了？"

聂小雨没有说话，这时候她站在窗户边，眼睛看着窗外，但不是具体看哪个目标，是那种非常茫然的看，或者说是呆看，相当于发傻。

"报警，"聂大跃说，"对，报警！打119。"

"是110。"聂小雨说。

"对，打110。"聂大跃说。

聂大跃说着就要打电话。

"等一下。"聂小雨说。

"干吗？"

"我来打，"聂小雨说，"我打给万冬梅。要报警也应当由她报。"

聂大跃想想也是。自己跟魏长青和秦石峰虽然称兄道弟，但法律上并不承认这种关系，不比万冬梅，她是魏长青的老婆，她报警名正言顺，理由更充分一些，公安局也会更加慎重。

"对，找万冬梅，让她报警。"聂大跃说。

聂小雨照办了。

聂小雨感觉自己现在比哥哥聂大跃清醒。她刚才在窗户边上并不是真的发傻，而是认真地动了一番脑筋。她不让哥哥直接向公安局报警，而让魏长青的老婆万冬梅报警，其实是经过深思熟虑的。事实上，聂小雨根本就不相信会有什么人突然绑架秦石峰和魏长青，要说绑架秦石峰或许还有可能，魏长青那么老实巴交，从来都不得罪任何人，也不张扬，行为方式不像富人，倒像穷人，谁会绑架他。聂小雨甚至怀疑，在"岳洲稀土"跌停板位置上面挂大笔卖单的就是自己的男朋友秦石峰，因为只有秦石峰才有能力这样做，别人就是想做，手上也没有那么多筹码呀！但是，让聂小雨感到纳闷的是：魏长青怎么也找不到了？难道他跟

7

这件事情还有什么关系？聂小雨想不通，所以她让万冬梅去报警，正好可以试一试万冬梅有没有参与这件事。只要万冬梅没有参与，事情还有救。

聂小雨相信，只要万冬梅一报警，并且告诉公安局秦石峰和魏长青的车牌号码，公安局马上就能查出他们在什么地方。聂小雨知道，秦石峰的车上安装了卫星定位系统，跑不了。深圳的警察办起案子起来效率还是很高的。

只要找到秦石峰，很快就会真相大白。但是在找到秦石峰之前，聂小雨不想对哥哥说这些。万一是误会了呢？这年头什么样的怪事都有可能发生，比如现在，外面的那些中小散户怎么知道"岳洲稀土"一会儿涨停板，一会儿又跌停板的真实内幕呢。

聂小雨现在不能跟哥哥聂大跃说这些，她现在要做的就是等待。

聂大跃现在的表现确实没有妹妹聂小雨清醒，他仿佛有点心不在焉，半天不说话，一说话就突然冒出来一声，吓死人的，仿佛是一个人戴着耳机在听流行音乐，你跟他说话他听不见，你只好大声地嚷，你一嚷他听见了，会突然摘掉耳机，大声问"你说什么？"反而把问话的人吓一跳。

聂大跃也有自己的心事。他的估计和妹妹差不多，已经感觉这件事情肯定是秦石峰搞的鬼，但是他想不通跟魏长青有什么关系，所以这两天他一直在想。他只能自己一个人在冥思苦想，他不能对任何人说，包括不能对聂小雨说。因为秦石峰是聂小雨的男朋友，而且说实话，她这个男朋友实际上还是聂大跃有意撮合的，在最后问题没有完全搞清楚之前，他不想把自己不成熟的猜测和判断随意对妹妹说。一方面不想因为自己可能是错误的判断而影响妹妹的个人感情，另一方面他也担心万一不是这么回事，自己现在说多了，将来妹妹跟秦石峰一结婚，小两口在一起一高兴，把这段故事说出来就不好了，所以，聂大跃只能把所有的问题一个人承担，憋在心里，自己冥思苦想。

对于聂大跃来说，秦石峰不仅是他的同乡好兄弟，而且是他未来的妹夫，更是他生意上的伙伴。包括收购"岳洲稀土"这件事情，始作俑者正是秦石峰。这让聂大跃不能不多多思考，但是时间又不允许他有太多的思考，所以，聂大跃现在就表现为心神不定和心不在焉。

"不行。"聂小雨突然说，"走。我们在这里傻等没有用。我们陪万冬梅一起去报警。"

"不是打电话了吗？"聂大跃说。

"那我们也要跟万冬梅在一起。"聂小雨说。

"好吧。"聂大跃说。

聂大跃现在仿佛已经没有主意了，或者说是主意太多了，反而拿不定主意到底拿哪一个主意，干脆听妹妹聂小雨的。于是，他们俩一面用手机与万冬梅联系，一面驾车去跟万冬梅会合。

2

岳洲是个小地方。以前叫岳洲县，前两年改成"岳洲市"，虽然是县级市，地界也是一寸没长，但是听起来大了许多。

岳洲小是小，但它挨着京广线，这就让岳洲人沾了不少光。比如来深圳，从岳洲来深圳就特别方便。事实上，从岳洲上火车后，几乎刚一启动就进入了广东，既然进入广东了，那么离深圳就不远了。因此，岳洲虽然不大，但是来深圳的人不少。聂大跃、秦石峰和魏长青他们就是从岳洲来深圳的。

虽然都来自岳洲，但以前在岳洲他们并不认识。岳洲虽然不大，但也有城有镇有乡有村。大城市该有的它一样不缺，一件不少。大城市与小城市的关系，就像漂亮的女人与丑女人的关系，外表给人的感觉相差甚大，其实身上的东西和功能没有多少差别。丑女人照样生孩子，说不定生的小孩比漂亮女人生的更健康。

聂大跃家住城关镇，也就是住县城。岳洲这一点倒是跟大城市的叫法不一样。大城市的市区往往分为几个区，小县城没有区，小县城把区改为镇，好比美女身上的乳房到了丑女身上被叫成奶子一样。岳洲县的县城就叫作城关镇。聂大跃住县城里，但是真正的老岳洲人不这么叫。在深圳，碰见岳洲老乡，问：岳洲哪里个？聂大跃不能回答"就是岳洲县的"，如果回答"就是岳

10

洲县的"，那就等于没有回答，好比人家问你是哪里人，你回答是中国人一样，是非常不礼貌的。聂大跃也不能回答"县城的"，如果回答"县城的"，就显得生分，不谦虚，不亲切，用岳洲人的说法，就是"精怪"。聂大跃不是"精怪"人，当然不能这么回答，而只能回答是"城关镇的"。这才地道，才表明你是真正的岳洲人。

聂大跃是城关镇的，秦石峰和魏长青不是。秦石峰是上河口的，魏长青是稀土矿的。上河口在城关镇的西北方，稀土矿在城关镇的西南方，三个地方离得蛮远，所以他们在岳洲互不相识。好在聂大跃的老婆胡娅沁也是稀土矿的，所以聂大跃跟魏长青说起来还有一些共同的熟人。但是秦石峰不一样，秦石峰住在上河口，上河口离县城有几十里地，离稀土矿更远，并且秦石峰比聂大跃和魏长青他们要小一轮，所以无论是聂大跃还是魏长青，他们在岳洲与秦石峰几乎一点关系都没有。

上河口离县城不但远，而且非常偏僻，过去除了贩运毛竹木材和其他山货的人，城关镇的人一般很少去上河口。

岳洲人说去上河口也不叫"到上河口去"，而是叫"上去"。在岳洲，"上河口"是官方语言，真正的岳洲人不这么叫。他们叫上河口为"高头"。至于为什么叫"高头"，已经无法考证，反正岳洲人一直都是这么叫。现在我们只能推断，大约是上河口那个地方的地势比岳洲县城海拔高的缘故吧。

上河口的海拔确实比县城高。从县城到上河口，现在有汽车，但是过去没有，过去上河口的人要是来县城，乘一叶竹筏，顺流而下，两个时辰就到了。但是回去的时候比较麻烦，必须请纤夫拉纤。那时候还没有流行歌曲《纤夫的爱》，所以，拉纤过程并不如歌曲里面描写的那般轻松与浪漫。现实中的纤夫是非常辛苦的，无论春夏秋冬，一年四季不能穿鞋，必须光着脚，光脚才能踩稳，不打滑。事实上，那时候小溪的两边根本就没有正经的"路"，纤夫在拉纤的时候，必须一会儿在岸上走，一会儿又到水里面走，一会儿从东岸走，一会儿从西岸走。当纤夫从东岸跨到西岸或是从西岸跨到东岸，或者遇上一段两边都是峭壁，没路可走，而必须直接在小溪中蹚水前进时，穿鞋是不可想象的事情。夏天还好一些，大冬天光着脚走在河水里的滋味好受吗？还有心思想着妹妹坐船头吗？

聂大跃在城关镇住了那么多年，几乎每天都能看到"高头"的人下来，"高头"的人要想对外发生联系就必须下来。但是聂大跃自己却一次也没有"上去"过。聂大跃的老婆胡娅沁倒是"上去"过的。据胡娅沁自己说，那也是她很小的时候的事情。那时候他们家刚从长沙矿冶研究所搬到稀土矿来，有一年暑假，她姑妈带着表妹从长沙来岳洲稀土矿看望他们，父亲觉得岳洲这个地方没有什么好招待姑妈的，就带着全家去上河口一次，玩玩，也顺便买一些土特产，用现在的话说，就是"旅游"一番。但当时他们并没有这么说，而只是说"玩玩"。许多年之后，当胡娅沁对聂大跃谈起这件事的时候，也并没有显得很开心，更没有什么浪漫。聂大跃问为什么，胡娅沁说她觉得那些拉纤的人怪可怜的。光着个脚，打着赤膊，裤腿都卷到了大腿根，头顶着烈日，勾了腰，一步一步艰难地向前走。胡娅沁说，她当时坐在竹筏上面非常不安心，觉得自己像电影里面旧社会的坏蛋，在欺压穷苦人，心里不是个滋味。

随着经济的发展，胡娅沁当年描述的那种情况已经消失很多年了，但是聂大跃最近一次回岳洲，却发现这种景象又恢复了。不过如今人们乘竹筏"上去"的目的与当年完全不是一回事。当年的竹筏是交通工具，人们乘竹筏"上去"是为了赶路。今天的竹筏是旅游工具，人们乘坐竹筏纯粹是为了开心。聂大跃由此就想到了电视大学课程里学到的黑格尔的那个关于否定之否定的理论，理解了历史的重复总是呈螺旋上升式的。

现在交通发达了。如今的岳洲人要想买"高头"的土特产，再也不用像当年胡娅沁父亲那样"上去"了。不用出城关镇，就在岳洲火车站对面，就有一个很大的农贸市场。市场里不仅有上河口的土特产，还有一些岳洲其他乡镇甚至来自全国的各种各样的土特产。有真土特产，也有假的土特产。上河口的土特产主要与毛竹有关，包括各种竹器、竹笋和用毛竹做成的各式各样的工艺品。尽管每个店铺门口都挂着一个招牌，上面写着"上河口特产"，但这个招牌是专门挂给外地人看的，如果是本地人，或者是由本地人陪着外来的客人逛农贸市场，那个本地人肯定用地道的岳洲土语问："哪里货？"店主要是回答"高头的"，本地人还要加上一句"个是真个？"店主就会说："你是么人？我批别个依不敢批你。"这里的"批"就是"骗"的意思。可见，上河口的竹器是有名的。

上河口不但竹器有名，上河口中学的教学质量也有名。那个地方山清水秀人杰地灵。大约是青山绿水远离尘世的缘故，人也清心寡欲，自古就有注重教育的民风。相传，当年伍子胥过昭关，最后得到高人的指点，这个高人就是岳洲上河口人。当然，这只是传说，没有人去认真考证。但是自打恢复高考以来，上河口中学的升学率每年都保持较高的水平，以至于后来有些望子成龙或望女成凤的父母，专门托关系把子女从县城送到"高头"读中学，却是不争的事实。

秦石峰就是上河口人，不需要托关系走后门，直接就在上河口读的小学，读的初中，读的高中，并且果然从上河口中学考上了大学。

秦石峰上的是湖南大学土木工程专业，据说高考的时候分数很高，说考上清华、北大可能有点玄，但是考上同济、复旦问题是不会太大的，然而作为小地方人，填写志愿的时候他没有敢填得那么高，想着只要能上湖大就很不错了，于是就真的上了岳麓山下的土木工程系。

湖大的土木工程系确实不错。在秦石峰看起来，既然是重点大学的土木工程专业，将来肯定就是工程师。在秦石峰和他的父母甚至是他的老师们的眼睛里，"工程师"是非常神圣的三个字，当他们家住茅草屋的时候，电影里面的工程师已经是楼上楼下电灯电话，出门小汽车，进门木地板，过的简直是天堂般的生活，比他们镇长家强多了。然而等到1993年秦石峰大学毕业的时候，才发现工程师遍地都是，而且就是他们系里面这些工程师的老师们，上班下班也只是骑个破自行车，没有一个是坐小车的。住的也是筒子楼，公共走廊被分割成一段一段的小厨房，平常走路都很困难，到中午烧饭的时候，更是水泄不通，热闹非凡。厕所当然也是公用的，并不比上河口的农家茅房卫生，以至于不少教师都提前上班，以便赶在上课之前占用学生卫生间。既然老师都不过如此，那么怎敢指望他们的学生过天堂般的生活呢？于是，大学毕业前，秦石峰先是在心里把编剧、导演、演员统统臭骂一顿，然后认真思考，反复地调研，最后决定不当什么工程师了，而应当改行搞金融，直接与金钱打交道。不是一切向前看吗？秦石峰想，明里说是"向前看"，暗里就是"向钱看"。既然向钱看，不如直接学金融。秦石峰是工科学士，知道任何一次的能量转换多少都要做些无用功，造成一定程度的浪费，所以，做什么都不如直接做金钱的生意效率高。

秦石峰的转行很简单，考研究生。秦石峰本以为跨专业考研究生很难，准备拿出当年参加高考的劲头出来，从头学习，一年不成两年，两年不成三年，不达目的誓不罢休，但是，一深入之

14

后才发现，在总共五门课程当中，三门基础课英语、政治、高等数学是完全不用重新学习的，另一门专业基础课可以从三个学科当中选一门，秦石峰的大学课程包括三十多门课，哪一门都不比金融专业的课程简单，从中凑合一门专业基础课并不困难，所以，真正需要重新学习的其实就是一门专业课，而专业课联系实际，秦石峰既然早已经打算将来转行搞金融，平常看书读报自然非常注意这方面的新闻和知识背景，所以，关于金融方面的最新知识了解得并不比本专业的学生少，学习起来也并不吃力。

在毕业论文的阶段，秦石峰将主要精力放到考研上，结果就果然考上了，而且考上的是中国人民大学经济学研究生班。虽然内行的人知道这个"班"字大有讲究，但是只要最后顺利地通过论文答辩，取得硕士学位，研究生班的研究生和硕士学位研究生并没有本质区别。好比他在湖大上学的时候，班上也有走读生，但只要走读生最后能通过毕业答辩，获得学士学位，毕业之后，与他们这些非走读生是看不出任何区别的。这就很讨巧，如果秦石峰不是报考研究生班，而是直接报考硕士学位研究生，那么按照他的考研分数，可能就进不了人大。秦石峰认为，同样是硕士，人大的金融硕士比普通大学的还是要金贵一些，起码校友资源要丰厚一些。所以，秦石峰上人大的研究生班就与他们班走读生上湖大那批同学一样讨巧了。

"讨巧"也是岳洲土话，"占了便宜"的意思。岳洲人都知道，上河口的人是最会讨巧的。

1996 年，取得国际金融硕士学位的秦石峰自己联系了总部设在深圳的一家综合类证券公司。刚开始在研究发展部搞研究工作，后来，秦石峰不满足仅仅为别人的决策提供研究参考，他希望自己能参与决策，于是就跳槽到了另一家新成立的证券公司。新公司见秦石峰是人大的金融硕士，根本没有想起来问他当年上

15

的是研究生班还是硕士研究生，又看他有综合类证券公司的实际工作经验，于是就满足了秦石峰的愿望，录用到公司资产管理部。

秦石峰发现，跳槽有时候是实现自己跨越性发展的最佳途径。如果不跳槽，而是在原来那个证券公司从研发部调到资产管理部，虽不能说完全不可能，但肯定是困难重重，不如跳槽来得快。如此，为了取得更大的决策权，秦石峰后来又一次跳槽，当聂大跃和魏长青认识他的时候，秦石峰已经是一家综合类证券公司的资产管理部的总经理了。

资产管理部总经理在外行人听起来就是证券公司的一个部门经理，但是内行的人知道，证券公司所谓的资产管理部，事实上就是管理证券公司内部的自营盘的，说白了，就是坐庄的。作为一个综合类证券公司资产管理部总经理，手上掌握的资金通常都是以亿作为单位的，股市上自然呼风唤雨，一个字：牛！所以，聂大跃、秦石峰、魏长青三人在一起，虽然聂大跃和魏长青都是老板，而秦石峰只是一个高级白领，并且他的年龄最小，来深圳的时间也最晚，但秦石峰在深圳的影响力并不亚于他的两位同乡老大哥。聂小雨刚才怀疑在"岳洲稀土"上做手脚的人与秦石峰有关，也并非空穴来风。古话讲"知夫莫过妻"，聂小雨与秦石峰现在虽然还不是正式的夫妻，但是如今的男女朋友之间的相互交往和了解程度并不比旧时的正式夫妻浅，所以，这句话现在用在聂小雨与秦石峰之间也适用。

聂大跃、秦石峰、魏长青三个同乡能走到一起并且成为兄弟般的好朋友，还得益于杜治洪。

杜治洪本不是岳洲人，他是在岳洲县改市之后才到岳洲的，到岳洲担任市长。

杜治洪甚至不是湖南人。杜治洪跟聂大跃年龄差不多，也是从农村打了一个晃晃又回到城里的。但是杜治洪的回城跟聂大跃不一样，杜治洪回城比他早，而且比他光荣。杜治洪是恢复高考以后第一批直接从上山下乡的广阔天地考上大学的。那时候的大学教育是精英教育，大学培养的不是普通劳动者，而是精英，社会上各行各业的精英，所以，那时候考上大学比现在光荣。至于像杜治洪他们这样"文革"之后第一批参加全国统一的高考走进大学校园的，更是光荣无比，被称为时代骄子。想也是，整整十年没有统一高考了，突然恢复高考，十年的人才往一条比现在更加狭窄的独木桥上挤，能顺利通过的，确实不能与今天的大学生相提并论。前不久，中央电视台搞了一个节目，请当年他们中的那一批佼佼者谈当初的感受，其中的一个说：感觉很光荣，在当时，感觉跟今天航天英雄杨利伟一样光荣。

当年那批考上大学的是不是真的能和今天的航天英雄相提并论不敢说，但光荣是肯定的，对于杜治洪来说，光荣不仅体现在他自己身上，还体现在他父亲身上。用杜治洪自己的话说，这辈子他感到最对得起老父亲的，就是那一年顺利地考上了大学。

杜治洪是湖北洪湖人，上的是武汉大学中文专业。有人说武汉大学中文系是专门培养官员的，并说湖北省委省政府和武汉市委市政府差不多有一半的官员是武大毕业的，这一点不管别人信不信，但是杜治洪的父亲相信。父亲杜钧儒是洪湖市的一名小得不能再小的干部，大约正是"小"的缘故，所以杜钧儒最能体会到做官的重要。杜治洪上中学的那一年，正赶上批判孔老二的"读书做官论"。父亲在单位批判，杜治洪在学校批判。七批判八批判，有一天父子二人就批判到一起来了。父亲说："什么读书做官论，不想做官读书做什么？做官的人不读书怎么行？"说者或许无意，但是听者肯定有心，当时这话在杜治洪听起来，完全就是反动话，为此还担惊受怕好长一段时间，但毕竟还是听到心里去了。那时候，仿佛越是"反动话"越是容易听到心里去。1977年国家恢复高考，杜治洪踌躇满志，报了武汉大学中文系，想着将来毕业之后就回到洪湖做官，专门管一管那些多年来压在自己父亲头上的这些狗官！这么想着，杜治洪的学习就异常刻苦，在大学里连续三年获得三好学生称号。反正当时所谓的"三好"已经蜕变成了"一好"，就是看学习成绩好不好。杜治洪的学习成绩好，每门功课都在八十五分以上，所以每年都是三好学生。按照当时的规定，只要连续四年获得三好学生，就可以免试读研究生。谁知等到最后一年，各个大学突然取消毕业班的三好学生评选，武汉大学自然不能例外。杜治洪和一批已经连续三年获得三好学生称号的同学义愤填膺，质问学校：这不是骗人吗？！准备闹事。学校为了平息事态，马上做出补救：授予杜治洪他们优秀毕业生证书，并且鼓励入党。杜治洪们仍然不服，觉得任何单位都可以说话不算话，但作为培养社会精英的高等学府不能说话不算话，所以，还打算继续闹。这时候，恰好父亲杜钧儒来武汉公干，顺便看望儿子，获知这一情况之后，说："这说不定是好事。"

"好事？"杜治洪不解。

"优秀毕业生证书和党员身份对将来进步更有利。"杜钧儒指点迷津。

杜治洪明白，父亲说的所谓"进步"就是升官。

父亲还告诉杜治洪：学历太高了对进步不利，将来只能做研究或者是大学老师，没出息，不如当领导。

正像大学四年级突然取消三好学生评比一样，杜治洪他们这代人经历的"计划赶不上变化"的事情实在太多了，不胜枚举。等到1982年他们毕业时，武汉大学中文系的毕业生竟然没有分配到洪湖的指标。这对其他同学或许是好消息，因为这就意味着他们可以分配到省直单位，比如省直机关或大专院校或科研院所，但是这个消息对杜治洪并不好，因为他的目的是做官，最好是回到洪湖做官。所以，杜治洪宁可回到洪湖，而不是留在省城。这时候，系里找杜治洪谈话，说有两个外地指标，很多同学不愿意去，你是预备党员，是不是可以考虑去？杜治洪问：外地是哪里？杜治洪生怕系主任说是新疆西藏，如果那样，他就真不知道是该去还是不该去了。主任回答：湖南省委。虚惊一场，杜治洪的心情好多了，仿佛赚了便宜。带着这种好心情，杜治洪说：我考虑三天。

这三天里，杜治洪从武汉跑回洪湖跟老父亲商量。父亲在单位虽然是小官，但是在他们家却是"一把手"，这么大的事，没有"一把手"的认可是不能擅自做主的。父亲说："只要能进步，哪里都一样。如果去湖南，可以进省委，而如果留武汉，则不一定能进湖北省委。去。但是要学校把鉴定写得好一点。"

19

杜治洪把父亲的意见用自己的语言跟系主任一说，主任满口答应，恨不能说"鉴定你自己写，我们负责盖章就是"。其实主任真要是这么说倒反而是实事求是了，别看大学里面平常吝啬得很，到了毕业鉴定的时候特别大方，反正是不花钱的礼物，送得再多也不心疼。

杜治洪就是这样从湖北来到湖南，直接进了湖南省委政策研究室。虽然学校的鉴定确实无可挑剔，虽然是优秀毕业生，虽然是预备党员，起点可谓不低，但是不知道是官运不佳还是上头无人，熬了十几年，熬到老父亲都光荣退休了，熬到杜治洪都四十岁了，眼看着一批批三十几岁的后生都后来者居上了，他还是在处级的位置上徘徊。前两年岳洲县搞县改市，方案恰好是杜治洪做的，于是，近水楼台先得月，他坚决要求下去任职。刚开始组织部并没有考虑他，因为地委几个头头早就有所考虑，说实话，各级都有一本难念的经，省委并不打算为一个小小的县级市的人选问题跟地委去争，但是杜治洪在省委大院毕竟泡了将近二十年了，方方面面的盘根错节多少也有一点，最后通过他自己的关系对地委放风：他只当市长，不当书记。作为一级政权机构，班子架构跟企业不一样，企业的行政领导是一把手，书记是二把手甚至是三把手，但是地方政权书记是一把手，行政领导是二把手。杜治洪主动提出只当市长不当书记，等于是甘当二把手而放弃一把手，也算是做出一点让步吧，所以，最后好歹得到了这个位置。

大约是等待的时间实在太久的缘故，杜治洪上任之后就立志要大干一场，直接目标就是争取早日将县级市中的这个"县"字拿掉。

杜市长很坦诚，在班子的见面会上将这个意思委婉地表露了，表露得非常诚恳，得到上上下下的一致赞许。书记说：你是外地人，没有那么多顾虑，大胆地干，出了问题我们一起担着。杜治洪握住书记的手，一句话没有说，只是将自己的左手又叠加在书记的右手上，一切尽在不言中。

　　杜治洪当上市长后，父亲杜钧儒并没有声张，表现出只有在机关磨了几十年才能练就的宠辱不惊的大家风范。要说有什么变化，就是添置了一个手机，可如今下岗职工都配手机了，他一个退休干部又是市长的父亲，配一个手机也说不上是根本变化。但手机的作用是不容低估的。杜钧儒配上手机后，心情仿佛顿时开朗了许多，本来他最不愿意去的地方是老干部活动中心，因为一去那里，感觉谁的级别都比他高，而如今他最愿意去的地方就是这个老干部活动中心，几乎每天下午都就去那里溜达溜达。更为难得的是，杜钧儒居然偶尔也跟那些过去级别比自己高的老领导下下棋。反正大家都退休了，平起平坐了，在一起下下棋倒也无妨。下着下着，杜钧儒时不时掏出手机，拨一串号码，"喂，找杜市长，我呀，我是他老子。"于是，对方诚惶诚恐地转到杜治洪那里。杜钧儒对着手机发脾气："别以为当了市长就上天了，老子没烟抽了，赶紧差人给老子送两条回来。"于是，整个洪湖市的人差不多都知道杜钧儒的儿子在外面干大事了。当杜钧儒再次来到活动中心的时候，无论以前职务比他高的还是职务比他低的，或者是跟他平级的，都热情主动地上来打招呼套近乎。其实这些人也根本不会有什么事情会求到杜钧儒远在湖南岳洲的儿子那里，但是与领导或领导的亲属套近乎已经成了习惯，习惯成自然，想不套反而不习惯了。

1

　　杜治洪正式上任之后的第一项工作就是排查。像公安机关追捕命案在身的嫌疑犯一样地仔细排查。父子两代在官场上的经验告诉杜治洪，做什么事情都要讲究一个关系，做官是这样，搞经济建设也是这样。杜治洪是政策研究室出身的，于是他当上市长之后给岳洲市政策研究室下达一个硬性任务：排查整个岳洲市在外面做官做老板做学问的大人物，看看有没有可以利用的资源。

　　政策研究室主任姓郑，叫郑天泽。其实是个副主任，但正主任缺位，由副主任主持工作，所以，杜治洪的硬性任务直接下在郑天泽头上。郑天泽虽然主持政策研究室的全面工作，加上姓郑，无论是用起来还是听起来与正主任并没有多大区别，但他一直想为自己摘帽子，想把压在自己头上的"副"字摘掉，成为一个名副其实的正主任。本来郑天泽离这个希望已经非常接近了，没想到突然来了一个县改市，水涨船高，扶正的希望更加渺茫了。毕竟，他自己心里清楚，对于一个县级市来说，市委和市政府本很少有自己制定政策的机会，所以政策研究室也就自然成了摆设，这些年政策研究室研究的主要政策都是围绕改革的，但他们自己知道，对政府机关来说，所谓的改革可以归纳成两个字——精简，跟企业里裁员差不多，考虑到新官上任三把火，最先做的事情往往是拿自己昔日的同类开刀，这样不仅可以避嫌，趁机树立自身的威信，还可以防止这些人因为知道自己的底细而对自己不能足够尊敬，岳洲市政策研究室包括郑天泽在内的几个二吊子虽然够不上与杜治洪属于同类，但在找不到正宗同类的情况下，拿他们开刀也未见不可，所以，杜治洪上任之后，郑天泽及其手下的几个闲人成天提心吊胆，生怕该机构被砍掉，没承想新市长不但没有把他们精简掉，反而直接给他们下达了任务，郑天泽及其部下像是已经被判死刑的犯人突然接到了特赦令，而且立刻获得重用一般，受宠若惊，自然不敢怠慢，任劳任怨，格外卖力。同时马上就推断出一个与前面的逻辑截然相反的逻辑：既然市长是做政策研究出身的，那么对于搞政策研究的人应该格外重视，一上任马上就直接给我们布置任务正好说明这一点，说不定我们的机会来了！带着这样的心情工作，效率是可想而知的。没用多长时间，排查结果就出来了。

不查不知道，一查吓一跳，没想到一个小小的岳洲县，居然有这么多有价值的人物。

政策研究室的排查报告还专门对这些人物进行了分类。从区域上分，岳洲市在外埠的有价值人物主要分布在深圳、长沙和北京，还有少数在国外。从行业类别上分，主要分为从政的、经商的和做学问的。根据这项调查结果，杜治洪重操旧业，亲自动手进行了案头分析研究。

研究发现，从政的主要在长沙和北京，可惜没有什么大官。根据杜治洪的经验，这些小官往往把自己的乌纱帽看得比亲娘老子都重要，让他们做一些力所能及乃至锦上添花的事情还差不多，如果让他们为着岳洲的发展而承担一些责任和风险，可能性几乎没有。杜治洪还将心比心，自己现在也算是个人物了，难道自己会为家乡洪湖市的发展去冒政治上的风险吗？所以，这些人可以暂时放在一边，时间紧迫，必须急用先选，先考虑经商的和做学问的。

做学问的人主要分布在长沙、北京和国外，但是在国外的主要是搞理科的，而且在国外也没有什么大名气，并不掌握订单权，对岳洲的经济发展和由县级市改地级市转变的工作暂时不会产生直接的影响，倒是在北京和长沙的一些人文学科的学者，或许可以对改善岳洲市的软环境做点贡献，比如呼吁呼吁这类的事情。于是，杜治洪在一些名单上面画了圈圈，指示秘书处以他的名义给这些人写慰问信，并且要求所有的慰问信全部由他过目，经他签字之后再寄出去。

至于经商的，主要集中在深圳。岳洲这些年去深圳的人多达数万，尽管良莠不齐，真正事业有成的人比例也非常低，但是由于基数很大，所以如今岳洲人在深圳做老板的并不在少数，如果这些人齐心协力为岳洲的发展做贡献，说不定还真能成气候。特别是有一个叫聂大跃的，据说个人资产上亿，即使在深圳也算是个人物。于是，杜治洪决定借着在深圳开招商会的机会，打算好好会会这些人，说不定还就逮着一两条大鱼。

不知道是因为排查有功的原因还是格外重视的原因，此次杜治洪去深圳，还特意带上郑天泽，并派他去打前站，配合岳洲市驻深圳办事处做做准备，市长是不能在深圳耽搁很长时间的。

招商会之前，他们先搞了一个"岳洲在深人士联谊会"。联谊会在芙蓉宾馆举行。根据杜市长要求，规模宜大不宜小，尽可能把岳洲在深圳稍微有头有脸的人士全部都网罗进来。广告打出去之后，郑天泽又担心来的人太多，怕接待不了，但是杜市长明确指示：岳洲再小，一顿饭还是请得起的。

"这些人都是我们岳洲的财富，"杜治洪说，"他们中的有些人可能今天只是一个小老板或一般的白领，但是谁知道明天他们中的有些人会不会成为大老板？即便不能成为大老板，也不能否认他们对岳洲的贡献。"

杜市长讲的是实话，他已经掌握到一个最新情况：每年从深圳往岳洲的汇款已经构成岳洲的一个重要经济来源。这些汇款绝大部分不是"老板"汇的。相反，还听说有老板回家乡集资的。所以，对岳洲在深圳的普通劳动者也不能忽视。

郑副主任还是担心地提醒：要是那些农民工也来怎么办？

"照接待。"杜市长说，"不过我的担心正好相反，我怕没有那么多人来。"

杜治洪这种担心同样不是没有根据的。那一年他们搞毕业十周年活动，因为各种各样理由没有到场的恰好正是那些自认为并不得志的，而本来最让他们担心因路途太远不能赶回来的，居然从太平洋彼岸飞回来，所以，根据杜治洪的实际经验，他相信不是在深圳混得很好的人是不愿意来见家乡父母官的。

市长大人果然有先见之明，等到联谊会召开的那一天，在深圳的十几万岳洲人只来了几十人。郑天泽有点失望，但是杜治洪还蛮高兴，不知道是因为果然不出他所料而高兴还是觉得来的都是精英而高兴。不管出于什么原因，反正市长蛮高兴，既然市长蛮高兴，郑副主任也就开心了。

联谊会在芙蓉宾馆中央大厅举行。本来在侧厅还准备了一些席位，由于没有来那么多的人，于是全部都集中在中央大厅，挤是挤一点，但是气氛反而更好。

市长坐在紧靠主席台那边第一张桌子上。如今深圳许多酒店的大厅也效仿北京的人民大会堂的做法，都设有一个主席台，尽管并没有真正意义上的主席上去过，但是有了这个主席台仿佛大厅就上档次了。至少，能够区分出主要的席位和次要席位了。

杜治洪所在的这个"主要席位"桌子很大，总共大约能坐十几个人。市长背靠主席台，面朝大家。这样，市长就能够看到整个联谊会的会场，到会的来宾也都能从各个角度看见市长热烈的脸。而紧靠市长旁边的就是聂大跃。

联谊会开始的时候，杜治洪首先发表了热情洋溢的讲话。

杜市长的讲话没有讲话稿，但是风趣幽默，生动热情，不断地被一阵阵掌声和笑声打断。

市长在讲话的时候还自然而然地将他这一桌的来宾向大家做了简单的介绍。尽管这些人大多数都是今天跟市长第一次见面，甚至有几个是几分钟之前刚刚认识的，但是，杜治洪在介绍的时候却像是推荐自己的老朋友，往往寥寥数语就能画龙点睛。于是，一个年轻、高素质、有理想、善于沟通的新市长的形象马上就在岳洲在深人士的脑海中确立起来了。

杜市长在介绍聂大跃的时候多占用了一些时间，由于来深圳之前他就仔细研究过聂大跃的资料，所以介绍起来更加得心应手。

杜治洪说："我来岳洲之前就知道'安视'这个品牌，我知道它是深圳的品牌，但是创造这个品牌的却是我们湖南人，因此我感到非常骄傲。那一年我被省委机关评为标兵，省工委要奖励我，让我自己选一个奖品。我问工委书记：有没有价格限制？他说没有。我说那我就选'安视'牌VCD。书记问为什么，我说这个品牌是我们湖南人创造的。书记问是不是，我说是。书记这时候走过去把门关上，小声对我说：那我奖励你两台，但是你必须给我一台做回扣。"

全场哄堂大笑。

等大家都笑够了，杜治洪接着说："来到岳洲市担任市长之后，我才知道，这个创造'安视'品牌的湖南人就是我们岳洲人！"

杜治洪的讲话再次被打断，但是这一次不是被笑声打断，而是被掌声打断。

这时候，杜治洪才正式向大家介绍聂大跃，说："现在我身边的这位就是为我们创造'安视'品牌的岳洲城关镇人、深圳岳鹏实业公司的董事长聂大跃先生！"

聂大跃站起来向大家鞠躬致谢。

杜市长在介绍到秦石峰的时候，相对要简单一些。事实上，在预先的安排中，这一桌并没有秦石峰，秦石峰是自己坐到这一桌上面来的。本来办事人员或许想着秦石峰不是什么老板，只是一个高级打工仔，最多算白领，再不然就是"金领"，但不管是什么"领"，也算不上是老板。按照工作人员事先内定的标准，只有真正的老板才有资格坐在这个桌子上。但是秦石峰不管这一套。秦石峰对自己在深圳的影响力，特别是股市上面的影响力还是有自信的。不要说是小小的岳洲，就是湖南省在这里搞什么活动，除非他不来，既然来了，挤也要挤到前面。

秦石峰这样做也不能说是他不谦虚，岳洲有一句俗话，叫"没有那么大的头不会要那么大的帽子"，事实上，真是湖南省政府在这里搞活动，不用秦石峰自己往前挤，或许也要把他请到前排就座。毕竟，湖南的几个上市公司和湘财证券的那些人是非常想巴结秦石峰的。岳洲太小，小到他们可能认识不到秦石峰的价值，但是湖南省不小，省里的人识货。然而，不管他们识货还是不识货，秦石峰该坐什么位置就坐什么位置。好在这种联谊会不是正式的人大或政协会议，只要他真的往前挤，工作人员最多是提醒一下，不可能硬把他拉出来。于是，秦石峰就在这个桌子上坐下来了。

由于不在贵宾之列，所以杜治洪事先并没有掌握秦石峰的任何资料。联谊会正式开始之前，杜治洪当然是跟这一桌子上的各位来宾先交流一下。虽然时间不长，但是秦石峰还是不失时机地跟市长互换了名片，并且简单地进行了自我介绍。杜市长记性特好，所以在轮到介绍秦石峰的时候，杜治洪并没有打结，说：秦石峰年轻有为，是股市精英，大家要是买股票可以向他咨询，我保证他免费咨询，如果他要敢收钱，你们可以直接向岳洲市政府投诉。

这样的介绍自然又赢得一片掌声和笑声。杜治洪认为联谊会上最需要的就是掌声与笑声。

在聂大跃和魏长青他们这一代人当中，从小所接受的教育是做人要谦虚，不要抢风头，说话做事要留有余地。但是秦石峰他们这一代不是。到了秦石峰他们这一代，做父母的一天到晚只要求他们做一件事：好好学习，考上大学。至于其他的一切，比如怎么做人，秦石峰他们都可以不考虑。只要考上大学就一好百好。所以，秦石峰是不懂得什么是谦虚的。如果他要是像聂大跃和魏长青他们这样谦虚，那么他肯定不会硬挤到市长这一桌了。然而谦虚也不一定是好事，比如秦石峰，如果他要是像魏长青他们那样谦虚，可能他就没有机会认识杜治洪和聂大跃了。在后面的故事中我们将会看到，秦石峰认识他们还是很有意义的。认识的人越多给自己带来机会的可能性就越大。人好比是分子，分子活跃，与别的分子发生碰撞的概率大，发生化学反应的机会也就越大。至于认识像市长和董事长这样重要的人物，好比碰上了活性分子，不用说，给自己带来重要机会的可能性非常大。事实上，正是由于那一天秦石峰自己硬挤到市长这一桌上来，才使他受到市长的邀请，在第二天来参加正式的招商会。在这次招商会上，秦石峰与聂大跃和魏长青才算是正式认识。特别是魏长青，因为头一天的联谊会上他根本就没有被邀请上这一桌，如果秦石峰不参加招商会，可能根本就没有机会认识他了。所以，抢风头有时候也不一定是坏事。时代变了，判断是非的标准也在悄悄地发生变化。

5

秦石峰是靠抢风头认识市长和聂大跃的,魏长青不是。魏长青不属于这种性格。魏长青认识杜治洪和聂大跃完全是因为他的谦虚和实在。

那天联谊会之后,魏长青问会议工作人员:"这次活动的钱由谁出?"工作人员没想到他会问这个问题,一时间还没有反应过来。这时候,正好郑天泽副主任从门口送客人回来,于是工作人员就将魏长青介绍给郑天泽,并说这个事情归他管。

郑天泽问什么事。魏长青把刚才的问题又复述了一遍。郑天泽回答:"政府办公室。"

那天郑主任心情特别好,因为他已经感到自己正在受新来的市长重用,回去之后,说不定能正式留在市长身边工作,而只要留在市长身边,哪怕只是当一个秘书,也比窝在政策研究室当一个副主任或主任都强。带着这个好心情,郑天泽回答完魏长青的问题之后,还主动呈上自己的名片,并问魏长青为什么这样问。

魏长青不好意思地笑笑,说:"我以为要赞助,所以就特意装了五千块钱带来。不多,就是想表达一个意思。"说着,魏长青回敬了一张自己的名片。

郑天泽听了一阵感动。虽然这次活动他们并没有打算要任何赞助,但是有人主动提出这个问题还是令主任感动不已。郑天泽不由得认真打量了一下魏长青，再看看魏长青的名片，知道这个老乡叫"魏长青"，名片上面写着"茗湘咖啡屋"，并且还标明了两个地址，两个地址分别注明是一分店和二分店。想着在深圳能有两间咖啡屋大小也应该算是个"老板"了，但是名片上并没有说明这个"魏长青"在这两个咖啡屋是做什么的。于是，郑天泽按照官场上说大不说小的规矩，套用在这里，问魏长青："这两个店都是你的?"

"小买卖，"魏长青说，"现在生意难做。"

由于当时客人还没有散尽，市长那边还围了许多人，打招呼的、要求合影的、提问题的一个接着一个，郑天泽不能跟魏长青谈得太久，对魏长青说："这次活动没打算接受赞助，但是你有这个心意我还是很感谢。这样吧，下次有什么活动我再通知你。"

"行。"魏长青说。

末了，郑天泽又把刚才给魏长青的那张名片要回去，写上自己的手机号码，重新递给魏长青，说："以后有什么事情尽管找我。"

俩人都说了谢谢，握手道别。

回到市长身边，陪着市长一起应酬，等客人都散了之后，郑天泽想着这是喜事，应当立刻向市长汇报，于是，把魏长青的情况对杜治洪说了。杜治洪听了心里蛮高兴，当场指示：明天的招商会请这个魏长青参加。

就这样，魏长青第二天被邀请参加了招商会，并且被郑天泽特意领着跟杜治洪面对面地进行了交谈。杜治洪对魏长青的印象非常简单明确，就一个字：实。

招商会的规格比联谊会高。参加招商会的主体也不是岳洲在深人士，而是深圳市各大企业的有关人士和一些与岳洲有过接触的外商。另外，湖南省驻深办事处有关负责人、深圳市政协副主席和部分岳洲籍在深圳的企业家也被邀请出席。

招商会上，秦石峰上不了首席了，因为首席上面都标明了每个来宾的名字，秦石峰即使再不谦虚，也不至于坐到明显写着别人名字的位置上。好在秦石峰在门口正好遇上昨天同桌而坐的聂大跃。秦石峰他们这一代人虽然没有接受正规的礼教，但是毕竟生长在具有五千年文明史的华夏大地，耳濡目染二十多年，看也看会了不少，所以，当聂大跃径直走向一张不前不后的桌子时，秦石峰也正好跟着他在那里就座。

聂大跃之所以径直走向中间那张桌子，是因为那张桌子上已经有人，并且那个人远远地主动跟他打招呼。这个人就是魏长青。

魏长青接到郑天泽的电话后，问清时间和地点，不早不迟压着点来到五洲宾馆湖南厅，却发现自己来早了。魏长青感到奇怪，难道是自己的表快了？又取出手机，看看上面的时间显示，没有错啊。于是问工作人员，工作人员说没有错，其他人马上就到。说着，工作人员还热情地安排他在中间的这个位置上坐下。刚刚坐下，果然见有人来了。是聂大跃和秦石峰，魏长青赶忙欠身打招呼，并且能够叫出"聂老板"和"秦总"。聂大跃忙着回礼，但是心里觉得奇怪，因为他对这个能叫出他"聂老板"的人居然一点印象也没有，但是也不好意思问，于是赶紧过来握手，坐下，并递上名片。魏长青在回敬名片的时候，说："茗湘咖啡，小本买卖。二位要是不嫌弃，没事倒可以来聚聚。自家的店，别的不敢说，至少不会掺假。"

"好的，"秦石峰说，"我几乎每天要去咖啡屋，反正去哪里都是去，不如照顾照顾老乡的生意。"

"岳洲哪个的？"聂大跃用地道的岳洲话问。

"矿上的。"魏长青说。

31

"个是的？我老婆就是矿上的。"聂大跃亲切了一些。

"个是的？哪个？"魏长青问。

"胡娅沁。你认个？"

"可能当面认个，她比我们低吧？"

"那是个。哪天我带她到你那头喝咖啡，你认认。"

"那定了个。"

"定了个。"

秦石峰听说魏长青是矿上的，态度也热情不少。

魏长青所说的"矿上"就是稀土矿。

稀土矿在岳洲是一个非常了不起的地方，稀土矿人在岳洲也算是非常光荣的人。前面说过，岳洲小是小，但是它挨着京广线，不但可以出名，而且可以得利。但是京广线以前在岳洲是没有火车站的，所以那时候尽管挨着京广线，但是沾不上京广线的光。以前沿京广线南下的火车经过衡阳之后直达郴州，然后入广东进韶关，根本就不在岳洲停车。后来火车在岳洲县停靠，完全得益于稀土矿。

岳洲的稀土矿是在二十世纪六十年代发现并开发的。发现稀土矿之后，一下子惊动了全国。过不了多久，岳洲就热闹起来。刚开始是乘汽车来的搞地质勘探和规划设计的人，后来又来了一些铁路工人。这些穿咔叽布铁路制服的人一到，马上就热火朝天地干起来。再后来，京广线在岳洲就有了车站，全国各地来岳洲的建设者就不用再乘汽车了，他们直接乘火车来。这些火车大部分是从北方来的，在岳洲丢下几节车皮，又继续向前面开。

被丢下的车皮上有汽车，是那种很大很大的大卡车，还有推土机和其他大设备。岳洲人以前还从来没有见过这些大家伙。于是家住城关镇的小孩像是看热闹一样天天放学之后跑到铁路边看稀奇。这时候，从城关镇通往老雁窝的公路也基本上开通。老雁窝就是发现稀土矿的那个山沟沟。刚开始是土路，后来改成石子路，最后终于修成柏油路。

稀土矿可以说是岳洲人的骄傲。岳洲人对稀土矿一直都很向往很敬重。稀土矿上的人以前不说岳洲话，而是说普通话，就跟当地的驻军一样。稀土矿上的人都有咔叽工作服穿，还有深到膝盖的胶靴穿。并且矿上人的深筒胶靴自己穿不完，还有多余的拿来跟老百姓换狗肉吃。一双胶靴可以跟农民换一条狗子。矿上人指哪只狗，农民就去打哪只狗。被矿上人指中的那只狗家的主人不但不生气，而且还会欢天喜地，因为乡下的狗贱，家家都有，还有一家养了几条狗的，但是矿上的胶靴在乡下人看来十分稀罕十分金贵，自己家的狗能够被矿上人看中，并且马上就可以换上一双深筒胶靴，有理由欢天喜地。

除了深筒胶靴外，岳洲城关人还看见矿上有人穿大皮鞋的，是那种带帮子的翻毛皮鞋，岳洲人只有在电影上看过，现实生活中还没有看过。翻毛大皮鞋比深筒胶靴更金贵，拿狗子也换不成。太金贵了，岳洲人似乎没有什么东西可以跟矿上人换大皮鞋，所以街上穿大皮鞋的就只能是矿上人。街上要是出现一个穿大皮鞋的，不用问，准是矿上的，这个人马上就会成为大家关注的中心，跟如今影视明星走到街上差不多。

稀土矿上的人有钱，矿上人到城关买东西从来不还价。岳洲人尊重矿上的人，但同时对稀土矿也有一种嫉妒和愤恨。矿上的人来多了之后，城关的鸡蛋都涨价不少。

总之，岳洲人对稀土矿的感情是复杂的。既因为她而骄傲，又感到她有一种盛气凌人的架势，感到一种不平等的存在。稀土矿的存在对岳洲人产生了不小的影响。这些影响有些是直接的，有些是间接的。聂大跃当年之所以下海去闯深圳，也跟稀土矿的特殊地位有关。这是后话，我们以后再说。

稀土矿虽然在岳洲县境内，但是在行政上好像一直与岳洲没有关系。在计划经济体制下，稀土矿在二十个世纪六十年代属于国家地矿部，七十年代属于国家冶金工业部，八十年代之后属于国家有色金属工业总公司，不管属于这个部那个部，就是不属于岳洲县。不仅如此，矿务局的行政级别一直不在岳洲县之下，所以矿务局根本不买岳洲县的账。因此，岳洲人对稀土矿的复杂的情感就不仅限于岳洲的老百姓，就是对于岳洲的各级领导，这种感情也是复杂的，只不过当领导的大脑本身就比普通老百姓复杂，所以仅仅用"感情复杂"还不能完整地表达领导同志们的感情，因此，岳洲县领导对稀土矿的感情不仅复杂，而且微妙。

但是不管怎么说，作为稀土矿上的人在岳洲是受人尊敬的。既然魏长青是稀土矿的，那么秦石峰就不敢小瞧他。再说，秦石峰也确实是经常光顾咖啡屋，最近报纸上说有些咖啡屋专门从批发市场上收购一些烂水果，回来以后把烂掉的部分挖掉，剩下的放在机器里面一搅碎，制成鲜榨果汁，几十块一杯地往外卖。自从这件事情曝光之后，秦石峰进咖啡屋就不敢喝果汁了。可是偏偏秦石峰就喜欢喝果汁，喝果汁不仅营养丰富，而且高雅，电影上的外国人就总是喝果汁，因此喝果汁还顺应国际潮流。秦石峰认为坐在咖啡屋里面喝果汁比喝咖啡更有身份，特别是深圳天气热，喝果汁确实也比喝咖啡科学。这下好了，有个熟人开咖啡屋，不求照顾，但求公道，想着这个魏长青不会因为几块钱坑自己的老乡吧。于是，秦石峰在招商会上对聂大跃和魏长青都十分热情，热情地喊二位大哥，并一再表示下次专门聚一聚，他做东。当然，秦石峰这样热情并不仅仅是老乡，必须是"老乡＋有用"他才能如此热情。秦石峰感到这二位大哥不仅是老乡，而且都对他有用。魏长青至少可以保证不让他喝烂水果榨的果汁，聂大跃更是他潜在的客户，要想让秦石峰不热情比不让他喝果汁可能还要困难。

人是很怪的，三个人在一起，在适当的气氛下，只要有其中的一个特别热情，则三个人马上就变成一见如故的好朋友了。事实上，那天招商会之后，聂大跃、魏长青、秦石峰就真的像是结拜兄弟了，三个人就经常在一起聚，聚会的地点就是魏长青的咖啡屋。刚开始是秦石峰作为发起人，后来就是聂大跃作为发起人，反正魏长青是什么时候都欢迎他们来。当然，他们也比较随意，也不一定非得事先约定。有时候是其中的一个人先来，然后才给另一个打电话，问他有没有空，如果有空就过来坐坐。这一次就是秦石峰一个人来的，来了以后就给聂大跃打电话，问他在哪里，能不能过来，聂大跃说在外地，过不来。于是，魏长青就陪着秦石峰闲聊。聊着聊着秦石峰就问起报纸上说的那件事情，并且问魏长青听说没有。魏长青说听说了，也是听来这里的客人们说的，并且说他不理解那些咖啡屋为什么要这么做。

"赚钱呗。"秦石峰说。秦石峰在说这句话的时候，还想着魏长青可能是故意装糊涂，怎么会连这个都不知道。

"不值得。"魏长青说。

"怎么说？"秦石峰问。

"用正品的水果成本也是非常低的，"魏长青说，"开咖啡屋的成本主要是房租、装修费摊销和人工工资，原料的成本是非常小的部分。所以做咖啡屋关键是要生意好，人气要旺，原料钱是最不能省的。客人都不傻，如果老板在原料上做手脚，省那一点钱，只要少来几个客人就全部贴进去了。要是客人少，就是原料不要钱老板也会亏，客人多，用最好的原料也会赚。"

秦石峰研究生读的是金融，他一听就明白魏长青讲的这个道理。秦石峰由此就相信魏长青应该不会用烂水果来做鲜榨果汁。

从那以后，即使不是三个朋友聚会，秦石峰也常常光顾魏长青的咖啡屋，并且常常是带了他那一帮股市上的朋友来。在大多数情况下，这些跟他来的人都是听他高谈阔论。如果这些朋友当中有一两个年轻漂亮的女人，他会讲得更起劲。只可惜这些年轻漂亮的女孩旁边往往都有男朋友守着。相反，单独跟秦石峰来咖啡屋的女性都是一些明显年纪比他大许多的，而且秦石峰好像对这些年纪较大的女人非常热情，每次都是秦石峰抢了付账，而如果是其他情况，则通常是别人买单。这是为什么呢？魏长青心里有点疑问，很想问一问，但是终于没好意思开口，于是就憋在心里，想着等到更熟悉一点的时候再问吧。

6

聂大跃说话算话，那一天果然把老婆胡娅沁带到魏长青的咖啡屋来。

胡娅沁一进门就认出万冬梅，说："这不是刘工家的……亲戚嘛。"

她差一点就说"刘工家的保姆"。

这时候万冬梅也认出胡娅沁。

胡娅沁是正宗的矿上人，父亲是矿上研究所的工程师，跟她刚才说的刘工是同事，而且两家住在一栋房子里，她当然认识万冬梅。但是，正因为认识，现在见面才有点不好意思。追其原因嘛，一个是矿上工程师家的千金，一个是矿上工程师家的保姆，身份悬殊太大，根本不在一个档次，今天在深圳猛一见面，却是以两个好朋友的妻子身份见面，本来不在一个档次上的人猛然站在同一个平台上，难免有些不适应，甚至尴尬。

胡娅沁有些别扭，心里责备聂大跃不该把她带到这个地方来，不该不分层次地交一些乱七八糟的朋友，但脸上还不能把内心的想法表露出来，还要装着跟万冬梅很亲切很平等的样子，拉住对方的手摇，脸上透着笑，心里做自我调节，想着时代不同了，时间能改变一个人的身份，深圳能改变一个人的命运，最明显的例子就是把眼前这个昔日的保姆变成一个和她身份一样的老

37

板娘了，自己千万不要提当年的事情，一定要摆出她们以前在矿上就是好朋友的样子。

万冬梅有些腼腆，这时候竟然满脸通红，不知道是因为自己的出身而脸红，还是不习惯胡娅沁这么过分的亲切而不好意思。总之，她是被动的，有些窘迫。

"我去给你们榨果汁。"万冬梅说。

万冬梅终于找到合适的借口，带着一脸的红走了，留下丈夫魏长青与他们继续寒暄。

魏长青是男人，可以大大咧咧，这些年在深圳闯荡也增长了见识，与任何人都可以没有障碍地应酬，但是，他今天也感到了别扭。这种别扭是陡然产生的，准确地说是见到胡娅沁并且看了胡娅沁的这番表现之后才产生的。魏长青已经是场面上的人了，他透过胡娅沁表面的热情看出隐藏着的傲慢，于是就产生了别扭。其实胡娅沁并没有傲慢，至少她主观上并不想傲慢，但魏长青还是感觉到胡娅沁的傲慢。或许，魏长青的感觉并不真正来自胡娅沁的表现，而来自他自己的内心。

魏长青也是矿上的子弟，后来也是矿上的正式职工，那么，他为什么会感觉胡娅沁的热情是一种隐蔽的傲慢呢？要想解开这个谜，就必须了解稀土矿的历史，了解同样是矿上的子女，但子女和子女不一样，了解同样是矿上的职工，但职工和职工也不一样，只有了解到这一情况之后，才能理解魏长青为什么产生别扭。

岳洲稀土矿的第一代职工绝大部分是从全国各地支援岳洲来的工程技术人员和技术工人，也有极少数是当地老雁窝的本地人。胡娅沁的父母属于那"绝大多数"，魏长青属于那"极少数"。按照惯例，占"绝大多数"的移民肯定属于统治地位，处于"极少数"的土著肯定是二等公民。这不是中国特色，而是国际惯例。比如号称世界上最民主与平等的美利坚合众国，比如现在在各方面都极力想向美国看齐的澳大利亚，比如与美国价值观基本一致的加拿大，他们都是这样。老雁窝当地的老山民其实就相当于美国的印第安人、澳大利亚的土著人和加拿大的魁北克人。美国向来都是喜欢自己制定国际标准的，那么，他们的做法当然就是国际惯例。其实美国也好，澳大利亚和加拿大也好，小小的岳洲县的拐坷拉老雁窝也好，人性都是相通的。事实上，在魏长青和胡娅沁父母的那个年代，中国人还根本不知道"国际惯例"这个说法，却也自然而然地按照美国、澳大利亚和加拿大这些文明国家遵循的这个惯例做，可见，人性是没有国界的。

老雁窝原本就是一个小山村，远没有上河口那样出名。以至于岳洲城关的人除了少数几个喜欢打猎的之外，很少有人听说过这个地方。

老雁窝的山民原本靠山吃山，后来一下子在这里冒出来一个矿务局，按照有关政策，矿务局占用了他们的山林和坪地，必须安排他们工作，从此，祖祖辈辈靠山吃山的老雁窝山民成了吃国家饭的人。但是在此后相当长的一段时期之内，他们的身份都不是很明确。他们在矿务局的正式称呼是"农民工"。"农民工"是什么意思？到底是农民还是工人？或者是一半工人一半农民？或者是表示他们以前是农民后来是工人？不知道。这种情况一直到"文化大革命"爆发，"农民工"的苦出身成了政治资本，在少数活跃分子的带动下，起来造反了，其中一个还当了革命委员会副主任，"农民工"的帽子才彻底被摘掉。

"农民工"的帽子虽然摘了，可事实上他们跟外来的技术移民还是有差别的。这些差别平常看不出来，到关键时刻就显露出来了，比如子女找对象。土著人家的女儿只要长得漂亮，嫁给移民人家的儿子倒是有可能的，尽管移民人家的父母可能不是很乐意，然而毕竟是新社会，婚姻法也明确规定婚姻自由，所以这种情况在稀土矿并不少见。但是移民人家的女儿嫁给土著儿子的情况几乎是没有的，至少在魏长青那一代人当中没有。这就产生了一个问题，就导致土著人家的儿子最终会有一部分成为老大难。魏长青当时就是老大难之一。

老大难魏长青最后走的是"第三条路线"，他既没找移民的女儿，也没找土著的女儿，而是找了这两种人之外的第三种人。

找移民的女儿不可能，他愿意对方不愿意，找土著的女儿只能找长相难看的，稍微有点姿色的就都高攀移民子弟了，一般不会考虑嫁给土著的儿子，剩下的魏长青实在看不上。魏长青的父母虽然原来都是老实巴交的山民，但是魏长青自己却是在矿上长大的，算是"城里人"，并且正儿八经地读到高中毕业，所以他比父母那一辈更懂得爱美。魏长青认为女人一定要美，就是不美也不能太丑，太丑了对自己是一种伤害。

高中毕业的魏长青也下过乡，但是他到底是农民的儿子，干农活没问题，加上本来就是本乡本土，跟有些贫下中农甚至沾亲带故，所以很快就被推荐上调回到了稀土矿。在农村镀了一次金的魏长青上调到矿上进了选矿厂，虽然还是一线工人，但是至少不会下井了。在矿上，小伙子只要不下井就是好工种，有了好工种的魏长青对未来应当有更好的憧憬，对生活也应该有更高的要求。魏长青那时候的要求很明确，找一个看上去顺眼一点的姑娘做老婆。

这时候，有人主动给他介绍了万冬梅。万冬梅是研究所刘工家的保姆，据说跟刘工的老婆还是远房亲戚。万冬梅虽然说不上多漂亮，但她是随刘工一家从北方来到岳洲稀土矿的，有一种北方女人大气的身段，起码看上去比矿上被移民子弟挑剩下的土著女子大气，所以，介绍人领着魏长青远远地一看，他就点头了。刘工来自中国科学院宁夏稀土研究所，他家的保姆也来自宁夏，万冬梅已经习惯南方的生活，习惯矿上的生活，不想回宁夏老家的农村了，她希望就地嫁给一个工人，条件只有一个：不要下井的。魏长青正好就属于不下井的，于是俩人就对上了。

万冬梅不但有北方女人大气的身段，也有北方女人大气的性格。与魏长青成婚之后，万冬梅虽然没有工作，却也把家里收拾得顺顺当当，倒也让魏长青感到称心如意。虽然只有魏长青一个人挣工资，但是矿上工资高于地方上，加上万冬梅会过日子，利用矿上的空地还种了一点蔬菜，日子算不上小康，算温饱没争议。后来他们有了孩子，日子才显得有点紧。这个阶段，魏长青的日子明显不如其他的双职工，要说一点想法没有是不可能的。事实上，魏长青有一段时间还感到后悔，后悔自己当时年轻，不了解生活的艰辛，如果早觉悟，应该娶一个跟自己一样的土著人家的女儿，虽然长得肯定不如万冬梅，但是漂亮并不能当饭吃，也不能转换成儿子的玩具和新衣裳，再说女人也就是那么回事，丑女人看得时间长了也慢慢会顺眼。

但是，天下没有后悔药，有得有失，慢慢过呗。

当孩子大一点之后，万冬梅的闲工夫更多了。这时候国家政策也有了一些变化，矿区里面居然也慢慢有了一些小摊小贩，于是万冬梅就张罗着在矿上作业区里面摆一个面条馄饨摊。刚开始魏长青还不同意，说这么多年都过来了，现在工资又涨了，难道还过不了了？万冬梅说："工资是涨了，但是物价涨得更多。反正我闲着也是闲着，你不如就让我做吧。"

魏长青不管她了。但是有一条：只做夜班的生意，白天不要出去。万冬梅说行。

上夜班的工人以前都是在矿上食堂吃夜餐，但是稀土矿北方人多，所以万冬梅的面食摊生意比她预想的要好。生意好的另外一个原因是万冬梅大气的性格。她不像南方女人那样斤斤计较，说话中听，而且能够开得起玩笑。矿上工人干的是力气活，而且危险，从井下上来了，都希望放松一下，即使身体不能放松，也要图个嘴巴放松，所以开几句粗玩笑是不可避免的。万冬梅不小气，粗话细话都能听，所以工人宁可多花几毛钱，也愿意到她的面食摊子上落个心情愉快，因此，万冬梅的生意就愈发好。

魏长青最先感觉到变化的是家里的伙食比以前好多了，然后就是万冬梅率先买回来电视机。那时候电视机还是稀罕物，研究所刘工家里倒是有，还是日本货，但也不是凭工资买的，而是刘工出国期间天天吃方便面省下来的，现在魏长青和万冬梅既没有出国也没有天天吃方便面，居然也看上了电视机，自然有一种翻身做主人的舒畅。一到晚上，他们家就成了电影院，一屋子的人围在他家看电视。遇上好节目，魏长青干脆把电视搬到门口，大家看。这时候，万冬梅的面食摊已经从夜班发展到"三班倒"，魏长青不知道从什么时候起也自动加入进去，竟然不知不觉地成了万冬梅的"帮工"。

这个"帮工"当得值。事实上，到二十个世纪八十年代中期，万冬梅和魏长青已经成为岳洲稀土矿上第一批"先富起来的人"。这时候的万冬梅和魏长青与周围人的差距已经不仅仅是家用电器了。

1985年春节，已经富起来的万冬梅和魏长青带着宝贝儿子一起到广州深圳珠海自费旅游。在深圳东门，吃着一块五一碗的馄饨，万冬梅问魏长青："你觉得他这个馄饨跟我卖的那个比怎么样？"

"差远了。"魏长青说。

魏长青不是夸万冬梅，老夫老妻之间也用不着夸了。万冬梅是地道的北方人，做面食不用学，可以单手擀饺子皮，做的馄饨确实比他们在深圳东门面食馆吃的馄饨味道好多了。

"你知道他这里多少钱一碗?"万冬梅又问。

"一块五。"

"我们那儿卖多少钱一碗?"

"五毛。"

"走!"万冬梅说。

"去哪儿?"魏长青问。

"走!"万冬梅还是一个字。

自从他们家由于万冬梅的面食摊到面食店而走上富裕道路之后，万冬梅已经找回了自信，她在魏长青面前说话再也不像从前那样唯唯诺诺了。

此消彼长，魏长青倒也很快适应了万冬梅现在铿锵有力的语言。于是赶紧把剩下的几个馄饨囫囵吞掉，牵着儿子跟在她后面走。

万冬梅一直将他们引到菜市场，仔细地询问了面粉、蔬菜和新鲜猪肉的价钱，然后问魏长青："看见没有?"

"看见什么?"魏长青问。

万冬梅一板一眼地说："深圳这些东西的价钱跟岳洲差不了多少，但是做出的馄饨却要卖岳洲三倍的价钱，而且买的人这么多，这样的生意哪里找?"

"你什么意思?"魏长青问。问得有点胆怯。

"什么意思还不是明摆着的吗?"万冬梅说，"我们应该到深圳来开面食店。"

"到深圳来?"

"对，到深圳来。"

"那我们怎么办?"

魏长青的"我们"当然还包括儿子魏军。

"你跟我一起来,"万冬梅说,"魏军先放在他奶奶家一段时间,等上学了再接过来。"

"那矿上怎么办?"魏长青问。

"能停薪留职更好,不能就拉倒。"万冬梅说。

魏长青虽然舍不得矿上那份职业,但是他更舍不得万冬梅。他发现自从万冬梅赚到钱之后,人不但没有被累垮,反而比以前更加精神了,而且一精神就抖擞,一抖擞就更加漂亮了。所以,当万冬梅向他保证在深圳开面食店一个月的收入肯定比矿上一年的工资还多的时候,魏长青自己也下定了决心。

魏长青当时心里面算了一笔账:在深圳干一年等于在岳洲干十二年,那么干三年就等于干到退休了。什么叫保障?有钱就是最好的保障。

一晃,十多年过去了,实践证明万冬梅是对的,如今魏长青和万冬梅在深圳已经拥有两家咖啡屋,并且还打算开第三家第四家,个人资产早就超过百万,而与魏长青同期的那一批矿上的职工,如今正为闹下岗在嗷嗷叫呢。所以魏长青说,我这一辈子最大的成功就是找了万冬梅做老婆。

好的结果说明好的一切。魏长青的土著出身和万冬梅的保姆经历在今天看起来已经不是什么丑事了,并且在某些情况下还能成为炫耀的资本。事实上,魏长青和万冬梅过去在自己的饭店或者是咖啡屋里面也遇到过以前矿上的熟人,这些熟人有些甚至是专门找上门来的。他们中的大多数以前在矿上都比魏长青和万冬梅条件好,并且他们与胡娅沁一样,也都知道万冬梅和魏长青的底细,但是万冬梅和魏长青在那些人面前一点也没有觉得不好意思,反而觉得很光荣。那么,今天他们在胡娅沁面前为什么会没有那份感觉呢?

晚上睡在床上,魏长青还在想这个问题,翻来覆去睡不着。万冬梅以为他有什么要求,蛮高兴,关于床上的事情,最近两年他们之间的情况发生了变化,具体表现就是做这种事情女的主动的多,男的主动的少,与刚结婚那几年的情况正好相反,但女人总是希望男人主动的,因为只有男人主动才能体现女人自身的价值,所以,今天偶然发觉魏长青翻来覆去睡不着万冬梅当然高兴。

万冬梅虽然心里高兴,但是表面上却不露声色,她今天一定要让魏长青上赶子主动。万冬梅甚至想好了,即使魏长青主动了,她还要假装地推辞一下,吊吊魏长青的胃口。这种吊胃口的事情在他们刚结婚的年月是经常有的,但是最近几年没有了,所以万冬梅有点想。

万冬梅现在要做的就是耐心等待。

人在等待的时候感觉时间特别长。

突然,魏长青一下子坐了起来。万冬梅费了很大的劲才忍住没笑。她要装作睡着了。

魏长青坐起来之后,看看万冬梅,他不敢确定万冬梅这时候睡着没有。按照以往的经验,万冬梅这时候应该没有睡着。

魏长青把床头灯拧开,并且摇摇万冬梅的肩膀。万冬梅的忍耐终于超出了极限,这时候干脆扑哧一声笑出来,把魏长青吓了一惊。

"你干什么?"魏长青问。

万冬梅转过脸来,一脸的灿烂,反问:"你要干什么?"

魏长青见她面似桃花,突然反应过来,于是也只好"将戏就戏",开始尽自己做丈夫的义务。但是,毕竟事发突然,加上心里面有事,总也找不到激情燃烧的感觉。万冬梅摆了两遍正确姿势，仍然发现在浪费激情，不悦，问魏长青："你有心事？"

"是啊。"魏长青说。

"什么事？"万冬梅问

"没什么事。"

"没什么事你干吗有心事？"

"真的没有什么，"魏长青说，"我就是不明白为什么我见到胡娅沁的时候与见到矿上其他人的时候感觉不一样。"

万冬梅愣了一下，说："我也是。"

"可能是态度，"魏长青说，"这个胡娅沁的态度跟其他人不一样。"

"好像，"万冬梅说，"其他人见到我们眼神里面都透着羡慕，甚至有点巴结，她的眼神里面没有。不但没有，而且还透着一种傲气和不屑一顾。"

魏长青一惊，没想到万冬梅一个小学生竟然能和他一个高中生感受一样。但他显然不想被万冬梅小瞧，一定要在理解上比万冬梅更高一筹。

"我想起来了，"魏长青说，"她过去比我们有钱，现在仍然比我们有钱，所以她过去傲气，现在仍然傲气。"

"有钱又怎么样，"万冬梅说，"我们也不向她借钱。"

"就是。"魏长青说。

大约是由于终于想明白了，所以这个时候魏长青又行了，那个被万冬梅等待多时的激情终于燃烧起来。

7

聂大跃和魏长青被卷入"岳洲稀土"事件当中，当然与秦石峰有着直接的关系。

那一天他们仨又在魏长青的咖啡屋小聚。秦石峰对聂大跃说：你用岳鹏实业的名义贷款，我给你担保，私下再签个协议，你把贷款所得全部资金以保证金的形式存在我们证券公司，全权委托我们理财，固定回报率百分之十二，你们一点风险没有，因为贷款是我们担保的。

听着秦石峰的口气，证券公司是他自己家的了。

其实秦石峰也没有完全说大话，这样的操作他们确实已经做过很多笔了，确实没有出过任何事情。即使真的出了什么事情，放款的银行也会盯着证券公司，因为证券公司有现钱，至少有可以当场变现的股票。遇到那种情况，银行的目的是收回贷款，当然是谁有现钱就找谁，要是找到聂大跃这样做实业的，即便他想还款，也套不出那么多现金呀。而证券公司也不怕，证券公司在给大户做透资的时候，大户总是要拿自己的股票做抵押，股票涨了皆大欢喜，股票跌了，跌到一定的限度证券公司就会按照事先签订的协议强行平仓，损失的是大户自己。

聂大跃问："你们有什么好处？"

十多年的经商经验告诉聂大跃一个基本道理：送上门的好事

要留心。

秦石峰说："我不赚你的钱，仍然以十二个点透资给客户，这样就能吸引来大批客户，这些客户就是我们的衣食父母，交易费就是我们的好处。"

聂大跃想想是这个道理，于是关心下一个问题，问："我有什么好处？"

对送上门的生意，不问自己有什么好处，而是先问对方有什么好处，表明聂大跃在商场上已经相当成熟了。

秦石峰说："你的贷款利率加成本大约是七个点，我给你是十二个点，这个账你还不会算？"

这个账聂大跃当然会算。聂大跃对股票还是懂的，他当初就是靠做股票生意起家的，但是聂大跃不像秦石峰那么张扬，不但不张扬，而且还经常装糊涂。当一个生意人在生意场会装糊涂的时候，表明他有城府了。

"可以，"聂大跃说，"但是如今金融衍生工具层出不穷，我老是跟不上，所以如果要做，恐怕还要你多费费心。"

"那不成问题，只要大哥看得起，今后你的事就是我自己的事。"

大约是秦石峰经常对外许愿，所以许起愿来十分轻松。事实上，要不是后来秦石峰看上了聂大跃的妹妹聂小雨，这个愿也就只能永远是一个美好的愿望。

聂小雨比聂大跃小许多，大学毕业，现在在哥哥聂大跃的公司做事，其职位大约相当于聂大跃的助理，但不是很明确。好在她是聂大跃的同胞妹妹这一点是非常明确的，所以尽管她在岳鹏实业的职位不清，职责不明，但是权力不小。事实上，她相当于岳鹏实业"二老板"。

尽管如此，但我们并不能因此而推断聂大跃的岳鹏实业管理混乱。其实中国目前的民营经济发展还不是很成熟，一些足以保障私营经济健康发展的法律文件还不完善，整个社会的诚信体系还没有真正确立，在这种情况下，私营企业内部的关键岗位上任人唯亲也不失为一个比较保险的做法。至少是不得已而为之吧。

"二老板"高中毕业以后参加高考，分数只够上大专，但当时聂大跃已经大小是个老板了，深感接受正规高等教育的重要，于是，聂大跃坚决要求妹妹上本科大学，并且愿意承担一切费用。其实这也没有什么，丝毫不影响聂小雨大学文凭的质量，高考的时候差几分并不能说明聂小雨的智商就一定比别人差，只要四年的大学努力，毕业的时候说不定笨鸟先飞呢。聂大跃认为学生接受教育的环境相当重要，把一个高考的时候分数达到清华标准的学生安排在地区师专学习，毕业的时候也未必就是第一名，同样，把一个分数只够师专的考生安排在清华上大学，四年之后也未必就是最后一名，所以，当时经济上还不是很宽裕的聂大跃硬是出钱让妹妹上了一个全国重点大学。

聂小雨大学毕业直接"分配"到她哥哥的工厂，并且直接进入公司管理层，使聂大跃越发觉得这钱花得值。

不知是有意还是无心，聂大跃恰巧就安排聂小雨跟踪秦石峰许愿的这件事。现在想想聂大跃可能是无意的，因为像这种超出岳鹏实业传统业务范围以外的事情，聂大跃也只有交给自己的妹妹才放心。

秦石峰见到聂小雨之后，态度马上就发生了变化。至于为什么马上就发生变化，当然只能理解为秦石峰喜欢上了聂小雨。

秦石峰一下子就喜欢上聂小雨当然首先是因为聂小雨漂亮，但漂亮还不是最主要的原因，最主要的原因在于聂小雨所表现的那种自信与自然，其实也只有充分自信的女孩才能表现出纯真的自然。当然，秦石峰这么快就喜欢上聂小雨的另一个重要的原因是因为聂小雨是聂大跃的妹妹。这一条也非常重要，因为如果她不是聂大跃的妹妹，可能她也就没有那份自信与自然了，自信与自然也是要有物质基础的，否则就是装的。是装的秦石峰就不喜欢。秦石峰这些年在深圳见过太多装腔作势的女孩了。

说聂小雨漂亮当然不假，事实上，在深圳能够立住脚的女孩有几个不是漂亮的？有人说深圳是个包容性非常强的移民城市，其实在秦石峰看起来，深圳是移民城市不假，但是要说到包容性则未必，要说包容那也只能是对漂亮的女人和高学历的男人包容，也就是说，女孩如果不漂亮，或者男人没有高学历，深圳是很难彻底包容他们的，最多"包容"他们几年，然后哪儿来哪儿去。这也是没有办法的，中国人太多了，太多的中国人知道深圳好，如果不加限制，深圳还不爆炸了？

至于聂小雨是聂大跃妹妹这一条，当然是最重要的一条，也是秦石峰对聂小雨上心的根本。有一次聂大跃到内地去走访代理商，秦石峰和魏长青俩单独喝酒，喝着喝着就说到了聂小雨，秦石峰经不住魏长青的盘问，实话实说：深圳比聂小雨更年轻更漂亮的女人也有，但是那些女人只能做朋友，不可能发展成为老婆。魏长青问为什么，秦石峰说："因为我不知道那些女孩到底是爱我这个人还是爱我的钱。但是聂小雨不一样，聂小雨是聂大跃的妹妹，聂大跃的妹妹难道还会贪我的钱吗？所以，如果聂小雨能跟我，那就是真的。"

既然对聂小雨有了这种想法，秦石峰当然就把本来不经意的许愿当作履行合同一样来认真对待。不但真的帮着聂大跃做这笔业务，而且还给聂大跃提了很多建议。其中有些建议还真被聂大跃采纳了。比如秦石峰对聂大跃说，企业要发展一定要打破家族式管理，一定要防止一言堂而导致决策失误。秦石峰还举出国内外一些企业失败的例子对聂大跃说，决策失误是一个企业一夜之间轰然倒塌的唯一因素，任何其他的失误都是慢性病，只有决策失误是突发性心脏病，最危险。秦石峰还说过，一个民营企业要想走得更远，必须建立科学的决策制度。民营企业同样面临改革提升的问题，只有不断改革才能健康发展。民营企业也要由产品运作发展到资本运作。

聂大跃采纳了秦石峰的这些建议，准备高薪聘请一个专家型管理人才来做总经理，另外还成立了一个管理决策委员会，重大问题由这个委员会集体研究决定，以避免决策失误。聂大跃还聘请秦石峰为他的决策顾问，根据秦石峰的建议，委员会采用双向否定制，一项决策，即使其他人都同意，只要董事长聂大跃一个人反对，则决议不能通过，反过来，一项决策即使聂大跃本人赞同，但只要委员会中有三分之二的人反对，则聂大跃同意的决议也不能通过。

聂大跃因此就发现，秦石峰泡是泡，但有时候泡得有道理，作为一个民营企业家，在企业内部相当于过去的皇帝，老板必须要虚心听取意见，特别是像秦石峰这样具有良好的教育背景同时又善于表达自己观点的人的意见。

聂大跃已经察觉到秦石峰对聂小雨的意思，他的态度是：顺其自然，缓慢发展。

有一次三个男人碰在一起，秦石峰和聂大跃说得很起劲，但是魏长青始终没有插嘴。其实他们三个在一起，总是秦石峰说得多，聂大跃说得少，魏长青基本上不说话。在大多数情况下，魏长青都是当听众的，甚至当服务员，及时地给他们续水。但是今天有些特别，今天魏长青既不说话也不续水，仿佛心不在焉。

聂大跃问："怎么了？"

魏长青说:"没什么。"

聂大跃又问:"没什么你怎么不高兴了?"

聂大跃能这样说话,就说明聂大跃是他们三个中的大哥了,仿佛魏长青真要是有什么难处他就有义务帮助摆平。这倒并不仅仅是因为他年纪最大,其实他的年纪并没有魏长青大,关键是聂大跃最有钱,老板们在一起,谁最有钱谁就是老大。

魏长青被问急了,只好实话实说,生意不好做,刚刚应付完黑道老大,税务局又来查账,前几天被他老婆万冬梅炒掉的那个会计心理不平衡,跑到区税务局稽查科去检举揭发了,如果查出问题,魏长青将被罚款,而罚款中的一部分将作为奖金奖励给那个会计。

秦石峰说:"这叫什么话? 这不是鼓励告密者吗?"

聂大跃没说话,掏出手机给税务局长打电话。聂大跃是区纳税大户,连续三年通报表扬,跟区税务局长很熟。

聂大跃请局长吃饭、洗桑拿。局长说:"你是纳税模范,我应该请你才对。"聂大跃把魏长青的情况说了。局长当场打电话给稽查科长,说眼下那么多虚开增值税发票和骗取出口退税的事情你们不查,跑去查一个咖啡馆干什么。局长的话很有原则性,完全符合当时中央"抓大放小"的精神,科长也不是傻瓜,立刻就听出局长的口气了,马上顺杆子溜,回答说:"接到举报肯定是要查一下的,其实我们也知道没什么大问题,咖啡馆交定税,能有什么大事呀。"

万冬梅一定要请聂大跃吃饭答谢,聂大跃推不过,只好和秦石峰一同前往。席间,秦石峰对魏长青夫妇说:"你把咖啡馆兑出去,套回资金买股票吧。"魏长青夫妇没敢接话,而是看着聂大跃,仿佛聂大跃真的变成他们的大哥了,这种大事须由大哥说了算。

聂大跃说："好，好主意。"

魏长青认为既然聂大跃都说"好主意"了，那就肯定是好主意了，决定照办。

其实聂大跃是随口说的，并没有认真思考。聂大跃当时在想着另外一件事，想着胡娅沁要跟他闹离婚的事。

8

聂大跃与胡娅沁是在农村插队的时候认识的。岳洲当时是县，上山下乡也不如大城市正规。大城市知识青年上山下乡有固定的知青点，这些知青点叫"集体户"。一个"集体户"里面多则几十个知识青年，少的也有七八个十几个。这么多知识青年男男女女在一起，尽管有吵嘴打架的，有钩心斗角的，有争风吃醋的，有各种各样的矛盾和问题，但是他们至少不孤独不寂寞。而聂大跃他们不一样，聂大跃他们是小地方人，小地方人下乡都没有北京上海的知青那么正规。事实上，聂大跃当时下放的那个生产队就只有两个人。一个是聂大跃，另一个是胡娅沁。聂大跃是高中毕业，在学校的时候就是他们年级的"连长"，长得人高马大，而胡娅沁是初中毕业，本来年龄就小，加上瘦，看上去跟上海人发的死面馒头一样，根本没有长开的样子。按照聂大跃当时的条件可能看不上胡娅沁，但是胡娅沁是矿上的，具有了某种优势。这种优势与她身上的一些劣势相抵消，最终使她达到了与聂大跃相同或相近的高度，于是，他们平衡了，并且最终结为夫妻。

许多年之后，当人们面对日益增多的离婚现象进行评述时，一个占了上风的观点是：婚姻其实是一桩交易，这桩交易的基础是公平，什么是公平？双方综合条件相当就是公平。当双方中的一方条件发生重大变化的时候，原来的平衡被打破，离婚就成为不可避免。

反对的一方说，不对，婚姻是以双方的感情为基础的，而交易最忌讳感情。

占上风的一方说，感情也不是凭空建立的。感情也可以折算成平衡要素。条件变了感情也会发生变化。

事实上，双方的观点都没有错。婚姻既是物质的，也是精神的。在双方结婚前，精神的东西多，物质的成分少，结婚之后，成天跟柴米油盐打交道，浪漫少了，现实多了，自然就是精神的东西少了，物质的东西多了。人们通常所说的"婚姻是爱情的坟墓"讲的就是这个道理。如果按照这个观点，那么，离婚的主要原因是物质基础发生了变化，也就是说，在大多数情况下离婚与物质有关。但凡事都有例外，比如现在胡娅沁要与聂大跃离婚，就不属于这种情况。

与大城市知识青年另一个差别是上山下乡地点的远近。像北京的上山下乡到革命圣地延安，上海的上山下乡到云南或黑龙江边境。大城市知青上山下乡地方远其实也是一种待遇，这种待遇是岳洲这样小地方的知青享受不到的，他们只能就地下放，下在本县境内。由于比较近，所以就不需要乘火车而只要乘汽车就行，因此，当年聂大跃和胡娅沁他们下乡时就少了火车站台上热闹的欢送场面。但敲锣打鼓是免不了的。当年聂大跃和胡娅沁就是与几十个知识青年一起坐着汽车从城关镇被敲锣打鼓送到"东头"的。

"东头"位于京广铁路的东面，离城关镇虽然没有上河口和老雁窝那么远，但由于隔着一条京广铁路，并且当时没有横跨铁路的立交，两边往来不方便，因此，给城关镇人的感觉反而比上河口或老鹰窝更加遥远、更加闭塞、更加偏僻。

当时"东头"的官方名称叫"东方红人民公社"。聂大跃、胡娅沁等几十个知识青年直接被拉到公社。

公社其实就像一个小集镇，标志性的建筑不是公社大院，而是大院旁边那个大礼堂。聂大跃他们首先就是被安排在大礼堂里面的。

公社大礼堂远远地看上去与城关的电影院没有什么两样，于是聂大跃当时还想：农村跟城里差不多嘛。

聂大跃这样想也是有根据的。上初中的时候，学校有一阵子特别喜欢搞忆苦思甜，搞到最后压轴戏是吃忆苦饭。在吃忆苦饭之前，聂大跃想象着一定非常难吃。那时候有一种说法，说在万恶的旧社会，广大劳动人民干的是牛马活，吃的是猪狗食。既然是"猪狗食"，能不难吃吗？聂大跃没有吃过"猪狗食"，但是他相信肯定是十分难吃。聂大跃当时是连长。所谓"连长"，就是他们那个学校那个年级的学生头头。既然如此，那么就要吃苦在前。所以，当吃忆苦饭开始的时候，聂大跃拿出一种准备牺牲的精神，第一个冲上前，咬着牙，当众开吃。刚开始没有感觉，他下意识里故意让自己的味觉失灵，就像潜泳的时候故意使自己的呼吸系统暂时停止工作一样。然而味觉系统与呼吸系统并不一样，味觉是挡不住的，吃着吃着，短暂失灵的味觉又恢复了，但是，让聂大跃感到吃惊的是：这些"猪狗食"一点也不难吃。不但不难吃，这些用野菜和黑面做的窝窝头其实还蛮好吃的。至少偶然吃一次的时候是好吃的。

根据这个经验，聂大跃想：人家都说上山下乡多么可怕，其实也就是忆苦饭罢了，未必可怕。

进了公社礼堂之后，聂大跃才发现所谓的礼堂与城关电影院区别很大。原来这个公社礼堂也是徒有外表，外表像城关的电影院，里面差远了。事实上，礼堂里面什么都没有，根本就是空空的，不仅主席台上没有云灯和幕布，而且整个礼堂里面没有凳子，一张凳子都没有，完全是一块空地，一块斜斜的土坡。聂大跃当场失望。好在他们全部都带了行李，这些行李主要组成部分是一个背包。那时候上学是开门办学，在上山下乡之前，他们多次学工学农学军，还搞过野营拉练，所以，一个个背包打得像模像样，放在地上正好可以当凳子坐，和老照片上当年延安抗日军政大学的学员差不多。

聂大跃他们就那样坐在背包上听公社书记做关于欢迎他们的讲话。书记讲完了之后，是送他们下来的县上山下乡办公室的领导讲话，最后，是聂大跃代表广大上山下乡的知识青年讲话。这样七讲八讲也就到了中午。到了中午他们就开始吃中饭。中饭是公社准备的，不错，有红烧肉，聂大跃在家里也是难得吃一次红烧肉，所以那天他吃了三大碗饭。

吃过饭就开始下生产队。那时候毛主席有指示："各地农村的同志都要欢迎他们去。"毛主席都说要欢迎他们去，贫下中农当然得欢迎，但是聂大跃他们差不多是最后一批上山下乡的知识青年了，欢迎的次数多了，农民也出现了欢迎疲劳，因此，对他们的欢迎也是有选择的。聂大跃首先就被一个生产队长紧紧握住手，既代表友好，又等于是先把好货抢到手。等大家都被抢得差不多的时候，聂大跃发现了胡娅沁，因为刚才他们站着的那个地方就只剩下胡娅沁了。孤苦伶仃的样子。聂大跃那时候并不认识胡娅沁，但是他感到了自己作为一个连长的责任，于是跟拉住他手的那个队长说把她带上吧。队长没有说话，在犹豫，或者说是在想着怎样拒绝。这时候，公社书记走过来，板着脸，看着队长，队长一个激灵，说："好，欢迎，欢迎。"

队长是用牛车把聂大跃和胡娅沁拉到生产队的。聂大跃第一次看见牛车。在聂大跃的印象中，只有马和驴子或者他们的后代骡子才能拉车，而牛是用来耕田的。但那一天生产队长确确实实就是用牛车来接他们的。

牛显然已经意识到差它拉车不公平，像义务劳动，做样子，走得很慢。事实上，他们是在天黑之后才到达目的地的。当他们进村的时候，整个村子黑灯瞎火，一片寂静，突然，狗汪汪汪地叫起来，刚开始是一声两声，但很快全村的狗齐声叫起来，好不热闹，像是在欢迎他们，而且是热烈欢迎。可见，狗比人热情。

队长说："收拾公房怕是来不及了，今天晚上你先住五保户陈麻子那里，她可以住菊香家，菊香家没有男人，方便。"

"你"当然是指聂大跃，"她"是指胡娅沁。

二人遵命。但事实上，那天晚上他们并没有真正入睡。倒不是陈麻子和王寡妇他们不欢迎聂大跃和胡娅沁，而是聂大跃和胡娅沁他们自己不适应贫下中农的卫生习惯。对聂大跃来说，主要是身体不习惯，因为五保户陈麻子家的跳蚤不仅数量众多，而且欺生，不咬陈麻子，专咬聂大跃，上来就浑身上下一阵乱咬，咬得聂大跃像抽风，从床上跳起来，噼里啪啦对自己身体一阵乱打，还是无济于事。而对于胡娅沁来说，则主要是鼻子不习惯，因为寡妇王菊香家没有厕所，也没有马桶，而只有一个粪桶，并且该粪桶货真价实名副其实，直接就是盛大粪的，寡妇王菊香同志小便大便全部落在其中，多日没有处理，这样，她家就不仅充满小便的味道，而且在满满当当的小便味道当中还大量夹杂着大便的气味，从而使整个屋子弥漫在正宗的大粪氛围当中，并且该气味和陈麻子家的跳蚤一样，也欺生，不往王寡妇的鼻子里钻，专门往胡娅沁鼻子里面拱，拱得胡娅沁要呕吐，最后宁可不睡，从床上爬起来，重新穿好衣服，站到王寡妇家的院子里等待东方的太阳。

58

天亮，他们俩不约而同地找到队长，坚决要求住公房。队长说"好、好、好"，立刻为他们安排。

"公房"其实是生产队的一个仓库，一大一小两间房子，大的特别大，小的特别小。大房间用于储藏稻谷之类，小房间则专门给看仓库的人住的。聂大跃他们来之前，看仓库的任务由整个生产队男劳力轮流执行，现在既然他们来了，正好可以为生产队看管仓库发挥一点作用。

聂大跃是男人，又是"连长"出身，自然只能在仓库里面临时搭了一个床铺，与稻谷和老鼠为伴。虽然条件不好，但跳蚤少多了，只要白天控制不要轻易让贫下中农在他床上坐，晚上的跳蚤就基本在可以控制的范围内，不至于半夜爬起来往自己身上拍巴掌。小房间让给胡娅沁，胡娅沁一步登天，再也不受小便大便的混合气味困扰了，可以自由地呼吸新鲜空气，而不至于半夜三更穿衣服起床站在门外面等天明。

公房门前是一个打谷场，社会兼职是生产队的"广场"。庄稼收割的时候当打谷场用，其他时候当广场用，遇上生产队传达最高指示什么的，这里就是会场。聂大跃、胡娅沁来了之后，打谷场临时增添了一个新功能——练功场。聂大跃精力过剩，又不忍心看着这么开阔的打谷场浪费，于是每天早上起来都要在上面打几路拳。其实也就是当时学校体育老师教的"红卫兵拳"，但是贫下中农看不懂，感觉很稀奇很神秘，并且把这种稀奇和神秘广泛炫耀与传播，于是，当年差不多整个东方红人民公社的广大社员都知道该生产队来了一个会"功夫"的知青，竟然有外村人专门在大清早赶过来看聂大跃"练武"，聂大跃无意当中为该生产队增添了一道亮丽的风景。

为生产队增添风景的还有胡娅沁。自从聂大跃和胡娅沁住进生产队公房之后，打谷场边上就亮起了一道比聂大跃打拳更实在

59

的风景线——每天都能看见那里晾着一排女人的衣服。胡娅沁几乎每天都要洗衣服和晾衣服。这种情况更新鲜，第一，以前从来没有人在公房门口晾衣服，现在突然有人晾了，很新鲜。其次，公房门口是打谷场，很开阔，视角宽，老远地就看到，更新鲜。最后，当然也是更主要的，晾晒的竟然是花花绿绿女人的衣服，其中包含女人的底裤、胸罩甚至专门的女人卫生用品！那时候贫下中农的日子还没有完全从万恶的旧社会的水平摆脱出来，生活质量还不是很高，根本没有人民公社女社员穿胸罩的，更没有把女人的贴身用品放在外面晾晒的，因此，胡娅沁把这些东西在"广场"上一下子公开展示出来，给人民公社社员特别是人民公社男性社员带来的冲击比聂大跃在打谷场上打红卫兵拳还要大。

　　社员是有想象力的。虽然没有见过胸罩，但年轻人那时候人人都是民兵，因为当时伟大领袖有一个著名指示叫"全民皆兵"，既然"全民皆兵"，那么年轻人当然都是兵——民兵，于是，他们马上就为胡娅沁的胸罩找了一个合理的名称——"武装带"。这下好了，无聊的时光有机会打发了，每当闲下来的时候，就有一个人提议：走，看武装带去。于是，一群人就嬉笑着来到打谷场，近距离观察胡娅沁的底裤、胸罩和女人特有的卫生用品。少数调皮的年轻人不仅限于看，还想摸，甚至还当面挑逗这些物品的主人。更有几次，胡娅沁晚上收衣服的时候，竟然发现少了其中的一两件小物品。不用说，肯定是被某个人顺手牵羊了。幸好，胡娅沁由聂大跃保护着，而聂大跃又是大家公认有"功夫"的，所以，个别人对胡娅沁的侵害点到为止，始终停留在对其物品亵渎的阶段，并没有发展到对物品主人的直接伤害，于是，这些调皮鬼的鼓捣客观上拉近了胡娅沁与聂大跃的距离。

　　其实，用不着拉，聂大跃和胡娅沁本来就很近。生产队公房的大房间与小房间之间虽然有一道墙，但这道墙是象征性的，是半截墙。下面隔开，上面是相通的，凭聂大跃的"功夫"，不费吹灰之力就可以翻过去。当然，聂大跃是绝对不会这么做的，甚至连想都没有这么想过。尽管如此，这道墙仍然没有将他们彻底隔开，至少声音没有隔开，两边的一切响动对方都能听得一清二楚。因此，每天晚上胡娅沁起来小便的时候都小心翼翼，尽量不要弄出响声，但这显然比较困难，因为胡娅沁当时使用的是搪瓷痰盂，在小便的时候，即便能保证不发出液体与液体相互撞击的声音，也不可避免地要发出液体与固体撞击的响声，所以，胡娅沁小便发出的响声总是要跃过半截墙传到聂大跃耳朵里面去的。因此，如果单纯从声音上判断，他们有一种同居一室的亲近。

不仅"同居一室"，而且两个人在一个锅里面吃饭，"家务分工"也很像夫妻，与黄梅戏《天仙配》上描写的"你担水来我浇园"基本一致。况且他们两人成天出双入对，就是回城也两个人一起，所以，当时生产队有很多传说，传说他们表面上是睡两个房间，其实早就暗中在一起了。社员们这样说当然是解闷用的，并不打算真为他们说的话负法律责任。事实上，那时候聂大跃和胡娅沁根本就没有这么做，他们甚至连恋爱都没谈。那时候人单纯，都很要求上进，很自律，在那种把谈恋爱看成是资产阶级行为大背景下，他们是不会轻易迈出这一步的。当然，这里面有个时间问题，如果时间长了，说不定他们就真就谈上恋爱了，但他们刚下去不久，就开始刮起了"回城风"，根本没有给他们足够的时间滋生爱情。

9

　　"回城风"把聂大跃和胡娅沁一起吹进了县农机厂。农机厂是集体性质，比不上稀土矿，但除了小化肥厂之外，在当时的岳洲县也属于大厂，能进到里面当工人也算是他们的造化，比在农村当知青好多了。

　　俩人既然到了一个厂，关系自然有点进步。这时候发生了两件事情，一是进了农机厂之后，胡娅沁的身体突然一下子发开了不少，加上长期相处看惯了的缘故，胡娅沁在聂大跃眼里是个女人了。二是胡娅沁送给聂大跃一双劳保皮鞋，是只有矿上的职工才发的那种翻毛劳保皮鞋。这种劳保皮鞋外面是买不到的，在当时的城关镇，穿这种皮鞋是受人尊敬的。

　　显然是这双劳保皮鞋太具有象征意义了，令聂大跃感到了一种责任，一种必须自己先开口的责任。这时候，连聂大跃的母亲都问："这么好的鞋子是谁给你的？"聂大跃实话实说。母亲虽然还没有见过胡娅沁的面，但是就凭这双劳保皮鞋，就能够断定胡娅沁是个好姑娘，不仅现在是好姑娘，而且将来还一定是一个好儿媳妇。于是，母亲张罗着让聂大跃把胡娅沁带回来吃饭。等到饭吃完了，关系也就基本上挑明了。

　　那时候交通不如现在方便，胡娅沁大约一个月才能回矿上一次，于是聂大跃的母亲就经常让儿子带胡娅沁到家里来吃饭。理由是农机厂食堂伙食太差，你们现在是长身体的时候，需要加强营养。

逢周末，母亲还极力挽留胡娅沁住在家里，好在那时候人不娇气，胡娅沁与聂小雨合睡一小床也凑合。刚开始胡娅沁还不是太愿意，再晚了也要聂大跃送她回农机厂宿舍，常常是星期六晚上送过去，星期天早上又接回来，最后弄得胡娅沁自己都不好意思了，只好留宿。

本来聂大跃和胡娅沁的关系是在健康发展的，但是由于突然发生的另外一件事情，差一点将他们的姻缘断送。

那时候突然刮起了顶职风，就是国营单位的正式职工，不管是干部还是工人，只要提前退休，就可以由其子女中的一个顶职进去。这个风当时刮得非常凶，居然从长沙这样的大城市刮到小小的岳洲县。可怜天下父母心，一时间，很多本来年龄还没有到退休界限的父母，为了能使自己的子女进国营单位，纷纷提前退休。这股风对聂大跃影响不大，因为聂大跃的母亲在街道小厂糊火柴盒，父亲在搬运公司搞装卸，父母的单位都不如聂大跃的农机厂，白给都不进，根本就不存在顶职的问题，至于他的妹妹聂小雨，那时候刚刚上小学，还早着呢，想顶也不够年龄。但是，这件事情很快还是影响到了聂大跃，因为胡娅沁的母亲准备让她顶职。因为这时候国家对知识分子很重视，矿上承诺，即使她母亲提前退休，矿上也还是返聘她，返聘工资加退休工资并不低于原工资，等于是白给她女儿胡娅沁一个进矿上的名额，白给能不要吗？

聂大跃对于胡娅沁顶职的事情还是蛮高兴的，事情是明摆着的，矿上比农机厂好。聂大跃从小就知道矿上好。小时候他们家邻居有个亲戚是老雁窝的，后来被征收到矿上，神气得不得了，每次矿上的亲戚来县城，带上几个矿上职工食堂特有的又白又大的馒头，邻居家都要给聂大跃家送两个，聂大跃一个，聂小雨一个，兄妹俩几天都舍不得吃，看着就高兴。与胡娅沁搞上对象后，聂大跃父母在大杂院的地位明显提高了，每逢周末，母亲从外面买菜回来，总是一路谈笑风生，一路打招呼，告诉人家今天儿子的对象要来，所以要多买几个菜，并且从来都不忘记加上一句：她家住得远，在矿上，所以只好到我们家过礼拜。那时候，"矿上"就是一种身份，邻居们只要听说何家未来的儿媳妇是矿上的，立刻就另眼相看，不仅对胡娅沁另眼相看，对聂大跃全家都高看一眼。在这种情况下，聂大跃当然希望胡娅沁能顶职，只要顶职，胡娅沁就能从矿上家属变成矿上职工，对胡娅沁当然是好事情，况且，胡娅沁顶职之后，聂大跃自己也水涨船高，从矿上"家属的家属"直接变成"家属"。但是，聂大跃的母亲并不高兴。母亲说："是不是等结了婚再去顶职？"

聂大跃觉得母亲很愚昧，顶职是能等的吗？再说结了婚还能顶职吗？

可母亲的愚昧不是没有道理的。

胡娅沁在农机厂的时候，几乎住到了聂大跃家，虽然那时候人规矩，生米并不能随便做成熟饭，但是相当于米已经下到了锅里面，只要点把火，煮成熟饭是早晚的事情。事实上，那时候聂大跃与胡娅沁之间亲热的举动还是有的，按照当时岳洲人的土话，"谈恋爱就是摸摸捏捏"。尽管胡娅沁天生发育不是很好，但即使是平坦的胸部，对当时的聂大跃还是非常具有吸引力的。有一次他们在这种"摸摸捏捏"的过程中，聂大跃也表示怀疑过，虽然没有明说，但大意还是表达出来：怎么你没有奶子？胡娅沁非常自信地回答："我妈讲了，结婚以后就好了。"这是他们第一次谈到"结婚"，可见，如果再发展下去，离"熟饭"还远吗？但是自从胡娅沁顶职回到矿上之后，就是第一个月来了一次，以后几乎没有再来过。

胡娅沁不来聂大跃就去。有时候是聂大跃自己想去的，有时候是他母亲催着他去的。

聂大跃是骑自行车去的。从城关到矿上，去的时候是上坡，很累，回来的时候虽然是下坡，但是如果天晚了就非常不安全。所以聂大跃是很希望像以前胡娅沁到他家一样，星期六下午去，星期天下午回来。但是胡家人对聂大跃的态度可比不上何家人对胡娅沁的态度，每次一吃过晚饭，胡娅沁母亲就催着聂大跃赶快上路，说天黑了不安全。听起来像是关心，但要是真关心为什么不留聂大跃住下呢？既然不能住下，那么聂大跃就只能早出晚归，这样，他和胡娅沁连拉一下手的机会都没有了，而如果双方连拉一下手的机会都没有，这个恋爱还叫恋爱吗？

聂大跃不傻，他感觉到了。

聂大跃就对胡娅沁说："我们结婚吧。结了婚，我就可以星期六来，星期天再回去。"

胡娅沁不说话，淌眼泪。

"为什么？"聂大跃问。

胡娅沁还是不说话，继续淌眼泪，并伴随轻微的哽咽。

聂大跃再问。

胡娅沁说了："我父母希望你能考上大学。"

这下轮到聂大跃不说话了。大学是那么好考的吗？聂大跃不是没有考过，回城之前，招生制度改革，聂大跃和胡娅沁都参加了高考，结果他们东方红人民公社那么多知识青年一个也没有考上，既然一个也都没有考上，怎么能要求聂大跃考上？这不是给聂大跃设计了一个他根本就无法逾越的障碍吗？

"如果考不上呢？"聂大跃问。

胡娅沁说："不管考上考不上，先考了再说，起码要让我爸爸妈妈感觉你是一个要求上进的人吧。"

"好吧，"聂大跃说，"那我就试试。"

"不是试试，"胡娅沁说，"是争取考上，实在考不上是另外一回事。"

"那好吧。"聂大跃答应了。既然答应了，聂大跃就真的非常认真地复习起来。

在聂大跃认真复习的这些天里，他去矿上的次数明显少起来。许多年之后，回想起那一段时光，聂大跃对胡娅沁父母的要求既表示理解又觉得荒唐。表示理解的是：夫妻俩既然都是知识分子，就一个宝贝女儿，当然希望女婿也是一个大学生。觉得荒唐的是：就凭你们夫妇的态度和你女儿的条件，要是我聂大跃真的考上大学了，四年之后还会回头娶你女儿吗？聂大跃由此感悟那个时代的中国知识分子确实是比较迂腐。

当时聂大跃和胡娅沁的感情几乎已经走到了尽头。很显然，如果聂大跃考不上大学，胡娅沁十有八九是不会嫁给他了，如果考上大学，他大概也不会再回头娶胡娅沁了。这就是说，无论出现哪一种情况，他们都没有结婚的可能了。然而，事情往往就那么凑巧，这个时候，偏偏出现了第三种情况。

那一年湖南省广播电视大学正好在岳洲开一个企业管理班，聂大跃虽然没有考上全日制大学，却考上了电视大学。

电视大学也是大学。胡娅沁父母没话说，同意他们结婚。

聂大跃当时想：这大概就是天意吧！

天意当初让他们结婚了，现在又打算让他们再离婚，看来天意也是随机应变的。

聂大跃和胡娅沁当初结婚以后的感情一直不是非常好，主要是长期不在一起。城关离矿上虽然只有几十里路，但是正因为只有几十里路，所以他们双方都没有探亲假，就老是处于实际分居状态。

三十几里路让胡娅沁跑是不合理的。那么就只有聂大跃跑。事实上，新婚期间的聂大跃倒是经常去稀土矿的。但是骑自行车走三十里上坡到那里几乎把力气用得差不多了，加上在岳父岳母家不比自己家，一切都得小心谨慎，所以聂大跃的状态与当时中国的经济状况差不多，疲软。男人一疲软了夫妻感情就危险了。特别是聂大跃对岳父岳母老是有一种畏惧心理，还不敢多来，来多了怕岳父岳母就会认为小伙子不好好上学，不求上进。本来就疲软，再加上不多来，这个婚姻能不危险嘛。

岳父岳母的担心不是多余的，事实情况也大抵如此。大学不是每个人都能上的，在他们那个年代尤其是这样。广播电视大学的特点是进门容易出门难，这一点聂大跃深有体会，以至于后来聂大跃在深圳自己当上老板后，在招聘人才时，他还偏重于招聘电视大学的毕业生，因为他知道，要把电视大学读出来，需要比普通大学更大的毅力。聂大跃自己当初就没有读下来。

没有读下来的聂大跃更觉得没有脸去见岳父岳母，没有脸去见岳父岳母就等于没有老婆了，因为老婆是跟岳父岳母住一起的。

一气之下，聂大跃上了火车，来到深圳。

聂大跃到了深圳之后才发现人才与文凭是两码事，至少在香港老板眼睛里是这样的。

聂大跃来到人才市场，一个摊位一个摊位地碰运气。但是他连电视大学的毕业证都没有拿到，这个运气也实在是太难碰了一点。正当他准备打道回府的时候，运气来了，因为他看见一个摊位上明确写着"急招技术师傅"，聂大跃就是技术师傅，岳洲县农机厂的技术师傅。在岳洲，谁见到谁不是喊"师傅"呢？但是聂大跃的这个"师傅"与一般的师傅还不一样。聂大跃是真的有技术的。聂大跃虽然读书不行，但是干活不错，上中学的时候搞开门办学，那时候他就学会了车、钳、铆、焊、电，这一招在上山下乡的广阔天地曾经发挥过作用，回城到农机厂之后更是得到提升，做"技术师傅"绝对没有问题。

招聘人员对聂大跃进行了当场测试，顺利通过。

进了香港老板开的这间电话机厂之后，聂大跃很快就受到重用。香港老板姓黄，叫黄荣发。黄老板自己就是做技术工人出身的，对技术工人非常尊敬。事实上，当时在电话机厂帮着黄老板打理的那几个香港人也都是技术工人出身，没有一个是大学毕业的。这些香港的技术工人叫"师傅"，别看听起来跟当时国内普遍称呼"张师傅李师傅"差不多，其实在香港"师傅"的地位相当高。在聂大跃来到这个厂之前，管理人员除了香港师傅外，就是国内的一些大学毕业生，这些大学毕业生在厂里面被称作工程师，无论他们实际上有没有定工程师职称，反正都是叫"工程师"。在港资厂，工程师的地位低于"师傅"。没办法，不服不行，工程师的动手能力确实比"师傅"差。

在当时，生产电话机也能算得上是高科技，但是黄老板做的是来料加工业务，两头朝外，并不需要自己设计和计算，所以内地招聘来的大学生其实就是协助香港师傅管理，工程师的地位当然比"师傅"低。

香港师傅当时看不起大陆人，原因是大陆人技术太差。厂里面大学生也看不起香港人，原因是香港人没文化，连欧姆定律都不知道。黄老板一直想缓和这种矛盾，但是都没有成功，直到聂大跃来了之后，这个矛盾才解开。

聂大跃来了之后把香港的师傅全部镇住了。聂大跃的动手能力比他们强，并且他还知道欧姆定律，知道公制与英制的相互换算。在黄老板眼睛里，他既是师傅，也是工程师。

黄老板请聂大跃吃饭，问：为什么你行他们不行？

"他们"指的是厂里的那些大学生。

聂大跃说："你这里需要的是技术工人，不是工程师。"

黄老板瞪着大眼，没理解。

聂大跃进一步解释："如果动手，把配件安装在一起，焊接上，技术工人比工程师强。"

这一下黄老板似乎听懂了，但很快又糊涂了，眼珠子转了一圈，说："不对呀，我这里有你们大陆的很多技术工人呀，他们怎么也不行？"

聂大跃笑。黄老板问他笑什么。

聂大跃说："他们大多数都不是技术工人，是农民，是农民就不是技术工人，技术工人一定是在城市里的，在工厂里的。"

聂大跃的话要是放在今天或许有点绝对了，但是在八十年代的中国确实是这样的。技术工人首先是工人，如果连工人都不是，怎么能说是"技术工人"？而在当时，"工人"肯定是城市人，农村人不叫"工人"，叫"农民"。

黄老板琢磨了半天，问："那么，你怎么知道他们不是城市的而是农村的呢？"

"看身份证。"聂大跃说。

"看身份证？"黄老板还是不理解，"身份证上面没有写着他原来是工人还是农民呀？"

聂大跃笑。

"你笑什么？"黄老板问。

"您看不出来，"聂大跃说，"但是我一看就知道。"

黄老板点点头，这下胜读十年书了。于是决定好钢用在刀刃上，立刻提拔聂大跃为主管，首先管人事。

在聂大跃当上主管之后，给胡娅沁写了一封信，表达了自己的思念之情，希望胡娅沁能跟他一起来深圳。

胡娅沁对聂大跃还是有感情的，事实上，任何通过自由恋爱结婚的结发夫妻都是有感情基础的。胡娅沁后来还真的来了深圳，是请假来的，只待了一个月就回去了。胡娅沁与聂大跃不一样，胡娅沁是矿上的人，舍不得轻易放弃这个好职业，再说胡娅沁感觉黄荣发的这个电话机厂比稀土矿差远了，连稀土矿的一个小车间都比不上，夫妻俩把一辈子的希望都押给它也太不理性了。于是胡娅沁到底还是回去了。回去以后的胡娅沁决定不辜负父母的殷切希望，继续埋头读书，终于获得了函授大学的大专文凭，也算是没有虚度年华。

取得大专文凭的胡娅沁并没有抛弃丈夫，但是也没有要孩子，因此他们的夫妻关系还是存在的，只不过存在得不彻底，算是边缘状态吧，要不是一次偶然的机遇让聂大跃有了自己的事业，很可能他们早就离婚了。

10

聂大跃的机遇发生在 1991 年，深圳发行新股，凭身份证抽签，一个身份证只能购买一张申购表。聂大跃感觉到这是一个机会，但是一张表的中签机会太少了，于是他很动了一番脑筋，最后决定跟黄老板请假回去一次，理由是想老婆。

黄荣发是过来人，理解男人想老婆的滋味。于是劝聂大跃不要太死心眼，厂里面这么多打工妹，个个水灵，不如就近找一个做女朋友算了。黄荣发的意思大概是含蓄地说聂大跃的老婆胡娅沁不水灵，但是没有明说。聂大跃不说话，仍然说要回去，最后黄荣发只好答应他回岳洲探亲几日。

聂大跃因此就感到了深圳企业的人情味。在内地，无论是国营单位还是集体单位，"乱搞男女关系"都是不可饶恕的罪过。"单位"的职能之一好像就是防止男女职工之间乱搞男女关系。因为国家的法律对"乱搞男女关系"好像还比较宽松，所以必须要单位这一环节来严防死守。那时候，如果像聂大跃这样在单位做一个主管，跟下面哪个女工有男女关系了，除非单位不知道，一旦知道，轻者行政处分，重则开除公职，要是赶上严打，送去劳改劳教也未必不可。所以，那时候的女孩子或者是女人甚至是自己的老婆，遇上这一类的事情，威胁男人最有效的手段就是"闹到他单位去"。只要一说"闹到单位去"，男人马上就就范。

现在倒好，作为"单位一把手"的黄荣发，竟然鼓动聂大跃在打工妹当中找一个相好的，聂大跃只能从正面理解，理解成是深圳企业的"人情味"。

聂大跃回去之后与父母和妹妹匆忙见了一面，丢下一些礼物，还没有让母亲看够，就赶到矿上，去见他的老婆胡娅沁。

聂大跃大学虽然没有毕业，但是毕竟在深圳做了几年的主管，刚开始是主管人事，后来又管订单，现在更是管全面，而且他的半吊子电大管理专业和"师傅"般的动手能力，在黄荣发的港资厂居然得心应手，实际已经成为几百号人工厂的"二把手"。这些年不但赚了一些钱，而且自信心更增添不少，所以，再去见岳父岳母也没了往日的胆怯，相反，倒有一种理直气壮的慷慨。

见到夫人，却发现胡娅沁已经有了变化，而且是由外至内的彻底变化。

从外部看，胡娅沁架起了一副眼镜，很有点知识分子的味道。从内部看，平坦的胸部上居然拱了起来。聂大跃非常惊喜，打开一看，原来拱起的不是乳房，而是海绵垫子。尽管如此，看上去比以前好多了，倒是胡娅沁自己不好意思，说："听说生了孩子就好了。"虽然不能肯定这话能当真，但聂大跃还是决定尝试一次，于是，他们共同努力，争取完成这项早就该完成的光荣而艰巨的伟大任务。

大约是心中有底气的缘故，更有可能是现在交通发达了，聂大跃从城关到稀土矿有直达的中巴，不需要骑自行车，没有被累"疲软"，总之，这一次他与胡娅沁"配合"得相当成功。在"配合"过程中，聂大跃非但没有小心谨慎，而且故意弄出响声，恨不能让岳父岳母听清楚。

这是聂大跃结婚这么多年来第一次理直气壮行使自己作为丈夫的权利，因此行使得彻底，行使得畅快淋漓。在这个过程中，聂大跃突然体味到为什么夫妻双方互称"配偶"了。原来意义在这里。

完成"配合"任务之后，聂大跃回到已经阔别多年的东方红人民公社。尽管人民公社早就撤销了，但是"东头"这个称呼依旧。聂大跃在火车站租了一辆小面包，直奔当年他插队的那个村。

聂大跃现在虽然算不上大款，但是算个"小款"绰绰有余。

村里面见聂大跃是包着车来的，见面之后又是烟又是酒又是糖，于是活也不做了，全部集中到队长家。按乡下的规矩，见面有份。

聂大跃说明来意。当然，他说得笼统，就说是要身份证办公司用，没有具体地说是要拿去抽签买股票。老队长见聂大跃专门孝敬给他的那一条香烟和两瓶烧酒，当场就掏出自己和老伴的身份证，递给聂大跃，说："拿去，反正我要了也没有用。"

聂大跃接过来，又递上五十块钱。

"这是什么意思？"老队长问。好像有点不高兴，嫌聂大跃见外了。或者是假装嫌聂大跃见外。

"不是见外，"聂大跃说，"身份证您还是要有的，去乡里面补办一张，就说原来这个丢了，办一张六块钱。"

"那也用不了这多呀。"

"剩下的您老留着喝酒。"

村民见有利可图，奉献踊跃，恨就恨消息突然，否则应该事先把亲戚朋友的身份证多收集一些，说不定还能发笔财。

当天下午，聂大跃就收集了一百多张，身上没敢一次带那么多钱，要不然还能再收一些。第二天在城关叫了以前的两个同学陪着来，直到把钱用光为止。

这几百张身份证后来全部参加抽签，为聂大跃带来了几十万的收益。其实当时他手中没有那么多的钱，还被迫卖掉一些中签表格，否则赚得更多。

人的思想其实是最靠不住的东西，因为人的思想最容易受金钱的左右，身上的钱多了，思想就要发生变化。

有了钱之后，聂大跃就不满足于在黄荣发手下做"二把手"了，因为这是私营企业，一把手与二把手之间的距离太大，所以他想到了自己当老板。

干些什么呢？当老板其实太容易了，如果成立公司是当老板的标志，那么只要花上几千块钱，立马就有中介机构帮你实现愿望。如果说有间办公室就是当老板的标志，那更容易，连中介机构都可以免了，直接租房子买家具，自己给自己安一个老板台，当场就像大老板。其实也不仅是"像"，深圳还真有人这么做老板的。但是聂大跃要当的不是这样的老板，或许他是劳苦命，这样的老板他也做不了。

聂大跃当初的思想还局限在他那个圈子之内。

聂大跃找黄老板商量，希望自己开一个专门生产电话机塑料壳的工厂。

在聂大跃给黄荣发打工的这几年里面，中国的电信业得到了突飞猛进的发展，以前在中国，电话还是一种身份的象征，一眨眼，仅仅几年就变成老百姓家的日常用品了。黄荣发原来那个完全是两头在外的电话机厂，早已经发展成为一个独立的电话机生产企业。受着香港经济发展模式的影响，深圳的企业与以前内地的企业不一样。以前内地的企业，大企业是大而全，小企业是小而全，不仅各个生产环节一个不少，甚至连学校、医院、幼儿园都包括在内。深圳不是，深圳的企业不仅是"纯企业"，而且是协作型的，或者可以简单地理解成深圳的大多数企业是相当于把内地的企业按每个车间每个工序分开，独立地建一个一个的工厂，分工合作，专业生产，以市场为纽带，以利益为中心，共同发展。很多年之后，中国的国企改革提出"化小核算单位，实行内部银行化管理"等等，其实就是这样做的。

聂大跃找黄荣发商量，他自己开一个塑胶厂，专门为黄老板生产配套的塑料机壳。

聂大跃在这个时候提出这样的要求可谓恰到好处，因为最近一段时间以来，他们生产的电话机老是遭到客户的投诉，主要原因就是出在机壳上。聂大跃曾经陪着黄荣发多次跟供货商交涉，但是收效不大。主要原因是现在电话机产量激增，深圳生产的电话机不仅满足国内市场，而且供应国外市场，一时间电话机塑料壳供不应求，于是塑胶厂对客户的投诉并不像以前那样上心。前段时间，聂大跃还曾经跟老板建议：不行我们自己上一个塑胶厂？老板考虑了很长时间还是没有下定决心。因为老板自己不懂塑胶生产，特别是开模，需要用到点火花和线切割，老板更是一窍不通，如果硬着头皮上，将来这一块必须全部依靠聂大跃，对于老板来说，如果某一项业务完全依靠下面一个打工的，那将是相当危险的。黄荣发对于怎么开模不懂，但是对于怎么当老板他比聂大跃懂，所以他迟迟下不了决心。

当聂大跃将自己开塑胶厂的想法告诉黄荣发之后，黄荣发问："你让我帮什么忙？"

聂大跃说："第一是租用你那两跨厂房，租金用货款抵。"

"没问题。"黄荣发说，"第二呢？"

"第二是我只能付注塑机一半的款，所以需要你担保一下。"聂大跃说。

黄老板没有说话，他在想。

"反正我的一切都是在你厂里面，跑不了。"聂大跃说。

"那也是有风险的呀。"黄老板说，"说'跑'难听了，可要是你失败了呢？比如你生产不出合格的产品呢？那么我损失一点房租倒无所谓，但是注塑机那一半的钱不是要我替你背着？"

"不会的。"聂大跃说，"您对我还不了解吗？没有把握我是不会这么做的。即使发生您刚才说的那种情况，还是我的损失比你大呀。"

"所以我说有风险的啦。"黄老板说。

"那您说怎么办吧。"聂大跃问。

黄荣发又不说话了。

聂大跃再问。

黄荣发说："第一，你要用你的全部资产反担保；第二，厂房租金免了，我占百分之十股份。"

"反担保可以，"聂大跃说，"但是占股份不行。"

"为什么？"黄老板问。

"是你自己教我的。"

"我教你什么了？"

"你说过，"聂大跃说，"你说朋友宁可合用一个老婆，也不能合做一单生意。"

"哈哈哈哈……"黄荣发大笑，笑够了之后，黄老板问："假如我不答应呢？"

这一次该聂大跃笑了。聂大跃笑得没有那么张扬。笑过之后，聂大跃说："我马上辞职，找其他老板合作。"

"好！"黄荣发说，"我放心了。做老板就是要有信心有决心有原则，该让步的时候一定要学会让步，该坚持的时候一定要坚持。你已经具备了做老板的素质，你肯定会做得比我更好！"

在聂大跃创业最关键的时刻，黄老板支持了他。其实幸亏黄老板支持了他，如果黄老板没有支持他，聂大跃当初有可能放弃。因为恰好在那个时候，胡娅沁告诉聂大跃：她怀孕了。另外他妹妹聂小雨高考达到大专分数线，如果要上本科，也需要一笔钱。要不是黄老板支持，聂大跃的钱可能用在其他地方了。

黄荣发不仅在关键的时刻支持了聂大跃，而且他关于聂大跃的预言十分正确。事实上，聂大跃很快就青出于蓝胜于蓝，到1995年前后，深圳电话生产已经进入微利阶段，聂大跃比黄老板早一步看清楚市场发生的微妙变化，率先转产搞起了VCD，就是杜治洪后来在联谊会上说的那个"安视"牌产品。到1997年香港回归之前，黄荣发的电话机生产已经维持不下去了，加上对回归之后的政策不放心，决定移民新加坡，干脆将整个工厂兑给聂大跃，使聂大跃第一次拥有了厂房属于自己的工厂。胡娅沁就是在这个时候提出与聂大跃离婚的，理由是她怀疑聂大跃在深圳有了别的女人。

11

虽然是胡娅沁首先提出的，但也未必不合聂大跃的心意。说实话，最后似乎是聂大跃占据了主动。

他们夫妻的关系相当一般。在聂大跃的眼睛里，他的老婆胡娅沁更是非常一般。不仅相貌一般，而且思想一般。不错，当初他们谈恋爱的时候确实是聂大跃主动的，但那在一定程度上是客观环境造成的，并不代表聂大跃从骨子里喜欢胡娅沁这个人，加上当初胡娅沁头上罩着一个美丽的光环——"矿上"，更进一步调动了聂大跃及其全家的热情，现在，这个光环正日益失去往日的风采，加上聂大跃现在是深圳的大老板，本身光彩夺目，再耀眼的光环到他这里也不可能再显示当年的威力，所以，他现在对胡娅沁的认识也就回归真实了。即便如此，如果当初他们结婚的时候岳父岳母不是设置那么多的障碍，不是那么伤害聂大跃的尊严，或者如果在聂大跃去深圳之后胡娅沁能跟着他，那么，两个人的婚姻也还是能维持下去。可这么多的"如果"不仅发生了，而且还在变本加厉，所以，聂大跃对胡娅沁也已经难以容忍了，这时候胡娅沁主动提出离婚，不是正合聂大跃的心意吗？

聂大跃最不能容忍的是胡娅沁对待生活的态度。

胡娅沁明明只是函授大专毕业，最多就能算一个小知识分子，却偏要以大知识分子的标准来要求自己。胡娅沁函授学的是英语，取得大专文凭后，得益于父母的关系，从矿上化验室调到资料室，后来碰上转干的机会，从工人身份转变成了干部身份，并且有了技术职称，再后来就利用工作之便，经常翻译一些东西在杂志上发表。尽管有人说那些东西主要是她父亲帮着翻译的，但至少她是参与的，并且杂志上是她的署名，所以，胡娅沁有理由骄傲，有理由按照大知识分子的标准要求自己。

或许，胡娅沁属于那种事业心特别重的女人，但是事业心有时候就是虚荣心。为了事业，她没有跟随聂大跃来深圳，而选择了与丈夫长期分居。直到他们离婚之后，聂大跃的妹妹聂小雨才总结出胡娅沁的症结所在：被她父母教育傻了，一直以她父母的价值观来看待这个世界，她对"事业"的追求其实是为了不让父母失望，或者是为了让父母为她骄傲。

按照大知识分子标准来要求自己的胡娅沁，虽然聂大跃这个丈夫并不在意，但是她也绝不能容忍自己丈夫的身边有别的女人。按照胡娅沁自己后来对聂小雨说的，当初她嫁给聂大跃更多的是出于同情，对聂大跃的同情，也包括对他们母亲的同情，即便如此，如果聂大跃能够好好地待她，她也根本不会打算与聂大跃离婚，但是既然现在他已经有了别的女人，那么她就一定要退出来，这是尊严问题。所以，现在胡娅沁已经正式地提出与聂大跃离婚。

聂大跃不怕离婚，但也不愿意承认自己有另外的女人，这样，两个人只要一接触，哪怕不是当面接触，而只是通个电话，都要吵架。这样吵了一段时间之后，聂大跃就突然想明白了，再争论关于他在深圳有没有另外的女人这个问题没有任何实际意义，不就是离婚嘛，离了就是，说他在深圳有另外的女人，无非是想在分割财产的问题上占据主动罢了。想通了之后，聂大跃就不吵了，直接问胡娅沁："什么条件?"

"什么'什么条件'?"胡娅沁反问。

聂大跃心里鄙视:装什么装!

停顿了一下,呼出一口气,聂大跃说:"我们离婚你要什么条件?"

"没有什么条件,"胡娅沁说,"只要给我自由就行。"

听口气,仿佛聂大跃这些年一直是在软禁她。

说得好听,聂大跃想,没什么条件你提出离婚干什么?没条件你硬要说我在深圳有另外的女人干什么?

尽管心里这么想,但聂大跃还是不想与她争执,只要能顺利解决问题就行,于是说:"总得有点条件吧。"

在此之前,聂大跃还跟妹妹聂小雨讨论过这事,妹妹也不反对哥哥离婚,但是她怕胡娅沁提出分走一半资产,并说如果那样,宁可不离婚。所以,现在胡娅沁说没有条件反而使聂大跃怀疑她有更大的条件。根据聂大跃这些年的实践经验,女人凡是说不要钱的,那就是有更大的目标。聂大跃不怕给钱,但是怕更大的目标,因为那个目标大到多少他不知道,所以才可怕。不过,对于胡娅沁聂大跃不是很怕,因为他跟聂小雨已经商量好了,如果胡娅沁提出分走一半资产,免谈。

"我要儿子。"胡娅沁说。

"就这些?"

"就这些。"

"就不要一些钱?"聂大跃问。

胡娅沁回答:"我有一双勤劳的手和一个健全的大脑,我能养活自己的儿子。"

聂大跃看着胡娅沁,疑惑了。按照他的理解,既然胡娅沁主动提出和他离婚,那么十有八九是另外有人了,否则中年女人不会无缘无故主动提出和丈夫离婚的。既然如此,那么当然就不会要求带儿子，将心比心，就是聂大跃自己，如果和胡娅沁离婚之后再结婚，也不愿意再娶一个带着儿子的离异女人。所以，聂大跃以为胡娅沁一定将儿子推给他，并且他也做好了把儿子接过来的准备。他万万没想到胡娅沁竟然提出要儿子。

聂大跃又想，要儿子就等于要资产，因为聂大跃就这么一个儿子，自己的事业做得再大，将来全部的资产还是要继承给儿子的，胡娅沁口口声声说不要钱，却提出来要儿子，还不是绕着弯子要他的全部资产嘛。聂大跃说："不行，儿子是我的命根子。"

"是你的命根子？"胡娅沁嘲笑说，"你为他开过几次家长会？半夜发烧的时候你背他去过几次矿上医院？你知道他是怎么样从会站立到会蹲下再站起来的吗？你理解他被小朋友欺负之后多么盼望着爸爸能站在他身后为他又着腰吗？你没有！你一次都没有！现在儿子大了，你倒说是你的命根子了，你好意思说这话吗？！"

聂大跃额头出汗，无话可说。他承认胡娅沁说的都对，承认这些年考虑自己的事情多，考虑儿子的时间少，自己现在终于有自己的事业了，成了老板了，确实得到了许多，但失去的永远失去，永远没有办法弥补了。如果时光可以倒流，他宁可事业发展慢一点，宁可少赚一些钱，也要多花一点时间在儿子身上，或者干脆自己的态度坚决一点，坚决要求胡娅沁辞去矿上的工作带着儿子随他一起在深圳生活。可时光是不可能倒流的，一个人在年轻的时候犯下的错误，无论怎样努力，也不可能在中年或老年来弥补。更让聂大跃沮丧的是，他印象中那么柔弱的胡娅沁竟然这么能说，伶牙俐齿，简直就是一个现代版的凤姐，自己以前怎么没有发现呢？或许胡娅沁以前并不是这样，而是最近几年练就的？最近几年她基本上就在矿上，又怎么能够练就这副本领？聂大跃感叹时代的变化之快，感叹岁月的无情，感叹自己以前对自己的老婆确实是太忽视了。

又拖了一段时间，聂大跃自己慢慢想通了。想着儿子总归是我儿子，不论现在判给我还是判给胡娅沁，始终都是我儿子，这是血缘关系，是任何力量都没有办法改变的，即便儿子现在受他母亲和外婆外公的影响，对我的感情淡一些，但等他大了，等他自己成为"爸爸"了，对许多问题的看法就会慢慢变化了，如果不变，那也是天意。天意不可违呀。于是，聂大跃最后答应胡娅沁的要求，同意儿子判给他，同时主动说："你多少还是要点钱吧，一百万够不够？"

"你少来这一套！"胡娅沁说，"我说不要就是不要。但是儿子归我。"

这下聂大跃真的没有话说了。只能相信一个人如果长期按大知识分子的标准要求自己，时间长了，真就能变成大知识分子了。比如胡娅沁。

聂大跃想好讲好散，看在儿子的分上，也不想与胡娅沁闹得太僵，于是就想找些轻松的话说，他调侃道："你是不是打算让我一辈子欠你的？"

但胡娅沁并不领情，她从鼻子眼里面哼了一声，说："只有你们那种家庭的人才能有这种想法。你欠我的多着呢。你以为给一百万就不欠我的了？告诉你聂大跃，如果我真想贪你的钱，要的就不是一百万，我可以分走你一半的资产，你信不信？！"

这下，聂大跃彻底没话说了，所有需要表达的思想全部通过额头上的汗珠充分表达出来。

12

　　根据秦石峰的建议，聂大跃决定招聘一名总经理来协助他管理岳鹏实业。由于这次不是一般的招聘，所以聂大跃特别重视，没有去人才市场，专门在《深圳特区报》做了广告。是那种 8 × 24 厘米的中等广告。这种广告如果用在房地产行业新楼盘销售方面属于小广告，但用在人才招聘上就是大广告，常常只有富士康或华为、中兴这样的大公司才采用。但聂大跃大事不小气，为了能招聘到一个理想的总经理，他不惜多花广告费。

　　广告登出来之后，马上就接到了电话，不过这个电话不是应聘者打来的，而是深圳市人才市场打来的。人才市场说岳鹏实业这样没有经过允许就直接在报纸上打广告是违法的，念你们是初犯，赶快来补办手续，否则要罚款。聂大跃不知道作为独立法人地位的公司自己在报纸上打广告招聘总经理犯着哪门子法，他问聂小雨，聂小雨在大学里上过法律常识课，但人才市场所说的法律显然不属于常识范围，所以聂小雨也弄不清楚。聂大跃还想打电话问问其他朋友，聂小雨说算了，补办就补办吧，不就是交几百块钱嘛。于是就去补办了。

　　补办了人才市场的手续后，确切地说应该是补缴了一定的费用之后，又陆续接到一些不相干的电话，比如问要不要做挂历呀，要不要搞 ISO9001 认证呀，甚至问要不要虚开增值税呀，总之，全是拉业务的。

聂小雨问："是不是我们广告上把岳鹏实业暗示得太好了？"

聂大跃没有正面回答聂小雨，他也在想这个问题。广告是秦石峰策划的，秦石峰对聂大跃说过，说招聘广告策划得好，也可以变相地成为企业形象广告。看来他的目的达到了。但是既然人怕出名猪怕壮，那么企业如果形象上去了会不会也有副作用呀？

排除各种料想不到的烦扰后，招聘工作总算正式开始了。第一个环节就是接听应聘者的电话。这也是要有水平的，要能从电话中了解和判断出对方的一些基本情况，还要给对方树立本公司的良好的形象，所以应聘电话一律由聂小雨亲自接。聂小雨的大学没有白上，直接用英语接电话，对方只有过了这一关，才通知面试。

后来的发展证明，这一招很灵，起码挡驾了百分之八十充数的"滥竽"。如今什么东西都有假，人才中的假货更是少不了。不但履历可以作假，而且文凭也可以作假。假文凭有时候做得比真文凭像，想也知道，既然人民币都能造假，文凭当然更能造假，造假文凭总比造假人民币容易吧。文凭虽然可以造假，但是英语水平尤其是口语水平造不了假，所以那些天聂小雨相当于把自己当成一张筛子，先把真假人才区分开来，然后才挑选。

经过如此一番折腾，最后总算招聘到一个合格的总经理。

总经理是从最后十一个人选中选拔的，姓陆，叫陆大伟，大连人，中国第一代 MBA，三十四岁，曾经在外资企业和国内的几个大型企业担任过高级职务。是不是吹牛不敢说，但是接受过高等教育是肯定的，聂小雨跟他用英语当面对了话，秦石峰与他谈论了巴菲特，他都能应付，看来假不了。特别是气质，一看就是见过大世面的，肯定是人才，不是正才就是歪才，歪才也是才。聂大跃决定试用，同时将前二至五名的竞争者资料留下，以待备用。

聂大跃对整个招聘工作结果比较满意，功劳记在秦石峰的头上。他对魏长青说："看来秦石峰这小子是有两下子，给我提的几个建议都不错。"

魏长青说："他是不是看上你妹妹了？"

聂大跃说："谁知道呢，这是他们自己的事。"

聂大跃其实是知道的，知道秦石峰确实是看上聂小雨了。但是这一次关于招聘总经理的建议秦石峰却是自己给自己找麻烦，因为新来的总经理陆大伟很快也看上聂小雨了。所以秦石峰的行为算是印证了那句老话：聪明反被聪明误。

陆大伟对搞实业确实不陌生，不仅懂管理，而且还懂经营，对市场有感觉。刚来不久，就提出了许多改进经营与管理的建议。其中的一项建议是战略性的，最有价值。这项建议是：根据现在 VCD 已经由卖方市场转向买方市场这一实际情况，建议压缩生产线，集中精力开发高科技含量更高的新产品，将岳鹏实业包装成具有实力的民营高科技企业，申请"二板"上市。被压缩的生产线搬迁到关外，现在的厂区改作商业用途，获取更大的利润。

陆大伟的报告是交给聂小雨的。按道理陆大伟在公司里的职务比聂小雨高，他的上司应该只有一个人，那就是聂大跃，所以陆大伟有什么报告应该直接呈送给聂大跃，但是他并没有这么做。陆大伟认为，既然聂小雨是第一个接待他应聘的人，所以他就应该把聂小雨也当作老板。陆大伟能够这样做，说明他当职业经理已经当得相当成熟，或者说已经当"油"了，知道怎样摆正自己的位置，知道怎样处理老板和老板亲戚之间的关系。当然，陆大伟能够这样做可能还有另外一个解释，那就是他可能看上聂小雨了，于是故意制造更多与聂小雨接触的机会，并给她留下好印象。

果然，聂小雨看完陆大伟的建议之后佩服得不得了，马上转交给聂大跃，并且加上自己的观点，说："我们这个厂区现在已经变成市中心了，旁边的工业用地都已经商业化，如果我们能把它改成商业用地，什么事不做，一分钱不掏，就是与房地产开发商合作将来分楼盘也赚大钱了。"并说这个陆总看来真的招对了。

看着陆大伟的报告，听着聂小雨的议论，聂大跃心里非常高兴，但是他没有马上表态，而是决定召开第一次公司管理决策委员会正式会议。这个管理决策委员会也是聂大跃听从秦石峰的建议成立的，但是自打成立以来并没有召开过一次会议，这次破例召开，既体现了聂大跃对陆大伟意见的重视，又算是对秦石峰建议的采纳，可见，聂大跃是会搞平衡的。

岳鹏实业的管理决策委员会成员除了公司部门正职经理以上管理人员外，还邀请了公司之外的两个人参加，这两个人就是秦石峰和魏长青。请秦石峰担任会员没有什么可说，这个委员会本来就是根据他的建议设立的，所以他不但是委员，而且是重要骨干，至于请魏长青担任委员，主要是出于人情考虑，自打魏长青按照秦石峰的建议把咖啡屋兑出去之后，他们三个人好像就没有了聚会的场所和理由，于是还是秦石峰建议：把魏兄也请来当委员吧。秦石峰这样一说，聂大跃当然就没有什么话可说了，反正也是无所谓的事情，于是魏长青也成了聂大跃岳鹏实业的管理决策委员会委员。

对于魏长青稀里糊涂地把咖啡屋兑出去的事情，聂大跃总觉得他欠考虑，甚至觉得不妥，所以当他知道这个消息之后，他还问魏长青为什么这么做。魏长青瞪着大眼看了聂大跃好长时间，说："不是你让我这么做的吗？"于是聂大跃想了半天，终于想起来自己当初确实是说了"好主意"，弄了半天还是自己稀里糊涂，于是他就觉得自己对魏长青有了一份责任。

陆大伟的报告得到全体委员的一致支持，连他的情敌秦石峰都不例外。当然，还有可能是秦石峰当时并不知道陆大伟是他的情敌。

报告通过之后，聂大跃组织实施，并且让陆大伟担任实施小组组长，聂小雨、魏长青配合工作。这样，陆大伟就更有机会天天沐浴在聂小雨的灿烂当中。

陆大伟首先跟聂小雨跑到关外找厂房。关外的厂房比关内便宜，员工的工资也相对低一点，这样，对于生产性企业来说，把工厂设在关外自然就能节约成本。陆大伟对聂小雨说：产品的竞争最主要表现为价格竞争，而价格竞争实质上是成本的竞争。陆大伟对聂小雨非常有耐心，怕她听不懂，还专门用图表向她解释。聂小雨不傻，知道这个新来的陆总喜欢上自己了，于是她自己心里面就蛮得意。

厂房找好之后他们就要跟业主签租赁合同，陆大伟很老到，没有说是搬迁，只含含糊糊地说建厂，因此要求业主给三个月免租期，业主不同意，最后经过讨价还价，业主同意一个半月的免租期，而事实上他们并没有做多少装修，只花了半个月就搬迁完了。并且由于是整体搬迁，不存在调试问题，所以等于白白节省了一个月的房租。

聂小雨把这些情况毫无保留甚至添油加醋地向聂大跃汇报了。聂大跃虽然并不是很在意这一个月的房租，但是他已经相信这个陆大伟不光是嘴巴上有一套，实际工作经验也不错，于是，对陆大伟的信任又增加了一分。

聂大跃当然也看出来陆大伟对聂小雨的意思，其实只要不是傻瓜都能看出来。聂小雨年轻漂亮有知识，又是"二老板"，所以她有理由更加自信与坦然，这样的女孩正常的男人都应该喜欢她，不喜欢反而不正常了。这些年在商场上的摔打，给聂大跃最大的体会就是竞争，做什么都要有竞争，凡是经过激烈竞争得到的结果都比没有经过竞争的好，选妹夫也不例外，所以，聂大跃对于陆大伟的表现不但没有反感，反而暗暗高兴。

直到这时候，秦石峰才如梦初醒，赶紧采取补救措施。

措施之一是加快落实他上次建议的从银行贷款再存入证券公司的事宜，并且提出要公司派得力的人专门协助他。

他几乎就要说"就派聂小雨吧"，但终究没有好意思开口，所以聂大跃就指示财务部门全力配合秦石峰的工作。秦石峰有苦说不出。但是他还是决定全力以赴办成这件事。秦石峰认为，老板都是把商业利益放在第一位的，只要自己能给岳鹏实业带来实际经济利益，聂大跃的天平一定会向他这边倾斜。

财务经理按秦石峰的要求整了一份虚假的财务报表，同时担心地问："这行吗？"

秦石峰说："也就是骗骗银行吧。"

财务经理又问："那么审计呢？"

秦石峰说："审计费是按资产总量收取的，审五百万是审，审一个亿也是审，会计师事务所巴不得每单审计都是几个亿，还有什么通不过的？别说岳鹏这样实打实的实业公司，就是外面大把的皮包公司甚至是纯粹的'壳公司'，也没听说审计不了的呀。"

财务经理有同学在会计师事务所，于是打了一个电话，对方果然马上就屁颠颠地找上门来，不仅审计顺利通过，事成之后还感谢了财务经理一顿。财务经理服了。

既然有正规的审计报告和证券公司做担保，银行很顺利地放贷两千五百万给岳鹏实业，但这些钱只是在岳鹏实业的账上走了一圈，马上就进入秦石峰的证券公司，委托理财合同在贷款协议之前就签好了。

聂大跃问："不是说好要五千万的吗，怎么改成两千五百万了？"

秦石峰说："三千万以上要报总行批，不是麻烦嘛，分两次就行了。"

第二笔两千五百万下来了，这一次支行行长提了个小要求：拿出五百万作为私人储蓄再存回银行。陆大伟不明白，问："这不是发神经病吗？刚贷出来又存进去，白贴利息?!"

陆大伟的意思是想否定秦石峰的成绩，但是聂大跃却说："算了，五百万的利差能有多少，卖个人情给行长。行长也是人，也要完成业绩，私人存款'一算三'，我们这是帮他呢。"

聂大跃这样一说，陆大伟就不说话了，甚至在想：看来这个聂大跃蛮义气。

13

初战告捷，秦石峰信心大增。他感觉自己在与陆大伟的较量中已经微占上风，因为他完成的这项操作不仅需要热情与智慧，还特别需要手中的权力，至少这最后一条，陆大伟目前是肯定不会具备的。

信心大增的秦石峰准备启用第二步行动方案，那就是迅速把事情挑明，抢占制高点。秦石峰认为，只要关系挑明了，如果陆大伟再发动进攻，那么就有点不道德了，即使他不顾道德，或者是道德的标准不高，而硬要继续发动进攻，那么魏长青和聂大跃也一定会站在他这一边。不管怎么说，他们三个是老乡，是兄弟，知根知底，他们总不会向着外人。

在具体怎样挑明这个问题上，秦石峰着实动了一番脑筋。如果直接对聂小雨说，或者写情书，或者发信息，或者在电话里面说，当然也都是办法，但是秦石峰觉得这些都不是好办法。根据秦石峰的经验，别看聂小雨这样漂亮的女孩装成一副天真少女样，其实早就久经沙场了，恐怕从初中的时候就被男孩子追过，所以，一定要用新招，否则根本就达不到出奇制胜的效果。再说，直接挑明风险太大，万一被拒绝，不仅面子挂不住，而且还等于把路堵死了，弄不好还没法跟聂大跃做兄弟了。不行。

秦石峰决定起用一种古老的方式——明媒正娶。在二十一世纪的深圳采用明媒正娶的古老方式来实现自己的爱情理想，真是一个非常大胆而有创意的举动。不要以为只有新东西才有新意，其实启用老古董的东西有时候更有新意。什么叫"新"？没有见识过的就是"新"。对聂小雨来说，任何新东西她都有可能见识过，唯独"明媒正娶"这个古老的方式她没见识过，所以，对于聂小雨来说，明媒正娶就是最保险的新招。

秦石峰决定找魏长青帮忙。他相信魏长青一定会帮这个忙。中国人本来就热衷于成人之美，况且是兄弟之间呢。再说魏长青现在正式"上班"的地方就是秦石峰他们证券公司的大户室，托秦石峰的关照，他和万冬梅现在两个人独立拥有一个房间，他们几乎天天见面。这阵子聂大跃请魏长青协助聂小雨帮着落实改变原厂房用地性质的事，魏长青经常跟聂小雨在一起，所以，魏长青正好有机会和聂小雨说话。

这一天趁聂大跃不在深圳，秦石峰请魏长青夫妇吃饭。魏长青和万冬梅欣然接受，但是提出他们一定要买单，理由是这段时间他们接受秦石峰的建议，在股市上赚了钱，高兴，也应该感谢秦石峰。秦石峰说，兄弟之间，无所谓。

三个人吃着喝着，秦石峰就夸起了魏长青，说魏大哥运气真好，找了这么一个好嫂子，贤惠能干，又有模样。

说起来是夸魏长青，其实也是夸万冬梅，夸哪个都一样，人都是喜欢被别人夸的，特别是像秦石峰这样一拖二的夸奖，真正做到了事半功倍。魏长青夫妇都是谦虚的人，听了这番夸奖，谦虚了半天，还是红着脸接受了大部分赞美词。

"模样谈不上，"魏长青说，"都这把年纪了，还谈什么模样不模样。"

听魏长青谦虚的意思，万冬梅年轻的时候模样确实不错。

"不对，"秦石峰说，"好就是好，与年纪没关系。"

这边万冬梅已经脸上发热，赶紧把嘴巴收紧一点，因为她知道自己的嘴巴和她的胸部及屁股一样，都是偏大。胸部大了当然是美，屁股大可以理解为性感，唯有嘴巴大了总不是好事，因为她的大嘴就是一种粗犷的大，大得不精致，所以，这时候要收紧一点，并且让两边的嘴角微微向上翘一点，这样就好看一些。

那边魏长青已经接着刚才被秦石峰打断的话，继续说："不过你嫂子贤惠和能干倒是真的。"

"不仅贤惠能干，"秦石峰说，"而且一点都不张扬，好。"

"好好好，喝酒。"魏长青说。

"我真的很羡慕大哥呀。"秦石峰说。

秦石峰说这话的时候，仿佛已经半醉，或者是故意装作半醉，所以听起来更真诚。

魏长青和万冬梅对了一下眼神，然后问："老弟这么有才气，怎么也不找一个女朋友？"

魏长青在这样说的时候，就想起秦石峰当初带到他咖啡屋的女人都是一些年纪比较大的，而没有和秦石峰年纪相仿的，这么想着，魏长青就下意识地看了一眼自己的老婆，仿佛是因为秦石峰刚才夸万冬梅夸过分了，令魏长青怀疑他是不是有恋母情结。

"找过，"秦石峰说，"以前找过。但是现在不敢了。"

"为什么？"魏长青问。魏长青的老婆万冬梅虽然没有问，但是两个眼睛瞪得老大，也等于是在问。

"这里是深圳。"秦石峰说。

"那又怎么了？"魏长青问。

"不瞒大哥大嫂，"秦石峰说，"像我这个条件，在深圳也用不着找女朋友，自然就有女朋友找我。"

魏长青郑重地点点头，表示他信，但万冬梅却忍不住笑出来，因为她从来没有听人这样自己夸自己的。

"大嫂你不要笑，"秦石峰说，"真的。"

万冬梅这才收起笑，学着丈夫魏长青的样子，认真地点头，表示她信。

"但是谁知道他们是真看上我的人呢还是看上我的钱。"秦石峰问。

秦石峰这样一问还真把魏长青夫妇问住了，夫妻两个你看看我，我看看你。

"那也不一定。"万冬梅说。

"是不一定，"秦石峰说，"所以我说不知道。"

万冬梅大约是女人向着女人，所以她不同意秦石峰的说法。万冬梅说："深圳有些女人自己就是很有钱的呀，她们还怕男人骗她们的钱呢。"

魏长青瞪万冬梅一眼，责备她不该和秦石峰反着说。可秦石峰自己似乎并不在意，听了万冬梅的观点之后，说："大嫂讲得对。我有许多客户就是像大嫂这样有钱的女人，她们肯定不会骗我的钱，相反，是我看上她们的钱。她们有钱，是我的客户，委托我帮着她们理财，我从中提取交易费。我请她们喝咖啡没问题，但总不能娶她们做老婆吧？"

秦石峰几乎就要说"不能找一个像你这么大年纪的吧"。

秦石峰这样一说魏长青就明白过来了，明白以前秦石峰经常带一些大姐姐到他的咖啡屋来喝咖啡，敢情那些都是他的客户啊。

"也有许多年纪和你差不多大的女人很有钱呀。"万冬梅仍然在维护深圳有钱女人的形象。

"当然，"秦石峰说，"但是年轻的女人要是有钱，背景往往复杂。不复杂的话，年纪轻轻的女孩怎么会有钱？所以最好是她不一定有钱，但是她至少不会是冲着我的钱。比如她爸爸呀或者是哥哥呀比较有钱。"

万冬梅还想反驳，魏长青已经听出猫腻来了。他拉拉万冬梅衣袖，不让她反驳，而是一个劲地笑。

"大哥笑什么？"秦石峰问。

魏长青仍然忍不住地笑，边笑边说："你小子的意思该不是说最好就是聂小雨吧？"

经魏长青这样一说，万冬梅也反应过来了。

秦石峰经不住两个人一起笑，这时候已经满脸通红，幸好喝了酒，可以继续装。

"别装了，"魏长青说，"再装就让人家给叼跑了。你说你有啥心思跟大哥说不就行了吗？干吗费那么大劲？"

酒能遮丑，也可以壮胆。秦石峰借着酒劲，索性就皮厚一次，说："那我就拜托大哥大嫂了！"说完，自己一干而尽，并且把酒杯举起来，再杯口朝下，给魏长青和万冬梅看，表明他的诚意。

14

　　厂房由工业用地变为商业用地的报告已经呈上去，但何日批复遥遥无期。

　　秦石峰向聂大跃献计：缓办更好。

　　"为什么？"聂大跃问。

　　聂大跃担心秦石峰这是在故意拆陆大伟的台，因为把工厂搬迁到关外这个建议当初是陆大伟提出的。

　　秦石峰说："如果批了就要补地价，那么一大笔钱，股市上可以做几个来回了。"

　　"那也不能不办呀。"聂大跃说。

　　聂大跃听了更加深了自己的怀疑，甚至有点讨厌秦石峰心里只有股票，并且总是想着压低别人抬高自己。

　　秦石峰本来想讨好，没想到适得其反。好在魏长青及时出来替秦石峰解围。

　　魏长青说："秦石峰讲得有道理，缓批也不是坏事。"

　　秦石峰和聂大跃都看着他，但是眼神里面包含的内容不一样。秦石峰是感激，聂大跃是疑问，虽然没有说话，眼睛却在表达"怎么说？"的意思。

　　"我们可以把厂房先简单装修一下，"魏长青说，"然后隔成一个一个店铺，搞成一个专业市场，肯定见效快。八卦岭和华强北就是这么搞的，你看现在火的。"

聂大跃一愣，他发现自从咖啡屋兑出去之后，魏长青的精神好了许多，精神好了思想也就活了，或许秦石峰的建议真使老魏受益匪浅？如果那样，那么我当初随口说的"好主意"不是歪打正着了？

这样想着，聂大跃的心情就了好一些，问："能行吗？"

"我看能行，"魏长青说，"只要有利于经济发展就行，工商局专业市场管理办公室肯定支持，如果再打上解决下岗职工就业的旗号，更是没的说了。"

聂大跃想了想，说："既然你建议搞，那么交给你负责怎么样？"

魏长青没有说话。

秦石峰也支持魏长青的设想，并主动承担拿方案的任务。

秦石峰的方案出来了，方案建议在工厂的原址上稍微做一些改造，建一个建材专业市场。报告分析了深圳现在人均住房面积及深圳人口增长的情况，指出深圳的人口增长与内地城市相比的特殊性。内地城市的人口增长主要是自然增长，而随着人们文化程度的提高和国家已经把计划生育当作一项必须长期坚持的基本国策来看，今后内地城市人口的自然增长将非常缓慢，部分大城市甚至会出现负增长，但是深圳不一样，深圳良好的自然气候和人文环境以及高速的经济发展速度，必然会不断地吸引内地优秀人才和海外回国人员来此发展，所以，深圳的人口增长将比内地城市快得多。这些人口大部分是年轻人，来了以后就要住房，过几年就要结婚，或者说要成家，而"成家"就需要商品房。而随着人口的增长和人均住房面积的增加，与之相关的房屋装修也肯定会兴旺发达。报告甚至预言：今后人们可能每八年就要对自己的住房进行一次重新包装，或者是房屋调换，即使是调换，调换之后也还是要进行装修，所以，对建材的需求量将会大幅度增长。把原厂房搞成一间间店铺，再租给做建材生意的人开建材店，形成规模与气候，收益肯定不错。秦石峰还专门做了调查，认为租金定价为每平米一百一十元是有保证的。总共四千多平方米，一年收入就五百万，比生产VCD省心多了。

不知是不是为了跟陆大伟飙劲，秦石峰显然是在这份报告上下了大功夫——数据齐全，条理清晰，论证充分，用词准确，格式规范，聂大跃一看就动心了。

经过这样一份报告，陆大伟关于老厂房改商业用途的建议就不是陆大伟一个人的功劳了，仿佛这功劳已经被秦石峰分去了一半，而且按照人总是看重最后结果的特点，秦石峰的那一半功劳似乎还要更大一些。陆大伟心里面觉得委屈，但是没有办法说出口，连个听众都没有，总不能把这种怨气对聂小雨说吧，可要是连聂小雨都不能说，那么能对谁说？

聂大跃再次邀请魏长青来帮他管理建材市场。上次的邀请是随口说说，不正式，这次是正式邀请。

魏长青说："只要秦石峰保证股市上完全不用我操心，我就可以做。说实话，累惯了，天天让我待在大户室那种地方我还真不自在。"

秦石峰笑着说："要想完全不操心，我建议你全部买B股。"

魏长青没说话，习惯性地看看聂大跃，仿佛只有聂大跃的意见才能真正代表他的意见，而他自己的意见反倒不着数了。

接受教训，这次聂大跃不敢走神了，因此没有稀里糊涂地说"好，好主意"，而是问秦石峰："为什么？"

秦石峰说："B股适合做长线，几乎完全不用操心，慢慢等着价值回归吧。"

魏长青仍然没有说话，还是看看聂大跃，他要等聂大跃发话。这倒不是魏长青不相信秦石峰，实在是秦石峰太年轻了，太年轻了总是让人不放心。

但是聂大跃还是没有搞清楚，所以他仍然没有发话，而是继续看着秦石峰。

秦石峰只好进一步解释："同样一只股票，香港 B 股市场的价钱比大陆 A 股市场要低几倍，这完全是政策造成的，与基本面没有任何关系，但政策早晚会变的，因为这个政策不符合市场规律。"

聂大跃这下说话了，他问："那你自己干吗不全部买 B 股？"

聂大跃的话显然表达了魏长青的意思，因为聂大跃问完这个问题后，魏长青冲着他们两个直点头。

秦石峰说："我们自己并没有钱，我们的钱不是银行的就是客户的，怎么能做得了长期投资？如果我们压上个三五年，利息也会把本金吃完了，但长青兄不一样，反正是自己的私房钱，压个几年也没关系，可以做长线。"

魏长青被他说动心了，问："人民币能买 B 股吗？"

"不能，"秦石峰说，"但我们有办法。"

这一下聂大跃说了一句赞成的话："他们要是连这个本事都没有，还能开证券公司？"

"那就这么办？"魏长青问。他显然是问聂大跃。聂大跃大约是觉得秦石峰说得有道理，或者是想着他正等着魏长青来张罗建材市场呢，所以点了点头。

买了 B 股之后，魏长青连大户室也不用去了，按照秦石峰的说法，慢慢等着价值回归吧。但是魏长青和万冬梅天生就是劳苦命，真要是闲在家里面反而更难受，于是也用不着聂大跃再动员了，夫妻俩自然就挑起了建材市场建设的大梁。

用原来的厂房改建成建材市场听起来容易，看起来也十分简单，不就是把厂房隔成一间一间的店铺嘛，其实真正做起来工作量还挺大。这件事情还幸亏魏长青、万冬梅夫妇做，换上其他人可能还不行。比如陆大伟，比如聂小雨，比如秦石峰，甚至比如聂大跃自己，他们恐怕还都做不了。

万冬梅做小生意做惯了，泼辣得很。特别是跟那些做小装修的人打交道，万冬梅既能听得起脏话，也能掌握分寸，得心应手。

市场建设先是做了一个漂亮的门楼，门楼上面还留了广告位置，将来这些位置都是能卖钱的。门楼做好之后，把围墙和地面做好，做地面的同时也就是做停车场。按照聂大跃的意思，附近没有停车场，建材市场兼做停车场也算是个额外的收益，所以停车场是请专业队伍来施工的。本来万冬梅是打算马虎一点的，但是聂大跃坚持要专业队伍施工。专业队伍贵是贵一点，但是上档次，这是一劳永逸的事情，马虎不得。万冬梅也只好听他的。之后才是隔店铺、安卷闸门。至于每个店铺内部的装修，可以根据每个客户的具体要求来定，有些客户自己装修，他们就适当地补贴一些费用，双方皆大欢喜。

最后一项是招租。等到招租阶段，魏长青和万冬梅就有点力不从心了，这时候聂大跃、聂小雨亲自出马。先是做广告，造声势，甚至把关外工厂里面一些有点模样的人叫过来，假扮成客户，当"托"，又找了一些中介机构，聂大跃和聂小雨还重点攻了几个大客户，最后总算把绝大部分铺面租出去了。

在攻关大客户的过程中，还有一段小插曲，就是跟他们在签订正式的租赁合同之外，还另外搞了一个"备忘录"，"备忘录"的内容实际上是给他们免半年的租金，并且免费给他们一个广告牌。聂大跃以前只知道店大欺客，这次总算领教了客大欺店。没办法，做市场也是跟风的，大客户不进驻，小店主就不来租，为了吸引小店主，就必须哄着大客户，就必须忍受大客户的欺负。

建材市场总算正式开张了。

聂大跃专门请来专业市场管理办公室领导剪彩。秦石峰还神通广大地联系了诸多的建材生产厂家前来祝贺，许多厂家还请礼仪公司专门制作了巨大的气球，气球下面拖着很长的条幅，老远的地方都能看见。魏长青呼前忙后，好不热闹。倒是陆大伟躲得远远的，好像这里根本就没有他什么事。聂小雨最近发现，凡是有秦石峰出现的场合，陆大伟就尽量回避。聂小雨心软，知道这事与自己有关，所以每当这个时候，她就设法安慰安慰陆大伟。聂小雨现在还没有想好自己到底打算嫁给他们中的哪一个，甚至还没有想好是不是马上嫁人，但是她对秦石峰有一点佩服和喜欢，对陆大伟有一点尊敬与同情，感情的天平经常两边摇摆。

建材市场开张之后，有人跟聂大跃反映，说魏长青的老婆假公济私，占用一块地方自己卖起了盒饭。聂大跃听了哈哈大笑，说万冬梅就是劳苦命，她要做就给她做吧，反正那么大的市场，也确实需要一个卖盒饭的，谁做不是做？这就叫肥水不流外人田。

魏长青夫妇听了之后非常感动，更加卖力地为聂大跃管理建材市场，把聂大跃的生意完全当成了自己的生意。

100

15

　　魏长青说话算话，他真的帮着秦石峰把意思挑明了。只可惜挑明的对象不是聂小雨，而是聂大跃，他把秦石峰的意思直接对聂大跃说了。

　　聂大跃想了想，说："这个事情我不反对，其实我已经对你说过，我觉得秦石峰这个小伙子不错。但这是他们自己的事，我们不好干预，要说就应该秦石峰自己跟小雨说呀，都什么年代了，还能包办？"

　　魏长青回头如实把情况跟秦石峰说了。秦石峰说："谢谢，只要聂大哥真是这么想的，就好办。"

　　说是就好办，但是对他不利的消息也有，那就是陆大伟打着"二板上市"的幌子，经常拉着聂小雨去跑政府的有关部门，并且常常一起在外面应酬。秦石峰知道，一男一女在一起的时间长了，难免生情，等到他们真的生情了，就是聂大跃建议自己的妹妹嫁给秦石峰，恐怕也难有回天之术。秦石峰很想对聂大跃说："二板连影子都没有，折腾什么呀。"但是话到嘴边上又缩回来，觉得这样说话太没有水平了，于是就一直设想着另外的途径。

　　这一天，聂大跃意外地接到了杜治洪的电话。由于意外，他差一点就没有想起来"杜治洪"是谁，好在杜治洪及时地说了一句"最近市里面工作太忙，没顾得上与你联系"，才使聂大跃大吃一惊，不由自主地从大班椅上站起来，说："哎呀，是杜市长呀，您好您好！"

俩人说了一些闲话，杜治洪问："关于下一步的发展，公司有什么打算？"

听杜治洪的口气，像岳鹏实业不是深圳的民营企业，而是他岳洲市国资办下面的国营单位了，需要市长大人亲自关怀。

"谢谢杜市长关心，"聂大跃说，"我们最近进行了战略调整，打算介入资本市场，准备二板上市。"

聂大跃也有虚荣心，他只能往大里说，并没有说到什么工厂搬到关外，这里建设建材市场正在对外招租这些鸡毛蒜皮的小事。

"那好呀，"市长说，"介入资本市场这个思路非常有战略眼光啊。不过据我所知，二板市场何时开放还说不准，这方面争议非常大，你还不如直接买壳上市。"

聂大跃没想到杜市长懂的比他还多，再一想，本该如此，杜市长是大学毕业，又在省委政策研究室干过那么多年，对政策的掌握是应该比我多，他说的"据我所知"那就是肯定如此了。

"好啊，您给我推荐推荐。"聂大跃说。

"别的不敢说，"杜市长说，"就说我们岳洲市内的稀土矿吧，最近也由国家有色总公司下放到地方上了，属于我这个一亩三分地里面的，你要是有兴趣，这个主我或许还能做。"

"是吗？"聂大跃说，"那太好了。"

聂大跃这最后一句话当然带有夸张的意义，但也不全是客套，想当初自己因为能够穿一双矿上的劳保皮鞋都光荣得不得了，如今竟然要考虑收购"岳洲稀土"了，说不激动是假的。

杜治洪市长的这个电话其实是秦石峰策划的。秦石峰专门研究股票的，关于国家有色总公司撤销，有色企业划归地方上的消息他可能比杜市长知道的都早。关于"岳洲稀土"这些年经营不善，负债太重，连年亏损，已经 ST 了的信息，他也非常清楚，只不过当时他没有意识到这里面有什么操作性，或者说没有意识到这里面有什么可以被他所利用的空间。这几天光想着怎么抗衡陆大伟，想着想着就开了窍，如果说服聂大跃去收购"岳洲稀土"，那么他就肯定不会再去搞什么"二板"了。并且收购"岳洲稀土"肯定需要证券公司配合，这样，自己又等于为证券公司接洽了一单大业务，两头讨好，讨好就等于"讨巧"，符合上河口人的性格。更为重要的是，他可以有非常正当的理由经常跟聂小雨回岳洲，比陆大伟带着她跑市内的政府部门还要更上一层楼。

这么想着，秦石峰就像当年哥伦布发现美洲新大陆一样兴奋得觉都不用睡了，干脆起来把思路理清楚。

秦石峰连夜打开电脑，调出"岳洲稀土"的资料，研究了最近几年"岳洲稀土"的年报，发现事实上"岳洲稀土"早已经资不抵债了。这一发现使他兴奋异常，不亚于突然发觉陆大伟原来有一个老婆，而且老婆马上就要来深圳了。

第二天一早，秦石峰就联系上杜市长。秦石峰知道如今当领导的或者是当大老板的时间都非常宝贵，如果第一句话你不能抓住他，他很可能马上就告诉你他现在非常忙，这件事情你跟某某某说吧，所以秦石峰认为第一句话非常重要。秦石峰虽然大学是学工的，研究生学的是金融，但是说话方式上已经掌握了当红作家的技巧：现在的人节奏快，长篇小说的第一段和短篇小说的第一句话必须抓人。秦石峰现在跟市长说话不可能是长篇，只能是短篇，说不定还是小短篇，所以第一句话就必须给市长最大的信息量。

秦石峰刚说："杜市长，我是深圳某某证券公司的秦石峰。"

杜治洪说："哎呀秦总，你好。"

秦石峰还没有等到市长往下说，马上就给他灌信息："深圳有公司对'岳洲稀土'感兴趣，找到我，我分析了一下，觉得如果深圳的企业愿意出钱收购'岳洲稀土'的部分股权，对我们岳洲是有好处的。"

市长果然被他的话抓住了。杜治洪一愣，心想：怎么这小子说到我心里去了？但是到底是当市长的，没有喜形于色，而是故意停顿了一会儿，说："我先了解一下情况。"

其实情况他早清楚了。如果没有人来收购，"岳洲稀土"今年就要被 PT，明年就要被退市。如果那样，岳洲就真的什么也没有了，什么也不是了。说实话，这几天他正为这个事情焦心呢。

早上到办公室，走廊上碰到郑天泽，郑天泽现在已经从市委政策研究室调到政府办公室了，虽然岳洲是个县级市，市委和政府在一个院子里办公，并且郑天泽调到政府办公室也没有当主任，还继续当副主任，但实际权力大多了，连给大院看门的老头见到他都明显比以往客气，所以，郑天泽现在做得很开心。那天早上杜治洪看到他的时候，郑天泽就是一脸的开心样。见到杜治洪，马上立住脚，等候吩咐。

杜治洪说："你看，上次我们去深圳的活动还是有成效的吧。"

"是吗？"郑天泽说。郑天泽的这个"吗"的尾音是向上高高翘起来的，仿佛非常兴奋，兴奋得控制不住，非翘不可。

"是的。"杜治洪说。接着，杜治洪就把秦石峰刚才电话的情况说了。郑主任听了自然跟在市长后面喜了半天。

随后，杜治洪让郑天泽打电话跟秦石峰联系，然后郑天泽在第一时间之内把有关的情况及时向他汇报。事实上，有几次郑天泽就是当着杜治洪的面跟秦石峰通电话的，但愣是说市长正在开会，没时间，但是他非常关心您说的那件事，特意关照我给您打电话等等。

秦石峰对自己的建议充满信心，他相信杜治洪对他的建议一定很感兴趣，所以，给杜治洪打过电话之后，再没有追问，而是在等待，等待杜治洪主动给他打电话，他觉得如果市长亲自给他打电话，也能间接体现他的身份。但是，杜治洪并没有给他打电话，秦石峰等到的只是郑天泽的电话。秦石峰有些扫兴，甚至有些愤愤不平，心想，不就一个县级市的市长嘛，老子见过比你大的官多着呢！所以，他对郑天泽的头两次电话的反应并不积极，打哈哈，没有谈实质问题，无奈郑天泽耐性不错，一次不行两次，两次不行三次，终于，秦石峰的气被消耗得差不多了，再一想自己的建议并非真正是替杜治洪着想，而是为自己谋划的，所以，也就不再计较杜治洪的架子，把底牌亮给了郑天泽，说他认为最好是聂大跃的岳鹏实业来收购稀土矿，因为岳鹏实业现在正面临转型，打算介入资本市场，对双方都是一个机会，还说聂大跃到底是岳洲人，知根知底，现在外面假大款非常多，弄不好就被别人要了，我们做具体工作的就是要为市长着想等等。

秦石峰这最后一句话当然是站在郑天泽的角度说的。

郑天泽回答："我们市长跟聂大跃本来就是非常好的朋友，干脆我把情况汇报给他，市长自己就会知道怎么办了。"

秦石峰说："那最好。"

如此，才有了杜治洪给聂大跃的那个电话。这也说明杜治洪办事情有原则性，知道什么电话该自己打，什么电话该由手下的主任打，甚至还有些电话只能由秘书打。可见，杜治洪在省委机关的这些年没有白泡。

应该承认，秦石峰这一次基本达到了目的。自从杜治洪跟聂大跃打电话谈到收购"岳洲稀土"之后，聂大跃的注意力马上就从"二板"移到收购上来，而聂小雨与哥哥聂大跃是保持一致的，既然聂大跃转移过来了，那么聂小雨也就对"二板"冷淡许多。这正是秦石峰所希望的。

其实做生意的人是最忌讳感情用事的，但是这一次在收购"岳洲稀土"的问题上聂大跃不可能一点不受感情因素的影响，因为他的儿子现在就在稀土矿。

聂大跃觉得很奇怪，以前儿子也在稀土矿，自己并没有怎么想，现在儿子还是在稀土矿，为什么天天想呢？而且好像一天到晚想，一天比一天想得厉害。前段时间，聂大跃就这个问题还专门跟魏长青谈过心，魏长青也搞不清楚，回去问万冬梅，万冬梅说："那当然不一样，以前他想着反正儿子是他的，无所谓，现在他总是担心儿子会跟他有隔阂，所以才特别想。"

魏长青认为万冬梅讲得有道理，于是就把万冬梅的话学给聂大跃听。

"不是担心有隔阂，"聂大跃说，"是真的有隔阂了。离婚的时候胡娅沁还要求我经常给儿子打电话，说这样有利于儿子成长，当时我还觉得胡娅沁明事理，但是现在儿子根本就不接我的电话了，这不是隔阂吗？"

魏长青听了觉得问题比较严重，于是就打算帮一下聂大跃。

魏长青是老雁窝本地人，在矿上根基很深，以前他们在矿上的时候，本地人属于"土著"，不如胡娅沁他们那些外来的人吃香，感觉他们就像是殖民地的人，到了第三代，这种情况已经有了根本改变，原因是同化了，并且由于本地人家族大，盘根错节，在某些方面反倒具有某种优势了。比如魏长青，魏长青的一个外甥就恰好在矿上的学校里当老师。魏长青给外甥打电话，问他聂胡啸的情况，并嘱咐外甥在可能的情况下尽可能帮着关照一下。

"聂胡啸？"外甥说，"没这个人呀。你说的是胡啸吧？"

魏长青心里面咯噔了一下，难道胡娅沁给儿子改姓了？魏长青不敢肯定，于是让外甥认真打听一下，明天把有关情况告诉他。

第二天，外甥主动打来电话，告诉魏长青："是的，胡啸就是以前的聂胡啸。"并且吞吞吐吐地提醒舅舅："最好少跟胡啸的那个父亲来往。"

"为什么？"魏长青问。

外甥吞吞吐吐不愿意说。

"说！"魏长青火了。

外甥怕舅舅，只好说："听胡啸的班主任说，胡啸的父亲相当不好，在深圳发财了，就不要他们母子了，自己找了一个十八岁的少女，而且还一分钱都不给他们母子。"

"别听他们瞎讲！"魏长青说，"你认识他父亲吗？我就在深圳，跟他是好朋友，天天在一起，难道不比你了解？"

外甥不敢说话了。

这样静了一会儿，魏长青意识到发外甥火没有道理，于是缓和了一下口气，说："不管你的事，你记着能关照就关照吧。"

魏长青憋了很长时间，还是把这个情况对聂大跃说了。

那天魏长青和万冬梅竟然发现聂大跃哭了。魏长青和万冬梅一直把魏长青当作大哥和大老板，现在这个大哥和大老板当着他们的面一哭，两口子马上就被震撼了，当即暗暗地下决心，一定要帮一下聂大跃。

聂大跃告诉魏长青和万冬梅："我上当了。当初我觉得胡娅

107

沁肯定离不开儿子，才同意儿子给她的。钱是她自己坚决不要的。儿子叫'聂胡啸'，就已经是双姓了，干吗还要改呢？"

后来聂小雨告诉聂大跃：胡娅沁没有经过你同意就给聂胡啸改名字是无效的，可以打官司。聂大跃说："算了，我已经问过律师了，如果那样，儿子就要出庭做证，真正受到伤害的是儿子，何必呢？但愿等儿子大了他会明白。"

话虽然这么说，但是聂大跃却更加想念儿子。这次听说要回去收购"岳洲稀土"，他能不思绪万千吗？

16

在与陆大伟的较量中，秦石峰的优势越来越明显。这里面当然有魏长青的功劳。魏长青上一次跟聂大跃谈到这个问题的时候，聂大跃表示他不好干预，应当由他们自己决定。但话虽然是这么说了，其实聂大跃还是有倾向性的，特别是长兄为父，而且妹妹聂小雨事实上是跟着他到深圳来的，所以他这个长兄与一般的兄长还不一样，要说完全不管妹妹，任她完全自由发展，也是不现实的。事实上，聂大跃还是跟聂小雨谈过这个问题。聂小雨对秦石峰好像更喜欢一些，但是同时也更加不放心一些，聂大跃问她不放心什么，聂小雨自己也不知道，总之就是对秦石峰有点不放心。聂大跃说："恰恰相反，我对陆大伟不放心。"聂小雨问他不放心什么，聂大跃倒是能说得清楚。

聂大跃说："我不敢肯定陆大伟到底是看上你的人还是看上我们的钱。"

聂小雨问："那么你对秦石峰为什么就没有这种担心？"

"那不一样，"聂大跃说，"你可能小瞧秦石峰了，我是做证券起家的，按我的估计，秦石峰说起来是打工的，在证券公司只是一个部门经理，但是他的钱不一定比我们少。"

"真的？"聂小雨问。

"说不清呀，"聂大跃说，"干他们这一行是最说不清楚的，

109

但是至少他不会缺钱，既然不会缺钱，那么可以肯定他至少不会因为钱才追你。"

接着，聂大跃把魏长青对他讲的话传给聂小雨。谁知聂小雨听了之后不以为然，说："所以我讲他说不清嘛，连他到底有多少钱都说不清。再说他要是真有这个意思，干吗不直接对我说呢？"

聂大跃说："这你就不懂了，你不是我的妹妹嘛，又是大小姐的脾气，万一他跟你说了，你让他下不了台，他怎么见我和魏长青？"

聂小雨没有说话，脸红了一下。

说秦石峰占优势的主要还不是这些，主要还是在项目操作上。聂大跃已经打算收购"岳洲稀土"，并且已经与秦石峰所在的证券公司签订了委托合同，委托证券公司做前期调研，如果前期调研没有问题，那么就再委托他们做财务顾问。

证券公司的研究部先对"岳洲稀土"做案头分析，然后投行部与研究部联合组成专题小组，赴岳洲实地考察。既然如此，"二板"一事自然就冷了下来。此消彼长，秦石峰在岳鹏实业的作用和在聂大跃及聂小雨心中的分量自然增加不少。另外，在证券公司方面，虽然秦石峰既不属于研究部也不属于投行部，但由于这个项目是他引进的，并且他刻意夸大了自己与杜市长和聂大跃的个人关系，所以证券公司指派秦石峰担任这个项目的负责人。由于这个项目涉及公司的几个部门，以前这样的负责人通常是由副总裁或总裁助理亲自担任的，现在由秦石峰担任这一职务，等于说是提拔了，或者说是即将提拔的一种预告了。不过秦石峰对提拔不提拔倒无所谓，关键是这样一来他就能够经常跟聂小雨在一起了，加上他已经感觉聂小雨对他的态度大有改善，秦石峰自然喜不自禁。前两天天气变冷，聂小雨还专门给他打了一个电话，提醒他多穿一件衣服，别着凉了，弄得秦石峰恨不能穿棉袄。

这一天聂大跃、秦石峰、魏长青三个人又聚到一起。聂大跃问秦石峰，我们能不能再从银行贷五千万给你们做大户透资？秦石峰说："当然可以，但是不好。"

"怎么不好？"聂大跃问。

秦石峰说："贷款太多会使你的资产负债比例加大，影响你的信誉。"

聂大跃若有思索地点点头，表示理解，同时也觉得秦石峰考虑问题比以前成熟许多，所以他这个点头可能还包括更多的含义。

魏长青瞪着大眼看着他们，好像这件事与他无关。突然，秦石峰像打量大熊猫一样打量着魏长青，说："你可以做呀。"

魏长青和聂大跃以为他开玩笑，但仔细一看又不像。聂大跃鼓励道："说说看。"

秦石峰说："长青兄花点钱，买一个壳公司，专门做这个事，一笔就把钱赚回来了。"

秦石峰告诉他们：大约花二十万块钱，就能买一个注册资本为一千万的"壳公司"，然后再花点钱搞一套假报表，把资产做成一个亿，正儿八经地去审计，就行了。

聂大跃有点担心，问这算不算金融诈骗。秦石峰说，只要由证券公司做担保，不会出事的，就是万一出事了，银行的规矩是谁有钱找谁的麻烦，所以银行肯定会绕过魏长青找证券公司，魏长青反正就是一个"壳"，银行找"壳"有什么用？

魏长青将信将疑，他不敢答应，他看着聂大跃，但是聂大跃不接他的目光，于是魏长青就说回去跟老婆商量商量再说。

商量的结果还没有出来，秦石峰的计划也就自动放弃，因为魏长青根本用不着费那么大劲搞什么"壳公司"了。国家突然颁布新政策：大陆居民可以购买香港B股。这一下可了不得！B股像老光棍连服两颗伟哥，挺得不能再挺，天天涨停板。魏长青和万冬梅坐在家里每天都有几十万的进账！万冬梅已经不卖盒饭了，用她自己的话说，卖一盒饭最多赚一块钱，累不用说，还要低三下四赔笑脸，现在他们股市上一天的净利，如果折算成盒饭，差不多就能将整个建材市场堆满。

不卖盒饭的万冬梅先是养了一条哈巴狗，后来又学会打麻将，再后来又跟着一批富婆学健身，最近健身俱乐部的一个小伙子有事没事就往家打电话，问寒问暖，关心备至，比魏长青都体贴。魏长青以前经常把歌舞厅桑拿这些场所与色情挂上钩，没有想到如今健身也有这种倾向，于是有一次无意当中问聂大跃，当然，他并没有把这个问题与自己的老婆万冬梅联系起来，再说万冬梅也确实没有到那一步，所以，聂大跃并不知道魏长青问这话什么意思，只好实话实说。聂大跃说："什么东西不能跟色情挂钩？况且娱乐业是最容易与色情挂钩的。"

"我说的是健身。"魏长青说。

"健身也是一种娱乐了。"聂大跃说。

魏长青没有说话，聂大跃知道魏长青的脾气，魏长青没有说话就表示他不同意你的看法。所以，聂大跃进一步解释，说："你可能认为健身是体育，其实现在都市健身活动不完全是体育，至少属于体育与娱乐之间，如今体育和娱乐已经联姻了，不是提倡快乐足球吗？足球是体育吧，但是它不也是一种娱乐吗？"

魏长青感到了问题的严重性，回家问万冬梅："你们在健身时都做些什么？"

"跳舞呀。"万冬梅说。

"什么?! 跳舞?!!"

"是啊,这有什么大惊小怪的。"

魏长青又专门去请教秦石峰同样的问题,因为他偶尔听说秦石峰有一张健身卡。

秦石峰说:"跳舞有什么关系,健身房还包括桑拿呢。"

魏长青没有说话,但是头上的汗水倒真像是在桑拿,至少是局部桑拿。

秦石峰和聂大跃最后还是弄明白了魏长青打听健身问题的真实意义,他们俩背后谈起此事,秦石峰还发出感慨:"我到底是帮了魏长青还是害了魏长青?这钱多了到底是好事还是坏事?"

聂大跃说:"如果是做事业,钱多当然是好事,但如果像万冬梅这样无所事事,钱多了就是坏事了,万冬梅本来是过日子的人,什么叫'过日子'?过日子关键是一个'过',其实天天为柴米油盐操心那才叫'过',如果什么都不操心了,那'过'什么呢?只能是没事找事。"

17

工厂这边情况不好，产品本身的更新淘汰太快，聂大跃自己不懂专业，靠车钳铆焊开发产品更新技术是不可能的，所以做起来特别费劲。秦石峰劝他别搞了，说现在电脑都普及了，电脑就能当 VCD 用，这东西终归是个淘汰产品，再花多大力气改进提高也是白费力。

聂大跃脸上的肌肉抽动了一下，没说话。

秦石峰还没有学会察言观色，说话没有遮掩，接着说："将来网络普及了，想看什么片子都可以直接从网络上下载，既清楚又便宜，谁还买 VCD 呀？"

聂大跃不服，反说："那么高科技就没有人搞了？"

"有人搞，"秦石峰说，"像比尔·盖茨这样的人，像高新区那些海归派，必须自己就是专家，然后依靠风险投资基金创业，就像旧金山的硅谷和北京的中关村，像深圳的高新区，而像你这样搞，扬短避长，不合算，趁早掉头。"

"那我做什么？"聂大跃问。问的声音没有刚才那般有劲。

秦石峰建议：花三千万收购"岳洲稀土"，然后再让它花五千万把深圳岳鹏实业这个"高科技企业"买过去，这样你事实上等于是两千万把原来的岳鹏实业卖了，但是一反一复你还是控股一家上市公司，且不说两次"资产重组"我们可以配合二级市场赚个几千万，就是将来上市公司实在被掏空了，三千万法人股也很难说一文不值，就是真的一文不值，你不也是早就回本了吗？

聂大跃显然已经被说动心了，但嘴巴上仍然不甘心，说："那我们就永远不搞高科技了？"

秦石峰说："搞，当然搞。但不是这个搞法，要搞就搞风险投资基金，专门为那些年轻的专家们做风险投资。"

聂大跃回去把这些话对聂小雨说了，聂小雨认为秦石峰讲得非常有道理。

"你知道就行了，"聂大跃说，"千万再不要跟其他人说这件事。"

"你是说不能跟陆大伟说吧，"聂小雨说，"放心，我没有那么傻，再说我跟他没戏。"

聂大跃本准备问她和秦石峰有没有戏，但话到嘴边，忍住了，他觉得即使是兄妹，说话也要有所保留，不是什么话都能说的，"大哥"的威信不是自己争来的，而是自己一言一行一点一滴堆起来的。

收购上市公司是一项保密性极强的工作，一旦消息透露出去，目标公司的股价就会飞涨，势必增大收购的难度，所以聂大跃对任何人都保密，包括对聂小雨和魏长青。另一方面，聂大跃自己已经在私下里动用全部资金暗暗地吸纳该股的流通盘。这件事他谁也没说，包括帮他策划的秦石峰。

聂大跃首先动用的是存在银行的那五百万。钱是他的钱，他说生产上急需，行长也没有办法，但行长心里面并不痛快，认为聂大跃唯利是图不守信用，但聂大跃顾不得这么多了，聂大跃避开秦石峰在其他证券公司悄悄地买进"岳洲稀土"，价位是七块左右。聂大跃当然没有用自己的名字，证券公司提供大把的身份

115

证，然后帮他设一个总账户，总账户下面再挂上几十个小户头，每个户头每次下单不超过十手，即使最狡猾的老鼠庄也看不出他的动向。

聂大跃现在一门心思搞资本运作，工厂那边倒成了配角，他将配角工作完全交给陆大伟，自己很少去关外，做起了真正的幕后老板。他要求陆大伟压缩一切生产生活开支，并且不惜做大量的思想工作，反复强调生产上周转金的暂时困难，愣是拖欠员工一个月的工资，像赌博一样集中全部资金慢慢购买"岳洲稀土"。

秦石峰问聂大跃：收购"岳洲稀土"的事决定了没有？要不要召开管理决策委员会会议讨论一下？

为了保密，聂大跃给秦石峰放烟幕弹：肯定是要开会讨论并形成决议的，但现在还不成熟，说实话，我担心便宜没好货呀，资本运作不比产品运作，收益大，风险也大，我的意思是再做进一步的调研，看看这里面的猫腻到底有多大，窟窿到底有多深。

秦石峰觉得聂大跃讲得非常有道理，也就没有多问。

按照委托合同，秦石峰所在的证券公司要对目标公司进行预案调研，为了减小目标，秦石峰自己没有去岳洲，而是指派投资银行部两个硕士与聂小雨一起上去的。投行部的两个小伙子知道这是一项苦差事，因为最后能不能做还不一定，没准就是白忙活，所以一开始并不是很乐意，后来见有美人相伴，干劲顿时大了许多，也不嫌岳洲小地方穷乡僻壤了。

聂大跃私下与杜市长通电话，杜治洪告诉他自己在长沙。聂大跃说："好，你等着，我马上过来。"

说过来就过来了。聂大跃感觉去长沙比去岳洲更方便，因为有直达飞机。

聂大跃没有问杜治洪到长沙来做什么，杜治洪主动告诉他：

"鸟事。自己老婆在长沙，回来不是鸟事还有什么事？"

聂大跃终于忍不住大笑起来，他没想到市长也能开这样的玩笑，市长能跟自己开这样的玩笑，说明市长跟自己贴心，顿时觉得亲切许多。于是聂大跃把自己心中对聂小雨、秦石峰、魏长青都没有说的秘密告诉了杜治洪。他相信杜治洪能够掌握保密范围。

聂大跃发现，男子之间有时候适当地吐露一些诸如"鸟事"这样的秘密，可以增加相互之间的信任度，就像女人之间互相说一些闺房话一样。

聂小雨和证券公司投行部的两个小伙子回来后，向魏长青汇报情况，魏长青说等一下，马上打电话让秦石峰过来，一起听。

他们掌握的情况：岳洲稀土已经资不抵债，并且如果依靠他们自身的力量，不但不会好转，反而会越陷越深，今年是 ST，明年 PT，后年说不定就要退市破产。主要原因是两条：一是欠银行债务太重，每年产生的利润不够偿还银行利息；二是矿上与地方上关系太僵，在县改市之前，矿务局的级别高于县上，根本就不买县上的账，于是县上就处处刁难矿上，既然县里都这样，附近的村民更是直接把稀土矿当成摇钱树，想要钱了就去摇，有一回村民愣说矿上给他们造成了污染，要矿上赔钱，矿上不赔，农民就将大粪倒在矿区大门口。还有就是矿上对外的交通有一段必须经过县里，县里在路上设了三道卡，分别收取污染费、治安费和路桥建设费。另外像矿上的尾矿堆放等等，无一不是收费惊人，向矿上收取污染费是县里财政的一大来源。尽管现在县改市了，矿上也划归市里管了，但积重难返，还要有一个纠正习惯的过程，所以矿上的日子非常不好过。

聂大跃没有召开管理决策委员会会议，而是把魏长青也叫过

117

来，几个人碰在一起讨论聂小雨他们带回来的情况。

秦石峰说："这有什么可讨论的，聂小雨他们汇报的情况与我掌握的情况基本一致，是这么回事。"

聂大跃没有说话，魏长青说："你让聂大哥先说说他的想法。"

聂大跃看看他们二位，心里想，这年龄真是一个不可替代的东西，魏长青的知识远远不及秦石峰，但是做人做事就是比秦石峰成熟。

聂大跃说："我讲不清楚，但是我感觉这里面一定还有问题我们没有搞清楚。既然我们已经下决心要收购它，就一定要搞得清清楚楚，否则到时候会被动。"

聂大跃说完之后，他们两个都没有说话，魏长青觉得聂大跃讲的肯定有道理，秦石峰对聂大跃的担心也表示理解，但是他并没有理解什么叫"已经下决心收购"，不是还没有召开管理决策委员会会议讨论吗？他想着聂大跃到底没有上过正规的大学，说话逻辑性不严密。

"要是能亲自去矿上一趟就好了。"聂大跃说。聂大跃说这句话的时候像是自言自语。

"对呀，"秦石峰说，"我们一起上去一次。"

他本来想说"把小雨也带上"的，但还是忍住了，想着到时候再说也不迟。可是他的建议没有得到积极响应。魏长青看看聂大跃，秦石峰顺着魏长青的目光看过去，发觉聂大跃苦笑了一下，他不知道是什么意思。

魏长青说："聂总太忙了，还是我去吧，我跟万冬梅一起回去，回去探亲。"

"那不行，"秦石峰说，"你跟冬梅姐要是都走了，建材市场怎么办？要不然我跟小雨上去吧。"

秦石峰终于忍不住了，还是把心里话说了出来，惹得魏长青差点笑出来。

聂大跃没有笑，他的脸上茫然了一下，说："可以，还是长青兄跟万冬梅回去，一定要像探亲一样，千万不要声张，这叫暗访。你和小雨不能去，太扎眼了，他们去名正言顺。另外，这事就是我们三个知道，对谁都不能说，更不要让对方接待什么的，表面上就是探亲。"

魏长青点头称是。

秦石峰刚刚听了一个"可以"，心里一激动，以为是他和聂小雨一起回去"可以"了，没想到说了半天还是魏长青夫妇回去，但是一想到"夫妇"，心情好多了，仿佛既然他们一对是夫妇，那么我们这一对也是夫妇了。

"市场那边怎么办？"魏长青问。

"乱不了，"聂大跃说，"这几天我自己经常去看看，秦石峰如果有空也可以陪小雨一起去转转。"

聂大跃这最后一句像是安慰奖，搅得秦石峰又汹涌澎湃。

18

　　魏长青和万冬梅回岳洲之前，聂大跃请他们吃饭。席间，聂大跃言欲又止。魏长青说："儿子那边你放心，我会掌握分寸的，肯定会找他谈谈。"

　　聂大跃说："到了岳洲，你替我买几张当地的 IP 卡给他，让他抽空打我的手机。"

　　聂大跃说这句话的时候，眼睛都湿了。

　　万冬梅看不得男人流眼泪。这时候，她仿佛比聂大跃还要难受。

　　万冬梅说："儿子不是问题，关键是胡娅沁。儿子一天到晚跟着她，肯定会受她影响，甚至还要有意讨好她。但是我不知道能不能跟她说上话，我总是觉得她傲傲的，对人带搭不理，不容易接近，更不好说话，我真怕聂胡啸被她带坏了。"

　　魏长青赶紧用目光制止她，但是已经晚了。聂大跃这时候是一脸担心与后悔。早知如此，我干吗要离婚呢？现在看来，离婚对双方没有任何好处，对儿子更是一种伤害，难道胡娅沁这么做的最终目的就是让我后悔，或者是让我求她复婚？求她复婚她就跟我复婚吗？不会的，她的真正目的就是报复，报复什么呢？我伤害她了吗？假如确实伤害了他，那也不是我的本意。但是这话能跟她说得清楚吗？说清楚她能相信吗？

聂大跃发现什么都能错，唯有婚姻不能错，其他的事情错了，大不了影响你自己，唯有婚姻，一旦错了，受到影响的可能就是许多人，不仅影响这一代的人，而且还影响下一代的人。

在稀土矿的人看来，聂大跃一定是在深圳发了大财，于是抛弃了糟糠之妻，另求新欢了。矿上的一些人还拿出想象力，说聂大跃现在的老婆如何如何年轻，如何如何漂亮，更有甚者，说那个女人就是某某歌星，就是某某演员，甚至结合伏明霞嫁给梁锦松事例，说聂大跃娶了一个著名运动员做老婆，有名有姓。矿上的人有一段时间还专门争论过一件事，争论到底是伏明霞漂亮还是聂大跃娶的那个运动员漂亮，并且由此推断到底是梁锦松有钱还是聂大跃有钱。然而，在漂亮的女人之间确定哪一个更漂亮，显然要比在有钱的男人之间确定哪一个更有钱困难，因为漂亮毕竟没有有钱那么更直观的量化，于是，聪明的矿上人采用了逆向思维，就是先判断哪一个男人更有钱，然后由此推断他们的女人哪一个更漂亮。这样一来，问题果然简单许多。他们确定，作为聂大跃老婆的这个著名女运动员没有伏明霞漂亮，理由是梁锦松比聂大跃更有钱。然而，情况是在不断变化，由于最近传闻聂大跃要来收购稀土矿，于是一贯认为稀土矿是天底下最大最有名企业的矿上人又敏锐地发现原来聂大跃比梁锦松更有钱，并且马上为那个著名女运动员平反昭雪，一致认为她比伏明霞更漂亮。如果有人质问他们：你们以前不是说伏明霞更漂亮吗？那也难不住这些人，他们会说，以前是以前，现在伏明霞生孩子了，当然要有点变化。

矿上人对聂大跃是既爱又恨。爱的是，这么大的老板居然是我们矿上的女婿。恨的是，这个昔日矿上的女婿竟然跟我们矿上的女人离婚了，所以在女婿的前面不得不加上"曾经"二字。矿上一些记性特别好的人还能回忆起聂大跃当年的模样，但是矿上是个人才辈出的地方，记性好的人显然不是一个两个，于是关于聂大跃当年的形象就变成了多种多样。但是有一条是颠扑不破的，那就是他们全部都是在许多年之前就看出聂大跃将来一定有出息，并且这些人的数量不比当年朱元璋登基的时候声称早就发现他有帝王之相的人少。按照"发现天才的人是超天才"的理论，矿上无疑是个藏龙卧虎之地。

这些当然是笑话，其实聂大跃至今还没有再婚，因此关于他"现在的老婆"的一切猜想只能是猜想。至于说到他"现在的老婆"是著名演员、著名歌星还是著名运动员，更是无从谈起。

当然，没有老婆不代表没有女人。现实情况正好相反，往往没有老婆的人身边有更多的女人。但是迄今为止，聂大跃的这些女人当中还没有一个如矿上人想象的那样是"著名歌星＋著名演员＋著名运动员"的，不但不是，而且如果说出来一定会让聪明的矿上人大跌眼镜。除了胡娅沁之外，与聂大跃第一个上床的女人竟然是一个比他年纪大、没有多少文化更没有任何金钱的中年妇女。该女人就是王招娣。

王招娣与聂大跃在一起的时间非常短暂，也就大概三个月吧，但是这三个月太重要了，这个女人也太重要了，如果没有她，说不定聂大跃就不会跟胡娅沁离婚，要是聂大跃没有跟胡娅沁离婚，那么聂大跃现在也就没有那么多的烦恼了。

受着胡娅沁的影响，聂大跃对女人一直没有什么兴趣，这一点从当年黄荣发建议他找一个打工妹做朋友，而他并没有响应可见一斑。大约正是这种清心寡欲，使得聂大跃将几乎全部的精力都用到工作上，终于成就了自己的一番事业。从这个角度说，聂大跃的成功，功劳应当有胡娅沁的一半。但是有了一定的经济基础后，人的欲望就有了一些变化，特别是经过王招娣的点拨之后，这种欲望迅速膨胀，终于导致与胡娅沁婚姻关系的破裂。

那时候黄荣发的电话机厂还没有兑给聂大跃，那时候岳鹏实业还是一个小公司。公司虽然小，连厂房都是租用黄荣发的，但是写字楼却蛮漂亮。这当然是做生意的需要。写字楼是一个企业对外的窗口，客户和供货商来了之后首先就是要到写字楼坐坐，所以写字楼一定要漂亮，写字楼里面的小姐也一定要漂亮，否则客户和供货商就会小瞧你，而如果客户和供货商小瞧了你，客户就不一定把订单给你，或者至少不敢把预付款给你，供货商就不敢把原料赊欠给你，如果那样，那么聂大跃的岳鹏公司可能就生存不下去。聂大跃跟随黄荣发几年，学到一个重要的经营之道，就是把客户和供货商都当作银行，而且是提供无息贷款的专业银行。具体做法就是要想方设法让客户为你支付预付款，让供货商为你先垫资供货，这样可以极大地减少流动资金占有量，保持企业运转活力。所以，向客户和供货商展示自己公司的实力十分重要，而展示实力的基本条件就是要有漂亮的写字楼和漂亮的小姐。

聂大跃对于公司里面漂亮的小姐一直保持着高度的警惕。这也是黄荣发给他的教训。黄荣发企业的衰落，要是总结起来有相当多的原因，但是其中最直接的一条就是黄荣发老是吃窝边草，用他自己的话说，窝边草干净、放心、方便，但是在聂大跃看起来，付出的代价相当惨重。聂大跃本来还打算提醒黄荣发的，但是想到古训"劝赌不劝嫖"，也就作罢。聂大跃发现，正是由于黄荣发吃窝边草，导致公司内部管理混乱，职员之间钩心斗角，乌烟瘴气，才使一个好端端的企业一步一步走向衰落。被黄荣发啃了的"草"，总觉得自己是老板的人，不但自己在公司专横跋扈，而且把自己的乡下亲戚都安排在公司，这些人也以为自己是皇亲国戚，在公司里面了不得，一个两个还好，如果被黄荣发啃

123

过的"草"多了，公司能不乱套？可黄荣发确实啃了太多的"草"，所以公司最后不得不转让给了聂大跃。接受教训，聂大跃对公司写字楼里面的靓女始终保持高度的警惕。大约是长期保持警惕的缘故，久而久之对这些年轻貌美的靓女有了一种近似条件反射似的排斥心理。于是，与"靓"无缘的王招娣反倒引起聂大跃的好感。

王招娣在写字楼负责打扫卫生兼值班。她的主要工作时间集中在写字楼下班之后和上班之前，白天就是换换饮水机上的水，打扫厕所和夹一下报纸，比较清闲。王招娣没事的时候就看报纸杂志。王招娣是初中生，王嫂那个年代的人至少都是初中生，那时候上学不但不用考试，而且还几乎不用交学费，所以人人都是中学毕业。王招娣从报纸上知道国家现在正在推行九年制义务教育，她觉得非常奇怪，她们十几年前不就是九年制义务教育了吗，怎么到现在还在推行？王招娣算了一算，她们那时候是八年，小学五年，初中三年，难道为了小学这一年国家要推行几十年？

王招娣三十几岁，这个年龄在内地是非常一般的年龄，但是在深圳的一般公司里面就算是大的了。深圳的公司里面如果是打工妹，也就是十几二十多岁，如果是写字楼里面，则稍微大那么一点，也就是二十多岁，如果到了三十岁，要么就是找到一个好老公嫁出去，当了太太，而不用在写字楼做别人的"办公室老婆"，要么就自己逮着机会发了财，自己当起了老板，所以，三十几岁的女人在深圳的写字楼里面就算是大的了。因为比较大，所以公司里面的人都称王招娣为王嫂，聂大跃也不例外。

让王嫂兼值班，对她本人和公司都有好处。对公司自不必说了，值班除了安全考虑外，也有利于早上提前开空调和晚上地毯吸尘。对王嫂来说，最大的好处就是可以有一个舒适的地方睡觉。如果不安排王嫂值班，王嫂睡哪里呢？跟管理人员睡一起她显然不够级别，跟打工妹睡，十几个人挤在一起，委屈王嫂不说，作息时间就不一样，肯定是相互影响。其实睡觉还不是最主要的，最主要的是洗澡。深圳不比内地，深圳热，必须每天都要洗澡的，如果跟打工妹睡一起，洗澡将是大问题。深圳人把洗澡叫冲凉。打工妹冲凉的地方更令人恶心，大小便卫生纸卫生巾甚至不知道从哪里冒出来的塑胶套到处都是，脚底下总是滑唧唧的，比三毛笔下《泉》里面描写的还要肮脏不堪！王嫂刚来公司的时候是在生产线上的，那时候与普通打工妹住一起，尝过那种滋味。后来王嫂被调到写字楼打扫卫生，她非常珍惜这份工作，做得很仔细，很有耐心，每次都要等写字楼里面最后一个人离开之后才开始打扫卫生，于是有些需要加班的人就非常不好意思，最后不知道是谁建议王嫂干脆值班，这样大家无论加班多晚也没有因为王嫂坐在那里干等而不好意思了。聂大跃觉得这是一个好主意，同意了。从那以后，会客室的沙发就是王嫂的床，女洗手间就是王嫂的冲凉房。女洗手间虽然小，而且没有莲蓬头，王嫂每次洗澡的时候都是从洗脸池中将水舀到自己身上，费事是费事，但是比打工妹的冲凉房舒服多了。洗澡的环境只要干净就让人舒服。

王嫂是自觉的，其实聂大跃办公室里面有一个老板专用的卫生间，尽管聂大跃不在里面洗澡，但是卫生间里面的设备一样不少。每天王嫂冲凉的时候，基本是下半夜，写字楼里面一个人也没有，如果王嫂利用一下工作之便在老板专用卫生间里面洗一下，绝对不会有人知道。但是王嫂没有这么做。

聂大跃对王嫂蛮信任。聂大跃的办公室只有两个人有钥匙，一个是聂大跃自己，还有一个就是王嫂。

聂大跃保持当年上山下乡时候每天早晨起来打红卫兵拳的好

习惯，每天早晨来公司特别早。王嫂发现这个情况后，每天早早地就把老板的办公室门打开，吹吹风，等聂大跃一来，她马上关上门窗，打开空调，插上饮水机的电源。事虽然不大，但处处体现着女人的细腻，时常让聂大跃感到一种温馨。有时候聂大跃甚至偶尔想到，女人就应该是这样的。聂大跃由王嫂还联想到自己的母亲。聂大跃记得，母亲每天晚上都给父亲打好洗脚水，自己用手先试一下冷热，放好擦脚布，才端给父亲。小时候家里困难，晚上大多数时候都是吃稀饭，但是母亲每次中饭都留下一碗，晚上给父亲炒一碗蛋炒饭。每当吃晚饭的时候，母亲都要把聂大跃和聂小雨叫到院子里，不让他们看着父亲吃，并且反复告诉聂大跃和聂小雨：父亲是干力气活的，必须吃饱。聂大跃从来都没有认为母亲和父亲的爱情是多么的伟大，但是他从小都感觉到母亲对父亲的那种关爱，让他感到遗憾的是，自己从来都没有从胡娅沁身上感到过哪怕是一点点母亲当年对待父亲的影子。聂大跃甚至觉得，只有自己的母亲和王嫂这样的人才是真正的女人。什么叫"女人味"？对男人体贴关怀这就是"女人味"。

19

　　让聂大跃进一步体会王嫂"女人味"是早餐。不知是吃不惯的缘故还是起得太早的缘故，聂大跃以前不吃早餐。王嫂从杂志上知道，吃早餐对人的身体健康非常重要，于是那一天王嫂自己的早餐稍微多做了一点，特意给聂大跃留了一碗。王嫂的早餐非常简单，就是萝卜干送稀饭。等聂大跃坐定下来之后，王嫂端进来，非常害羞地对聂大跃说："老板要是不嫌弃就吃一碗我做的稀饭。"聂大跃看着这一小碗稀饭，上面点缀着几个萝卜干，不知道怎么一下子食欲就上来了，说"好，谢谢"，三下两下就消灭了。吃完之后，还发出感慨，说这才叫早饭嘛。从此以后，聂大跃每天上班前都能收到这样一碗稀饭，照例，上面点缀的不是萝卜干就是咸菜。稀饭不冷不热，刚好上口。

　　聂大跃是轻易不愿意占别人好处的，但是现在却占了王嫂的好处，因为他每天都要吃王嫂的早餐。聂大跃于是就想给王嫂一点经济补偿，王嫂不要，说其实就是多加了一碗水，米还是那么多米，怎么要钱？王嫂说得诚恳，如果聂大跃再要坚持给钱，反倒好像有点亵渎王嫂的好意了，于是聂大跃问王嫂："你看我有什么能帮你的？"

　　王嫂憋了半天，脸都憋红了，才说："您洗手间里面的热水器好像从来都不用吧？"

"是啊。"聂大跃说。

王嫂说："这些天天气突然凉了，我不知道晚上能不能用它洗澡？"

"完全可以。"聂大跃说，"反正我也不用它，我宿舍里面有热水器，你用吧，长时间不用反而容易坏。"

从那以后，王嫂跟聂大跃好像成了朋友，有时候还能单独说上几句话。

有一次是星期天，聂大跃没有什么事，不知是不是吃习惯了，照例来到写字楼。王嫂好像是知道他要来一样，照样准备好了稀饭。反正是休息天，没事，吃着稀饭，聂大跃与王嫂拉起了家常。

聂大跃问王嫂怎么知道他今天会来，王嫂说她忘记今天是礼拜天了，并且告诉聂大跃就是礼拜天也要吃早晚，说这是报纸上说的。

王嫂还对聂大跃说："把爱人接到深圳来，夫妻之间不能分长的，分长了不好。"

聂大跃问："那你自己怎么不跟老公在一起呢？"

"我是没办法。"

"怎么没办法？"聂大跃问。

王嫂的脸突然红了，红得蛮厉害。

"有什么不方便说的？"聂大跃问。

"没有没有，"王嫂说，"老板你也是过来人，说出来也没什么丑的，我有病，不能生孩子，是被丈夫打出来的。"

"被丈夫打出来的？"

"被打出来的。"王嫂说。

王嫂说这话的时候一点也没有觉得委屈，仿佛被丈夫打出来不是什么丑事，而是天经地义的。

"是我自己不好，"王嫂说，"去医院检查了，医生说是我的问题。"

"能看好吗？"聂大跃问。

"看得好，"王嫂说，"不是要钱嘛。"

"多少钱？"聂大跃问。

"不知道，"王嫂说，"反正不少钱吧。"

聂大跃想了一想，说："要不然这样，我带你到医院去问一下，看能不能治好，要多少钱，不行公司先给你垫上，先把病治好，钱慢慢从工资上扣。"

"那不合适吧？"王嫂说。

"先检查一下，确诊以后看到底怎么说再说。"

说着，聂大跃真的就带王嫂去了医院。一检查，还真有问题，输卵管堵塞，要反复疏通，蛮麻烦，要花不少钱。

聂大跃建议王嫂现在就治，每个星期来做一次，做好了就赶快回去，趁早生个大胖小子。说得王嫂眼睛一亮，但是马上又哭了。聂大跃说不用哭，钱先由公司垫了，不用担心，治病要紧。王嫂哭得更加厉害。聂大跃问她还哭什么，王嫂说："老板你比我丈夫好多了。"聂大跃一听，心里咯噔一下，不说话了。

病还没有开始治，王嫂对聂大跃的关照又进了一步。聂大跃白天上班的时候，王嫂说："老板你要是相信我，我现在去把你宿舍收拾一下。"王嫂这样说，如果聂大跃不同意，就好像真的是不相信她了，于是只好把钥匙给了她。晚上回到宿舍，聂大跃以为是走错了房间。聂大跃跟胡娅沁这么多年，她一次也没有如此认真地收拾过屋子。经王嫂收拾过的宿舍，处处显得那么整洁、清爽和合理，使屋子从此有了性别，标志着这间屋子来过女人，一个对屋子的主人充满关爱的女人。从那以后，聂大跃住在里面都感觉到了一种阴阳平衡。

从那以后，王嫂就有了聂大跃宿舍的钥匙。

这一天又是休息日，王嫂照例为聂大跃准备好早餐，但是久久没有见他来办公室，王嫂不放心，拿上钥匙，端着稀饭，送到宿舍来。不知是不是怕惊醒聂大跃，王嫂轻手轻脚打开门，进来以后才知道聂大跃已经起来，在卫生间边洗澡边唱歌。王嫂想笑，想着聂总这么一个大老爷们也像孩子。王嫂把稀饭放到桌子上，准备帮着拖地，走到卫生间门口才发现不能进去拿拖把，于是在门口等着。这时候，卫生间的毛玻璃门上影印着聂大跃那男性的身躯，王嫂一下子竟傻傻地看着，忘了害羞，仿佛聂大跃不是她的老板，而是她的小弟弟，或者干脆就是她的丈夫。突然，聂大跃停止了唱歌，卫生间里面的水声也不响了，但是聂大跃仍然站在莲蓬头下面不动，只是头低下来，仿佛在认真地做着什么动作。王嫂突然反应过来，于是自己的脸腾地一下红了。王嫂白天工作不忙，空暇时间多，经常看各种各样的杂志，对这些事情是懂的。王嫂本能地回避了一下，但是终究控制不住自己，又小心翼翼地回到刚才的位置，继续透过毛玻璃看着聂大跃。

王嫂从杂志上知道，男人可以自己解决生理上的需求，王嫂还知道女人也可以，但她从来没有自己试过。王嫂在聂大跃的办公室用聂大跃的专用卫生间里面的热水器洗澡的时候，曾经有过那种冲动，主要是把热水的冲刷想象成聂大跃的抚摩了，但是她很快就强迫自己从那种想象中挣脱出来，她不敢想得太多，尊卑有别。没想到今天看见聂大跃自己也这样，于是，那种已经被压抑下去的想象又腾地一下从心底里迸发出来，挥之不去。

聂大跃从卫生间出来，发现王嫂愣在门口，吓了一惊，忘记了说话，憋了很长时间，终于想起了得体的话题，说："我正好要找你。"

"找我？"王嫂心里一炸，几乎就要说"不用你找我自己来了"。

"我陪你去医院，治疗。"聂大跃说。

王嫂似乎也回过劲来，问："你真的要为我治病？"

"真的，"聂大跃说，"这还有假？"

"为什么？"王嫂问。

聂大跃还真给她问住了。

"治疗好了我就要走了。"王嫂说。

"对，治疗好了赶快回去，生个大胖小子。"聂大跃说。聂大跃这样说的目的是想打破眼前这种沉闷而难堪的气氛。

"那我拿什么钱还公司？"王嫂问。

王嫂这样一问又把聂大跃给问住了。

"不还也没有关系，"聂大跃说，"我替你垫着。"

"那好，"王嫂说，"但是我也不能白让你帮吧。我总该帮你做点什么。"

"你帮我做的还少吗？"聂大跃说。聂大跃说着已经走到了客厅里面，看见桌子上的稀饭，继续说："你看，就说这稀饭，你每天都帮我做好，这不是帮我吗？"

"这算什么？"王嫂说。

"这怎么不算？"聂大跃说，"说实话，以前只有我妈才能这样。"

"你爱人呢？"王嫂问。

王嫂问这句话的时候，聂大跃下意识地看了一眼墙上他和胡娅沁还有聂胡啸的合影，说："她跟你们不一样。"

"我都看见了。"王嫂说。

"看见什么？"聂大跃问。

"看见你刚才洗澡。"

王嫂说完就发觉自己的脸在燃烧，就是新婚之夜她也没有这

131

么燃烧过。

燃烧也能互相点燃。聂大跃这时候才意识到王嫂是一个女人，一个因为不能生育而被丈夫打出来的女人，一个女人味十足的女人，一个脸上会燃烧的女人。并且，他突然发现原来这个女人离他是如此之近，他几乎是一张开双臂，女人就倒在了他的怀里。

除了胡娅沁之外，聂大跃还没有拥抱过别的女人，他突然发觉现在在他怀里的才是真正意义上的女人，与她相比，以前的那个女人最多只能是一副女人的骨架，就像去年他到四川走访代理商时在自贡看见的那副恐龙的骨架。

当他们相拥着倒下去之后，都想融入对方的体中，当他们真的相互融入的时候，聂大跃才发觉这才是女人，因为王嫂的反应比他还激动，激动得有点控制不住。聂大跃从来没有想象过女人还能激动，而且是这么激动。聂大跃突然想起了一句话：只有自己快乐的人才能给对方带来快乐。聂大跃以前就知道这句话，不过他一直没有完全理解这句话是什么意思，但是他现在理解了，是在一瞬间理解的。聂大跃发现凡是真正的理解都是在一瞬间产生的，就像牛顿在看见苹果落地的一瞬间想起了万有引力，就像瓦特在看见外婆的水壶盖子被蒸汽顶开的一瞬间想起了蒸汽机，现在聂大跃的"开智"就是被王嫂启发开的，而不是那个跟他结婚几年、像自贡恐龙骨架那样的女人。

王嫂实际上成了聂大跃生命中第一个有真正意义的女人，这个女人在此后的几个月里面让聂大跃的身体机能和思想都得到了全面的恢复与升华，聂大跃那几个月的做爱次数超过在此之前这半辈子全部做爱次数的总和，而且是真正意义上的做爱，不是履行义务，不是"配合"，而是相互点燃，相互深入，相互给予，相互满足，相互愉悦。

王嫂治疗了三个月，三个月之后，医生说："现在你可以正常排卵了，要赶快跟丈夫同房，先受孕再说，说不定哪一天又不通了。"

王嫂从医院回来以后先跟聂大跃同了房，同房三天之后才跟聂大跃说实话，说她三天前就已经通了，可以怀孕了，所以她马上就要走了。

"那怎么办？"聂大跃问。

"什么怎么办？"

"要是这两天你已经受孕了怎么办？"

王嫂边穿衣服边笑，是那种非常开心地笑。

"你笑什么？"聂大跃问。

"但愿如此。"王嫂说。说完就走了，再也没有来过。如果那三天王嫂真的受孕了，小孩该两岁了吧？谁知道呢？

自从王嫂走过之后，聂大跃就再也没有离开过女人，当然，这些女人没有一个是像胡娅沁的，很可惜，也没有一个完全像王嫂的，有时偶然碰上一个外表像的，一深入起来就不是那么回事。聂大跃发誓，如果再遇上王嫂，他一定娶她。聂大跃常常问自己：当时怎么没有想起来娶她呢？

20

果然不出万冬梅所料，胡娅沁根本不拿正眼瞧她。魏长青那个在矿上中学当老师的外甥程光辉出高招，说胡娅沁好为人师，只要是矿上中学的学生家长带着孩子上门请教的，她一般都会热情接待。

万冬梅接受程光辉的建议，那天领着魏长青的一个侄子去见胡娅沁。好在魏长青的侄子多，随便拉上一个就行。

胡娅沁见又有学生登门求教，顿时证实自己的水平已经超过大学本科，因为矿上中学的英语教师有不少就是师范学院毕业的本科生，学生遇到问题不去向他们的老师请教，而是舍近求远地找到她，足以说明自己的英语水平肯定在本科以上。

借着好心情，万冬梅好不容易找到一个说话的机会，与胡娅沁说起了深圳。万冬梅想，就算以前不算正式认识，在深圳你不是还到我咖啡馆来过吗？

果然，说到深圳胡娅沁有话可说了。

胡娅沁说："我一点都不喜欢深圳。"

"为什么？"万冬梅问。

其实万冬梅是故意这样问的。万冬梅当然知道胡娅沁会说深圳不好，因为深圳是一个让她伤心的地方，但是她还是要问，因为只有这样问才能把话题引到聂大跃或者是聂胡啸身上，只有引到聂大跃或者是聂胡啸身上了，万冬梅才好说她该说的话。

"为了儿子。"胡娅沁说。

"为了儿子？"万冬梅问。

"是的，"胡娅沁说，"为了儿子。"

胡娅沁告诉万冬梅：她去年在深圳，电视上播放避孕套广告，六岁的儿子问她什么是避孕套，她都不知道该怎么回答。胡娅沁还告诉万冬梅更让她生气的一件事：有一次她带儿子在深圳华强北逛街，正好碰上一家店铺公开叫卖卫生巾，叫卖方式是直接搞了一个光身的塑料模特兜了一个卫生巾，吓得她赶紧捂住儿子的眼睛，谁知儿子已经看见了，儿子说，我都看见了，是卫生巾。

胡娅沁说："你说这深圳是孩子待的地方吗？"

万冬梅点点头，表示理解，同时她也感到高兴，心里想胡娅沁总算主动说到儿子了，既然主动说到儿子了，那么万冬梅就可以顺着这个话题往下说。

万冬梅说："聂胡啸最近还好吗？"

万冬梅刚一说完，胡娅沁马上脸色就变了，冷冷地说："这里没有聂胡啸，只有胡啸。"

"对，就是胡啸，"万冬梅说，"聂总还是非常关心他的，所以……"

"哪个聂总？"胡娅沁又截断。

"就是聂大跃。"

"不认识。"

万冬梅当即想起了老家的一句土话：拿冷脸碰人家热屁股。

没话说了。

大约是胡娅沁过于冷淡了，于是其他方面就来热情，仿佛这

135

冷热也有灵性，会自动平衡。

　　魏长青家里这边的热情就不必说了，人们对自己家的亲戚，特别是从大地方来的有钱的亲戚，热情是免不了的。万冬梅记得改革开放初期，他们屯里有一个亲戚从美国回来，连县长都出面迎送，仿佛美籍华人不仅是他那个亲戚的亲戚，而且是他们整个县的亲戚，作为本县父母官的县长当然要拿出泱泱大国一县之长的风范出来。只可惜稀土矿不是他们屯，万冬梅也不能享受当年美籍华人的待遇了。但是出人意料的是：她的那个远房亲戚刘工一家竟然代表了老家那个县的一县之长，热情得让万冬梅受宠若惊。万冬梅跟刘工的老婆虽然说是亲戚，但那个亲离"五百年前是一家"相距不远，以前万冬梅在他家做保姆时，强调亲戚无非是给双方一个面子，因为说亲戚总比说保姆要好听不少，并且就是这个"好听"也是唬傻瓜的，对于像胡娅沁这样聪明的人是骗不了的。但是这一次万冬梅跟魏长青回到矿上情况大不一样，刘工夫妇不仅把万冬梅看作亲戚，而且是看作近亲，甚至是直系亲戚，热情得像对待家里嫁出去的亲闺女，坚决要求万冬梅和魏长青住在他们家，并说他们家房子大，儿子在衡阳上班，两个月回来不了一次，老两口守着三居室，就等着你们回门呢。

　　听口气，他们是真的把万冬梅当作亲闺女了。想想也不奇怪，如果不是刘工夫妇，万冬梅就不可能来矿上做保姆，而如果万冬梅不来矿上做保姆，自然也就不会嫁给魏长青，如果不嫁给魏长青，那么也就没有万冬梅今日的风光。这么说吧，如果不是刘工夫妇，万冬梅可能至今仍然在老家宁夏的乡下呢。这么想着，觉得这刘工夫妇也确实算是万冬梅的恩人了。万冬梅征求魏长青的意见，魏长青好说话，说无所谓，反正离得不远，难得人家这么诚心，不住倒好像得罪人家了，那就住呗。

　　魏长青、万冬梅一住进刘工的家，刘工的老婆马上就为万冬梅平反，平反的方式是她自己当保姆，让万冬梅享受主人的尊严与待遇，什么事情也不让万冬梅来伸手，仿佛这万冬梅摇身一变成了司马相如，司马相如从小由哥哥嫂嫂带大，后来不忍嫂嫂薄待，跑出去，成就一番事业之后，回到家乡，本打算好好报答哥哥嫂嫂的养育之恩，没想到把哥哥嫂嫂吓得差点悬梁。刘工夫妇当年并没有薄待万冬梅，所以用不着悬梁，只是热情过度。

不过热情总不是什么坏事。因为热情更多的是表现在语言上，表现为要说话。魏长青万冬梅他们这次回来的目的不就是了解情况嘛，当然希望多听别人说话。

这一天魏长青与刘工无意中说起了"岳洲稀土"要被收购的事。

"是聂大跃想收购。"刘工说。

刘工这样一说，魏长青心里面一惊，以为他已经察觉了他们此行的目的。不但魏长青心里面一惊，而且在那边与刘工老婆拉家常的万冬梅也马上竖起了耳朵。

"就是对面胡工家原来的那个女婿。"刘工怕魏长青不懂，于是做了进一步的补充。

"不管怎么说，有人来收购总是一件好事。"魏长青说。

"不见得，"刘工说，"本来稀土矿在有色公司时期是多么好呀，后来这个改造那个上市，折腾来折腾去，每折腾一次都把领导班子从头至尾换一轮，每套班子都要做出政绩，每任领导都要捞点实惠，多大一点矿呀，经得起这么折腾吗？"

"你又要瞎说了。"刘夫人说。

这时候，刘夫人和万冬梅已经完全被他们的话题吸引，干脆放弃拉家常，直接加盟到两个男人的谈话队伍里面来。

"你们不要听他瞎说，"刘夫人说，"都退休了，还不熄火，去年还张罗着给中央写信，我看你是活够了。"

"怎么叫活够了呢?"刘工说,"这个矿是我们一点一点发掘的,给他们折腾一次就损失一点,有些损失是永久性的,我能眼睁睁着看着不管吗?"

两个老人说着说着就要吵起来。万冬梅怕两个老人吵架,想劝解,而魏长青则发现刘工谈的这些东西可能正是他们这一次想要了解的情况,于是抢在万冬梅前面说:"都是家里人,说说也没有关系。"

魏长青这句话刘夫人听了十分受用,于是也就不给老头子泼冷水了。

刘工受到鼓舞,继续着刚才的话题说,但是被老太婆刚才这样一打岔,竟想不起来头先说到哪里了。

魏长青提醒:"他们是怎么折腾矿上了?"

刘工一下子被提醒起来了,说:"稀土矿是稀有资源,在全世界也非常少见,这是我们国家的一个宝藏呀!"

魏长青和万冬梅都点点头,表示认同。

"既然是国家宝藏,那么当然应当由国家管理。"刘工说,"以前冶金部有色司和后来的国家有色总公司那些人,不管怎么说他们还是内行,还会从国家的长远利益考虑有计划地合理开发和利用国家这个宝贵的资源。交给地方后,地方上的那些狗屁官员根本就不懂稀土矿开发和利用的特殊性,他们只知道把稀土矿当成摇钱树,恶性开采,这不是折腾吗?"

刘工说到这里语气非常义愤,大约是太气愤了,所以不得不停下来喘口气。

"什么叫'恶性开采'?"魏长青问。魏长青在矿上干了那么多年,只听说过"恶性事故",还没有听说过"恶性开采"。

刘工见有人不耻下问,气马上就顺了,说:"矿是有矿脉的,是有生命的,就是开采也应该顺着矿脉循序渐进地逐步推进,不

138

能乱挖乱采。像这种稀有矿，有两个特点：一是多种矿物共生，主矿脉下面还有支矿脉；二是品位非常低，所以一定要有计划地按主次矿脉分步开采。如果先把品位高的主矿脉上富矿都开采完了，特别是像这两年的乱挖乱采，那么留下支矿脉上的贫矿东一点西一点，将来就是进行二次开采都没有办法补救，这不是极大的犯罪吗？现在倒好，干脆把矿卖给私人老板了，私人老板有觉悟保护国家的稀有资源吗？私人老板肯定是怎么赚钱怎么做，怎么赚钱快怎么做，用不了几年，富矿开完了，贫矿的开采成本太高，不具备开采价值，国家的稀有矿物资源浪费，矿上也就关门了，等矿上关门了，矿上工人怎么办？那些以稀土矿为原料的冶炼厂怎么办？矿产资源的价格不应当只是开采和加工费用的总和，而应当包含'资源占有费'，这些道理岳洲县的这些狗屁领导懂吗？聂大跃懂吗?！"

这一下不是刘工义愤了，连魏长青和万冬梅也感到了自己身上的一种责任。刘工讲的这些东西他们不一定全部听懂了，但是他们相信刘工说的都有道理。

"是不是已经造成损失了？"魏长青问。

"那还用说？"刘工说，"还不止这些呢。"

"还有？"

"还有。"刘工说。但是还有什么他没有说。大约是说累了，需要休息一下。

这样休息了一会儿，刘工说："比如关于尾矿的处理，以前一直是采用'反填'的做法，这几年为了省事，直接露天堆放，不仅破坏环境造成污染，而且时间长了会引发地陷。"

"什么是尾矿？"万冬梅问。

"尾矿就是选矿以后剩下的石头渣子。"魏长青说。

魏长青以前是选矿厂的，知道什么叫尾矿，他的描述虽然不是那么准确，但大致就是这个意思。

刘工点点头，算是认可了魏长青的说法，并且进一步解释说："过去在有色总公司的时候，这些'石头渣子'按规定是要回填到以前开采它们的那个矿坑里面去的，相当于农业生产中的'秸秆还田'，这是最科学的方法。但是这几年为了省钱，也不搞了，就往露天堆放，越堆越高，下起雨来冲得到处都是，农民来闹事，要求赔款，也不是一点道理没有。"

"有没有书面的资料？"魏长青问。

刘工没有立即回答，愣了一下。

"您刚才说的这些东西我没有完全听懂，"魏长青说，"我想看一看。"

刘工又愣了一下，没有说话，而是走到里屋。不一会儿，刘工出来了。出来的时候刘工已经戴了一副眼镜，手里拿了一份打印的资料，大约有五六页。

刘工回到自己刚才坐的位置上，把资料重新看了一遍。那情景不是他把资料给魏长青，而是刚刚接到魏长青给他的资料。等看完了，才递给魏长青，说："你在深圳跟聂大跃认识吗？"

魏长青与万冬梅对看了一眼，点点头，说："认识。"

"资料我可以给你，"刘工说，"你甚至可以给聂大跃，我想通了，就是聂大跃不来收购，其他老板也要来收购，与其给一个跟稀土矿完全没有关系的人来收购，还不如他来收购。看了这份资料，但愿能增强他的责任意识。"

魏长青和万冬梅又相互看了看，然后非常郑重地点点头，算是承诺。

他们回到深圳后，马上将这些情况向聂大跃做了汇报。聂大跃当时心情也比较沉重。最后，根据这些情况，聂大跃向岳洲市

140

提出整体收购框架方案：稀土矿欠银行的利息全免，本金债转股，岳鹏实业以三千万的总价从市国资办购买总共占"岳洲稀土"百分之五十一的法人股，然后当地银行再向新组建的岳洲稀土股份有限公司新增贷款三千万，这总共六千万的新增资金，除作为稀土矿更新设备和流动资金外，还抽出大约一千五百万投资岳洲市的市政建设。新组建的"岳洲稀土矿股份有限公司"三大主要股东是深圳岳鹏实业、岳洲市国资办和银行下属的资产管理公司。新公司主营业务是稀土矿的开采与精选，同时涉足高科技和城市基础设施建设。新公司享受新组建公司的减免税待遇，但地税部分由股份公司以其他方式补偿给市里。

杜治洪似乎很为难，因为涉及银行贷款债转股这样的大事，他一个县级市市长似乎没有拍板的权力。因此谈判进行得并不顺利，好在岳洲离深圳不远，聂大跃可以来来往往。他知道，谈判本来就是急不得的事。但是他相信，最后肯定能达到目的，因为那次在长沙他与杜治洪的单独会面双方已经达成一定程度的默契。

这一天聂大跃、秦石峰、魏长青三人聚在一起，聂大跃对魏长青说："你那个B股该出手了。"

魏长青说："我已经出了三分之一，出完又涨了，正后悔呢。"

秦石峰说："听我们的没错，赶紧全部出手，马上有更好的机会。"

魏长青说好。

魏长青回去对万冬梅说，万冬梅反倒比他想得开，说："听他们的没错，反正当初如果不是他们让你买B股，你哪有今天？"

卖完股票后魏长青才发现，他真的成了大老板了，差不多两千万呀!

那一刻,魏长青大脑一片空白,仿佛是被吓傻了。

被吓傻的还有万冬梅。万冬梅大约是想起了以前卖馄饨的日子,想着卖一碗馄饨赚一毛钱给她带来的那份喜悦,怎么这一下子带来一千多万反而没有喜悦了呢?

"我都想拿点钱赞助矿上。"万冬梅说。

"我也是,"魏长青说,"但这不是个好办法。就是赞助个几百万一千万,他们就能好好保护矿脉吗?"

"也是,"万冬梅说,"那怎么办?"

"我也没有想好,"魏长青说,"以后再说吧。"

21

陆大伟终于忍不住了，这一天他和聂大跃大吵起来。

说实话，当初如果不是看在聂小雨的分上，他还不一定到岳鹏来担任这个总经理。陆大伟不傻，他已经看明白了，在岳鹏实业，他说起来是总经理，其职位仅在聂大跃一人之下，但是事实上他在公司里面根本就没有行使到一个总经理应有的权力。陆大伟自己给自己算了一下，他在公司里面最多是第五把手，除了聂大跃外，他的前面至少还横着聂小雨、秦石峰和魏长青。陆大伟心里面暗暗地称他们为"四人帮"。陆大伟发现，聂大跃实际上是把他当作生产部经理在用。而随着公司的重心逐步向资本运作方面倾斜，生产经理在整个公司里面的作用越来越小，现在倒好，干脆在关外工作与生活了，既然如此，为什么要花那么多钱请我？

陆大伟干了不少企业，他发觉岳鹏实业是地地道道的私营企业，老板也没有多高的文化素质。在陆大伟看来，没有多高文化素质的老板常常表现为豪爽和大度，但是这些都是表面现象，甚至都是作秀，或者是一种以长盖短的掩饰，其实他们骨子里面是小家子气，而且他们非常自负，常常自以为是。他们的信条是：既然我能够白手起家做到一千万，那么为什么不能从一千万做到一百亿？陆大伟以前的老板就是这样说的。那时候陆大伟还没有现在这么成熟，还想着要对老板忠心，所以那时候陆大伟对老板说了"不行"，老板非常生气，问为什么不行，陆大伟跟老板解释："现在让你去跳高，你可能只能跳过一米，如果马上对你训练，半个月后你可能能跳到一米五，是不是？"老板说是。陆大伟又说："但是不能因此就证明如果再训练你半个月你就能跳到两米，事实上，就是给你训练一年，你也跳不到两米，甚至可以说你永远都跳不到两米！训练只能激发潜能，但是不能创造潜能。"

陆大伟这样对老板说话，不管他是忠心还是卖弄，老板都是不喜欢的。但是老板非常大度，或者是装得非常大度，并没有立即炒掉陆大伟。没有炒掉陆大伟并不代表欣赏陆大伟，事实上，老板不但不欣赏陆大伟，而且有点看不起陆大伟，甚至可以说老板压根就看不起文化人。

陆大伟对此也是心知肚明，这些文化素质不高的老板对知识分子的尊重也是表面的，是带有明显功利目的的，甚至是装的，是虚伪的。他们骨子里面有一个想法，这个想法就是：你能，你能你为什么给我打工？陆大伟以前的那个老板有一次终于忍不住了，他就这么直接对陆大伟说了。对于老板的这个观点，陆大伟仍然不能苟同。陆大伟问老板：教练和运动员水平谁更高？老板说当然是教练。陆大伟又说："那么运动员可不可以质问教练：你能，你能你为什么不自己跳高？"陆大伟又把老板给问住了。

陆大伟认为，一个人能不能自己当老板，能力固然是一个方面，但是能力并不是最主要的因素。一个人能不能自己当老板，最主要的取决于这个人的性格和世界观。比如陆大伟自己，他的性格中就有一种不愿意承担风险的惰性，所以他就不愿意自己当老板，他觉得当职业经理挺好，最起码心理压力小。陆大伟认为，一个人如果长期生活在一种巨大的精神压力之下，拥有的资产再多，活着有什么意思？

做什么事情都要讲究一个"度"，超过这个"度"了，再好的东西也会变味。大约是陆大伟对以前的那个老板太忠心耿耿了，超出了老板能够接受的程度，所以最后还是被老板找到一个理由炒掉了。

来到岳鹏实业的时候，陆大伟已经学乖许多了，或者说成熟许多了，不对，应该说是学圆滑许多了。

学圆滑了的陆大伟一到岳鹏实业就闻出了味道，是那种只有当了多年职业经理才能闻出来的一种特殊的味道，这种味道就是中国目前民营企业普遍存在的那种任人唯亲或近亲繁殖的味道。陆大伟发现，他以前老板身上固有的一些东西聂大跃几乎都有，只是表现的侧重点不一样罢了。比如聂大跃比陆大伟以前的那个老板看上去要尊重别人，或者说更有人情味，但是他同时比那个老板更加感情用事，更加任人唯亲，他真正尊重的是他们岳洲人，是他自己的那个小圈子里面的人。不仅在工作上，就是在妹妹聂小雨的婚事上都是如此。岳鹏实业实际的领导权集中在"四人帮"手中，而"四人帮"全部来自岳洲。一方水土养一方人，既然都来自岳洲，那么他们的思维都有相近甚至是相同的部分，比如他们都有喜欢"讨巧"的心态。"讨巧"的心态就是小地方人的心态。其实天下没有免费的午餐，任何讨巧都是要付出代价的，如果没付，那就是欠着，欠着是要付利息的。陆大伟甚至认定，如果聂大跃不彻底改变自己，岳鹏实业不会有大的发展，说不定哪一天就会倒闭。陆大伟虽然没有当过老板，但是他看到过企业的倒闭。

陆大伟这样想也绝不是耸人听闻。在陆大伟看来，社会财富每时每刻都在发生再分配。在市场经济条件下，这种再分配是连续不断进行着的。今天中国社会上的绝大部分民营企业，他们是在中国社会转型的特殊历史时期诞生的，带有很大的偶然性，随着市场经济的日益发展与完善，这些被积累起来的社会财富肯定会要被重新分配。社会财富被重新分配或者叫被重新瓜分，有时候比资本的原始积累更加残酷。比如聂大跃自己以前的老板黄荣发，他的一大部分财富就是被重新分配掉了，甚至有一些就是被"分配"到聂大跃这里来了，因为在二十世纪九十年代，聂大跃比黄荣发更能够代表社会先进的生产力，但是如今已经是二十一世纪了，如果聂大跃仍然沿用二十世纪九十年代的知识、观念与做法，那么他的资产被后来居上者瓜分掉有什么可奇怪的？

当然，陆大伟并不打算参与瓜分聂大跃的资产，陆大伟就喜欢做职业经理。电视广告上说"做女人挺好"，陆大伟自己的信条是"做职业经理忒好"。陆大伟认为他是世界上最好的职业经理。拿破仑有句名言，叫作"不想当将军的士兵不是一个好士兵"，这个名言后来被无限放大，一直放大到各个领域，但陆大伟认为名言是不能无限放大的，一个名言只能在它那个特定的领域才是真理，换了场景可能就是谬论。用在职业经理场合，陆大伟认为就应该反过来，叫作"只有不想当老板的职业经理才是好的职业经理"。陆大伟不想当老板，所以他自认为是最好的职业经理。

不想当老板的陆大伟加盟岳鹏的直接原因是聂小雨。陆大伟能够留在岳鹏的原因也在聂小雨。陆大伟甚至认为，只有他跟聂小雨结合了，他才有救了，不但他有救了，而且岳鹏也有救了。因为只有他陆大伟娶了聂小雨，聂大跃才可能让他真正行使总经理的职权。只有他能真正行使总经理职权了，岳鹏才能做强做大。

陆大伟进入岳鹏实业之后，进一步证实聂小雨还没有男朋友。这让陆大伟欣喜若狂。刚开始陆大伟还想不通，这么漂亮的女孩怎么会没有男朋友？该不会有什么事吧？后来陆大伟慢慢想通了，女孩的条件也有一个"度"，条件太好，超出这个"度"了，反而不好嫁出去了。男人条件差的聂小雨肯定看不上，条件与之匹配的男人整天对送上门的年轻美貌的女孩应接不暇，哪有心思去跟聂小雨玩感情捉迷藏？

陆大伟感觉自己来到岳鹏的时机正巧。如果来迟了，聂小雨十有八九已经嫁出去了，如果来早了，聂小雨一定盛气正旺，以为她是皇帝的女儿，断不会拿正眼看他。陆大伟现在这个时候正好，聂小雨的锐气一定已经被杀下去不少，心里对另一半的期望已经做了大幅度的调整，但是还没有来得及实践，所以自己来得正是时候。有那么一刻，陆大伟甚至大胆地设想：聂大跃向全社会公开招聘总经理是假，招妹夫是真。从历史上看，大户人家采用这种方式找女婿的情况并不少见，甚至还有这样招驸马的。从现实情况看，这次招聘从头至尾都是聂小雨在第一线，基本符合"首先尊重本人意见"的原则。陆大伟想：即便此次招聘总经理不完全是招妹夫，至少可以说是兼顾。能够被"兼顾"也不错。

陆大伟刚开始还装酷，想着故意吊吊聂小雨的胃口，于是一方面对聂小雨不动声色，另一方面积极为聂大跃出谋划策。凭陆大伟的经验，聂大跃首先是老板，其次才是聂小雨的哥哥，做老板的原则永远是商业原则，利益是第一位的，即使聂大跃招聘总经理是假，为聂小雨招妹夫是真，那么他也一定希望鱼和熊掌兼得，所以陆大伟认为，显示自己能为岳鹏所用，能为岳鹏创造经济利益才是根本。

陆大伟已经想好了，他献给聂大跃的"联络图"就是"二板上市"。在陆大伟看来，"二板上市"其实是国家扶植民营高科技企业发展的一项政策体现，不要求有现实的业绩，只要求项目好，有前景，有所谓的"成长性"。既然如此，岳鹏实业就可以打政策牌。具体的做法就是去政府有关部门"讨教"，向他们表白：岳鹏实业是一家非常有实力的民营企业，现在响应政府"争创新优势更上一层楼"的号召，准备投资高科技，希望政府给予指导。

陆大伟相信，政府官员也是人，他们也好为人师好大喜功，一旦政府部门的有关人员真的给予具体"指导"了，岳鹏马上就按照这个"指导"大张旗鼓地去干，但是不一定真的投很多钱，这样，政府部门为了证明自己的"指导"英明正确，他们肯定会扶植岳鹏，肯定会支持"岳鹏高科"二板上市。只要政府支持岳鹏高科二板上市，那么岳鹏就肯定能上市成功。

按照这个思路，陆大伟带着聂小雨已经与政府相关部门进行了一定程度的接触，政府有关部门听着陆大伟的介绍再看着聂小雨的美貌，果然反应积极，甚至是几个部门争着为岳鹏实业指导，其态度的积极程度超出陆大伟的想象。正当陆大伟感到胜利在望的时刻，秦石峰突然发难，说"二板上市"遥遥无期，不如收购兼并来得快，而聂大跃也像个昏君，居然对秦石峰言听计从，马上就把聂小雨抽调到秦石峰那边，帮他去搞什么收购兼并去了，仿佛这聂小雨也成了聂大跃手中的玫瑰，用得着谁抛向谁，令陆大伟非常失望。

其实陆大伟以前在别的公司也参与过收购兼并活动，在他看来，假如不是为了"露脸"或上市公司的"炒作"，收购兼并大可不必。想想就知道，如果一个上市公司没有天大的窟窿，凭什么让你私营企业来收购？凡是张罗着请你来收购兼并的，不是资不抵债就是隐患多多。而"二板上市"则不一样，"二板上市"不会带来任何的包袱和窟窿，得到的全是利益，"二板"市场之所以到目前还没有开放，就是因为这个政策对企业太有利了，因此管理层担心会掌握不好。但是"二板"市场总是要开放的，岳鹏不能等到"二板"市场已经开放了才去做工作,要现在就做。但是陆大伟大约是失望过度了,已经懒得跟聂大跃去说,想着反正企业是你自己的,你爱折腾就折腾吧,于是把气憋在心里面,等着它自己慢慢消化。

带着难以消化的怨恨,陆大伟委曲求全地管理生产,当起了实际上的生产部经理。但是他很快就发现,生产部经理他也当不了了,因为聂大跃不但削弱了他的权力,而且还断了他的资金,刚开始是断了他为二板上市活动的相关资金,害得陆大伟不敢去见政府部门的相关人员,连对方打电话主动约他他都不敢答应,身上没钱怎么敢去见人?第二步是断了陆大伟新产品开发费用,新产品开发到一半,突然停下来,让陆大伟怎么对研发人员和合作单位交代?第三步连正常的生产流动资金都给断了,搞得陆大伟只好当骗子了,到处赊欠,协作厂家大骂陆大伟缺德,店大欺客。最后,连工人的工资都断了,工人情绪大得恨不能搞破坏。在这种情况下,这个总经理让陆大伟怎么当?

陆大伟的忍耐超过了极限,于是也顾不得那么多了,终于与聂大跃大吵一架。聂大跃自知理亏,倒没有跟他吵,只是说马上召开专门的会议,研究陆大伟反映的问题。聂大跃这样一说,陆大伟的一记重拳就打在气球上了,力气花了很大,也打着了,并且真的把气球打飞老远,但是气球还是气球,丝毫没有伤害。

聂大跃说召开专门的会议讨论陆大伟的反映的意见也不是搪塞陆大伟,事实上,聂大跃当天下午就召开了管理层会议,专门讨论陆大伟提出的问题——应该说是吵架中骂出的问题。

由于心中的怨气还没有完全消化掉,开会的时候陆大伟故意坐在最边上。等大家都到齐了,聂大跃专门把陆大伟请到会议桌的端头来,说今天的会议由陆总主持,搞得陆大伟顿时就没了脾气,仿佛那没有被消化的怨气已经找到了一个出口,泄出去了,既然已经泄出去了，也就用不着他消化了。

会议是让陆大伟"主持"了，但是会议的召集人是聂大跃，聂大跃之所以召开管理层会议而不是召开管理决策委员会会议，就是要躲开秦石峰，今天的会议他不想让秦石峰参加，但必须让魏长青出席。

主持人陆大伟让各部门汇报情况，并且陆大伟进行了适当的"启发"，"启发"的效果就是将所谓的"汇报"变成了诉苦。这些诉苦的话全是陆大伟要说的。现在陆大伟不用说了，一切由中层干部们代劳了，所以那一刻陆大伟感到心中的怨气得到了彻底的释放，畅快得不得了，像吃了通气丸一般，甚至奢望肚子里面最好再能多一点气，以便再来一次释放。陆大伟发现，释放是一个令人愉快的过程，可惜他已经释放完了，这样令他愉快的过程不能再重复一次。

比陆大伟更愉快的当然是聂大跃，因为这一切都是聂大跃预料之中的，甚至可以说是聂大跃精心策划的，但是中层干部们不知道，陆大伟当然更不知道，甚至连聂小雨和魏长青也不知道。顺便说一下，聂大跃精心策划的这个"诉苦会"不是为了对付陆大伟，而是为了对付魏长青，陆大伟其实是被聂大跃当作了一杆枪，但是他自己还不知道，以为是自己战胜了聂大跃。

等大家都释放完了，聂大跃说："公司产品积压，资金回不来，所以出现暂时困难。"

陆大伟说："不是，前天我刚收回来一百七十万，到哪里去了？"

陆大伟本来已经被释放完的怨气突然又聚拢起来。

聂大跃一副愁眉苦脸相，解释说："公司正在进行资本运作，所以需要大量的钱，希望各位多对下面做解释工作。"

聂大跃要大家想办法。财务经理建议：实在不行就将建材市场兑出去。

魏长青说："不行，这不是杀鸡取卵吗？每月都有几十万进账呢！"

这时候，聂大跃仿佛突然发现了新大陆，说："要么这样，魏兄，公司把建材市场承包给你怎么样？现在建材市场每月的收入你都知道，你按十个月交承包费，这一年的收入全归你，一年以后什么情况再说。"

陆大伟眼睛亮了起来，心里一算，十个月差不多就是四百多万，发工资支付开发费和偿还紧急支付应该没有问题。

魏长青也在算账：不就几百万嘛，别说有利可图，就是没利可图，凭他和聂大跃的交情，他也没理由说不。

会议圆满结束了，本来按陆大伟的想象这一定是一个吵架的会议，会议的高潮是聂大跃把他当场解雇，或者是他自己当场愤然辞职，万没有想到这次的会议开成了一个团结的会议、胜利的会议，会议结束的时候，聂大跃和陆大伟都认为达到了自己的目的，并且比自己所期望的更好！

22

　　聂大跃趁热打铁，当天晚上就单独请魏长青和万冬梅吃饭。

　　聂大跃说："其实你们都这么有钱了，老是打工肯定不合适，现在我把建材市场抵押给你们经营，你们自己就是老板了，遇到什么事，还有我罩着，多好？你们知道，目前我急需要钱完成收购兼并工作，刘工说得对，如果我不去收购，就会被别人抢了先，而稀土矿一旦被别人收购，他能够像我们一样按照刘工的建议做好资源保护工作吗？剩下的钱你们千万要留好，一旦这个项目成功，我肯定给你们一个赚钱机会。但是这件事情一定要严格保密，你们对任何人也不要说，包括小雨。"

　　魏长青和万冬梅见聂大跃对他们比对自己的亲妹妹都贴心，马上就有一种要为知己者死的感觉。

　　最后，聂大跃酒后吐"真言"：几百万根本不能解决公司目前的困难，干脆承包两年，给我一千万，算我聂大跃遇上难事求兄弟了。

　　万冬梅问："你不能在其他地方再想点办法？"

　　聂大跃借着"酒气"说："我聂大跃是个要脸的人，不想让任何人知道我的难处，你没见今天我连秦石峰都没叫吗？我只有在你们面前敢丢人，在其他地方我不敢丢人。"

　　说得魏长青夫妇又是一阵感动，想着聂大跃这样做也是为了矿上，为了实现刘工保护国家资源和矿上几千职工的利益，也是做善事，于是就答应了。不仅答应承包两年，而且答应家丑不外扬，包括不告诉秦石峰。

聂大跃知道瞒不住秦石峰，但是能瞒一天也好。聂大跃通知秦石峰：让他明天一早去岳洲，他自己随后就到。秦石峰问怎么回事，用得着这么急吗，聂大跃说，你去就知道了，去了再说，杜治洪市长在等你。后来又怕杜市长的分量不够，于是补充一句：你和小雨先上去，我随后就到。一听聂小雨也去，秦石峰马上就说"那好"，生怕聂大跃反悔。

第二天上午，趁秦石峰不在，聂大跃迅速从魏长青那里划走一千万，他与另外一个证券公司已经说好，可以按一比一再透资一千万，这样，他实际能动用的资金差不多接近三千万了。聂大跃找了几个不懂事的打工妹帮着下单，每单绝不要超过十手，在偷偷地吸纳"岳洲稀土"。这件事情他做得极为保密，保密到聂小雨、秦石峰、魏长青都不知道。聂大跃这时候没有老婆，如果有，比如王招娣，不知道他会不会也要对她保密。

秦石峰第一次单独与聂小雨一起出差。

虽然是第一次跟聂小雨单独出差，但是不代表秦石峰第一次跟女人单独出门。事实上，秦石峰不仅跟女人单独出过门，而且也单独进过门。韩寒在小说《三重门》中说，现在的老师和家长根本就不了解中学生，其实绝大部分学生在初中阶段就已经谈恋爱了。韩寒写《三重门》的时候自己就是中学生，他的话当然具有权威性，但是他只能说明他们那个时代他所生活的那个地区的一般情况，如果扩大到秦石峰当时所在岳洲县上河口镇中学，情况就不相同了。事实上，不要说是初中，就是高中时期，秦石峰他们上河口中学的绝大多数同学都没有谈恋爱，即便有少数几对，那也是为了标新立异而故意显摆罢了，像韩寒小说中所描述的那种情真意切甚至是刻骨铭心的恋爱好像没有，至少秦石峰就没有听说过，更不要说自己经历了。

到了大学时代，社会突然进步了不少，虽然政府并没有公开宣布，但是性叫卖似乎已经不是什么秘密了，几乎到处都有。这股风也吹进了校园，事实上秦石峰当时所上的湖南大学根本也就没有"校园"，学校与社会融为一体，真正实现了面向社会，从荣湾镇到左家龙的公路从学校穿堂而过，并且近墨者黑，公路两旁的商店也都缅怀中国教育的先驱孔老夫子，按照他"食色性也"的教诲，主要是饭店和发廊，饭店当时是吃饭，满足"食"的需求，但发廊已经不是单纯理发的场所，其衍生服务是洗头，并且青出于蓝胜于蓝，后来者居上，洗头的业务远远超过理发本身的业务。洗头妹基本上都是外地来的，不怕丑，见到顾客进门，从来不问你是不是理发，而是问你是不是洗头，如果你硬要说理发，她们就会说先洗洗再理发嘛。秦石峰刚开始不懂，后来经人点拨还是明白怎么回事了。毕竟，这些东西比工程力学还是要简单一些。

秦石峰到底是大学生，是不会跟那些乱七八糟的人做那些乱七八糟的事的。但是在这种气氛的熏陶下，要想连女人都不想是不可能的。秦石峰不是圣人，即便是圣人，也宣扬"色"和食同等重要。秦石峰认为谈恋爱的根本动力在于对异性的渴望，当然，同性恋可能除外，但秦石峰不是同性恋。

带着这种对异性初步了解的渴望，秦石峰打算谈恋爱了。无奈刚刚从小地方出来，见识少胆子小，下手晚了一些，等他明白了心动不如行动的道理之后，恋爱的对象只有"爱国者"了。这里的"爱国者"不是指美国的导弹，而专指"特别丑陋的女生"。

这比喻也是有来历的。秦石峰他们上大学的时候，为避免对女生造成伤害，他们学着台湾校园的文明，将女生分为几个等级。漂亮的就不用说了，相貌非常一般而不能称之为漂亮的叫"气质好"，实在比较丑的叫"用功"，特别丑的被称之为"爱国"，总之，女生身上总是有优点的，按照君子当隐恶扬善的做人准则，男生要尽量多说女生的优点。实在太丑的女生至少她还爱国吧，于是，"爱国者"专指"特别丑陋的女生"。秦石峰他们土木工程专业的女生比不了外语专业的，外语专业的女生大部分是漂亮的和气质好的，"爱国者"几乎没有。土木工程专业的大部分是"气质好"的和"用功"的，漂亮的极少，特别是他们班这两个"爱国者"，不是一般意义上的"爱国"，其"爱国"程度几乎可以与伊拉克那位甘当人肉炸弹与美军同归于尽的妇女相提并论。大约是秦石峰太需要了解异性了，或者是被她们的"爱国"精神所感动，居然还打算与其中的一位做性别交流。试探了一下，见对方的反应并没有他想象的强烈，于是联想到家乡的古话，"丑人多作怪"，终于放弃。

　　但是到大三的时候秦石峰还是逮着了机会，骗取了外系一个低年级女生的初恋，或者说把自己的初恋献给了那个低年级的女生，因为后来他才知道，那个低年级的女生就是韩寒笔下"初中开始谈恋爱"的其中之一。但是不管怎么说，那个来自湖南桃江的女生还是给他留下了非常美好的回忆，至少为他挣回了不少面子。因为在这个低年级外系的女生面前，他们班那些女生大部分只能达到"用功"的水平。但是今天跟聂小雨一比，恐怕"用功"的是那个低年级女生自己了。可见，女人所谓的漂亮、气质好、用功还是爱国，其实也是相对的。

　　在人大读研究生和来到深圳之后，秦石峰还真的见识了不少漂亮的女孩，特别是来深圳之后，他发现能在深圳立住脚的女孩不是漂亮就是气质好，而且就是"气质好"的也比当初他们班的"班花"漂亮。可见女生比男生有自知之明，达不到一定的水平是断然不会来独闯深圳的。当然，秦石峰跟这些女孩也就是玩玩，或者说这些女孩跟秦石峰也就是玩玩。一开始是在咖啡屋玩，后来是到野外玩，最后是到床上玩，但是无论在哪里玩，玩就是玩，"玩"与谈婚论嫁是两码事。秦石峰对聂小雨的态度不是"玩"，而是谈婚论嫁。所以，秦石峰对这一次与聂小雨单独出差充满了美好的向往与想象。

岳洲还没通飞机，自己开车又欠安全，于是还是采用对他们来说是最原始的方式——乘火车。之所以强调"对他们来说"，主要是区别"对人类来说"的，因为对于人类来说乘火车是一种先进的方式，而对于秦石峰和聂小雨来说乘火车就是最原始的方式，因为在他们的历史当中，从胎教开始岳洲就已经有火车了。

秦石峰现在应该算是有钱人了，既然是有钱人，那么就应当与老百姓有所区别，否则不是白做有钱人了？只可惜他不能把整个火车包下来，因此没有办法与老百姓把距离彻底拉开。既然包不了整个火车，那就包一间软卧吧。没想到售票的一听是到岳洲，愣了一下，说到岳洲没有软卧。听那意思是岳洲这个地方太小，小到不可能出什么大人物，于是火车软卧从来都不卖给岳洲人似的。秦石峰哪能受得了这种气？马上就跟对方吵起来，仿佛吵架是表达真理在自己一方的最佳办法，至少是最直接的方法。果然，秦石峰声音一大，马上引来售票处的一个管理人员。这个人听完秦石峰的怒吼之后，耐心解释：卧铺主要是供长途旅客晚上睡觉的，到岳洲这么近，天没黑就到了，你们俩占着一间卧铺，长途旅客怎么办？

这个管理人员是个四十左右的女同志，看来很有生活经验。

做完这番解释之后，眼光怪怪地看着秦石峰和聂小雨，看得旁边的那几位都忍不住要笑。

秦石峰知道，其实铁路部门的真实想法是卖给短途旅客不合算，怕这间软卧后半截路程放空。

"多远可以买卧铺？"秦石峰问。

"衡阳。"

"行，包一个到衡阳的软卧。"

"到衡阳干什么？"聂小雨问，"不是去岳洲吗？"

"买衡阳的票，在岳洲下车，可以了吧？"秦石峰说。

秦石峰的前半句话比较温柔，是说给聂小雨听的，后半句话明显生硬，是说给售票处的人听的。

到了岳洲，见到杜治洪，秦石峰又把来时在深圳火车站的遭遇描述了一遍，仿佛如果不描述给市长听，这钱算是白花了。可惜市长对他的这番遭遇并没有表示同情，或者说根本就没有理解秦石峰做这番描述的真实意图，所以没有顾得上恭维，而是问："聂总怎么没有来？"那意思等于是说"光是你们来有什么用"，好在没有说出来。

"我哥明天就来。"聂小雨说。不知道她这时候说这话的目的是不是向杜治洪暗示：我是老板的妹妹。

当天晚上秦石峰没事，聂小雨回家去了，男人没有女人那么恋父母，秦石峰只是往上河口打了一个电话，说自己回来了，但是很忙，被市长缠住不放，所以要等忙完了才能回去看他们。父母一听儿子跟市长在一起，感觉比自己当了市长还激动，也就忘记强烈要求儿子回上河口了，只想着怎么样让周围的人都知道这个激动人心的好消息。

给父母打过电话，秦石峰接到交易部老总的电话，说他的客户魏长青今天上午调走了一千万资金。

"不会吧，"秦石峰说，"他就是调走也会跟我说的呀。"

"那你问他自己吧。"交易部老总说。

秦石峰马上打电话问魏长青是怎么回事，魏长青记着聂大跃关于"家丑不外扬"的话，吞吞吐吐说："等你回来再说吧。"

这一晚秦石峰没有睡好，想着魏长青为什么背着他调走一千万的事情。一千万不是一个小数字，魏长青一下子调走这么多钱干什么？调到哪里去？为什么事先跟他招呼都不打一个？想着魏长青是个老实人，在深圳也没有什么社交，要说有，那也就是聂大跃和他秦石峰自己，难道这件事情与聂大跃有什么关系？

想法一经产生，就像是生了根，不仅挥之不去，而且还能自然生长。秦石峰进一步联想到聂大跃自己今天没有来，而是让他和聂小雨先来，难道这么做的目的就是背着他自己偷偷地搞小动作？聂大跃自己留在深圳这一天与魏长青这一千万调走的事情之间有什么关系？如果真的是有什么关系，那么这个聂大跃也太阴毒了。在证券实市场上，大家合伙坐庄的基本规则是双方统一行动，如果其中的一方自己先偷偷地吸货或者是偷偷地抛售，那么这个庄肯定是要砸锅的，所以资本市场最忌讳这样的人，一旦发现，对合作方的伤害或者说是合作方的愤怒不亚于强奸了他的老婆。

这么七想八想，秦石峰几乎是一夜没睡，幸好第二天白天可以继续睡，反正聂大跃要到下午才到。

下午，秦石峰与聂小雨一起去火车站接聂大跃，杜治洪虽然没有亲自去，但是专门派了车，并且指派那位终于从副职提为正职的办公室主任郑天泽跟秦石峰他们一起去迎接。

晚上在岳洲大酒店里，秦石峰终于忍不住，把魏长青从营业部调走一千万资金的情况跟聂大跃说了，目的就是试探一下聂大跃的反应。

"怎么，你不知道？"聂大跃说。

"知道什么？"秦石峰问。

聂大跃说："魏长青觉得建材市场那边不错，想承包，我自己也正好缺钱，没钱怎么收购呀？所以就干脆把建材市场承包给他了。"

秦石峰知道聂大跃在说谎，收购"岳洲稀土"的事情还没有经过公司管理决策委员会正式讨论，与岳洲方面的谈判还没有正式开始，现在根本就谈不上用钱问题，这么匆忙划走一千万是什么意思？划给谁？就是将来真的需要支付收购兼并资金了，直接从证券公司走账是一回事，完全用不着现在就把一千万提出来划到别的一个什么地方去。这么想着，秦石峰心中就有了怨气，就觉得聂大跃这个人太虚伪，太小瞧他了，但是有聂小雨这件事情顶着，秦石峰也不好再说什么，想着反正过几天就回去，回去查一下再说吧，但愿是自己误解聂大跃了。

秦石峰的感觉没有错，聂大跃当然不会说他是拿这笔钱去另外一个证券公司透资偷偷地吸纳"岳洲稀土"了。对于聂大跃来说，他这样严格保密是必要的。因为一旦消息走漏，就表明他是肯定收购"岳洲稀土"了，既然肯定收购，相当于"打死狗再谈价钱"，还怎么谈？褒贬是买家。聂大跃现在跟杜治洪要玩心理战，要说"岳洲稀土"不好，他本来不想收购，只有这样才能压价，才能逼迫岳洲市政府答应他的一些附加条件。聂大跃上次派魏长青和万冬梅回矿上，就是想挖掘"稀土矿"的短处，只有把"短"全部揭露出来了，价钱才能压下来，附加条件才能让杜治洪接受。当然，聂大跃跟秦石峰保密还有另外一个原因，那就是怕一旦秦石峰知道聂大跃在吸纳，他也会跟进，而一旦秦石峰跟进，那就不是小数目，小小的"岳洲稀土"怎么能受得了两个大户的哄抬？如果那样，股价还不飞起来？一旦飞起来，别说聂大跃在二级市场吃不到肉，恐怕连一级市场的谈判也会陷入僵局。所以，聂大跃吸纳"岳洲稀土"的事必须对所有的人都保密，包括聂小雨。

23

谈判在当天晚上其实就已经开始。晚上杜治洪代表岳洲市政府设宴迎接聂大跃一行，政府办公室主任和市国资办两个主要负责人都参加。岳鹏这边除聂大跃外，就是秦石峰和聂小雨。

聂大跃重申了上次他们提交给市里面的方案。聂大跃对这个方案是有把握的。上次他与杜治洪在长沙单独见面，送给市长的个人礼物是：让他在现价马上吃进"岳洲稀土"。并且告诉他：你自己不要买，可以让你老婆买。当时聂大跃告诉杜治洪这个消息的时候"岳洲稀土"是每股七块，现在差不多已经是九块了，假如杜治洪老婆当时买了十万股，现在已经合法而没有任何风险地赚了二十万。

聂大跃知道，像杜治洪这样有事业心的官员是不会受贿的，但是他不反对自己的老婆赚合法的钱。

杜治洪说："稀土矿是不可再生资源，所以我们在评估'稀土矿'的资产时，不能只算它的显在价值，还应当考虑它所具有的潜在价值。矿产资源是国家的，总不能白给企业吧？"

聂大跃听了一惊，想着是不是上次自己在长沙给的"礼物"他没有接受；或者是接受了也可以说没有接受；或者是接受了，但是接受归接受，原则归原则。

聂大跃说："不错，资源是有价钱的，但是我们岳鹏只是入股，购买的只是有限股份，而不是完全意义上的收购。岳鹏入主'岳洲稀土'之后，'岳洲稀土'差不多一半的股权其实还是控制在国家的手里，国家总不能自卖自买自己的资源吧？"

"所以我们只是想对这部分'资源费'做一个适当的评估，然后由你们承担其中的一半，并不是全部由你们承担。"

说这番话的是岳洲市国资办负责人。聂大跃豁然明白，就是杜治洪接受了自己的"礼物"，并且打算帮岳鹏，他也不能一手遮天，他的上面还有市委，还有市委书记，下面还有岳洲市国资办，还有方方面面的利益，说到底，他们这是在为地方上多争取利益呢。

聂大跃突然发现，谈判不如他想象的那么顺利。自己想"讨巧"，地方上也想"讨巧"，大家都想"讨巧"，"巧"从何来？

第二天正式谈判开始。国资办提出了一个书面报告，报告将稀土矿的资源价值评估成五千万，按照百分之五十核算，岳鹏实业须在原来的收购方案上追加两千五百万"资源费"。

郑天泽说："本来你们占股百分之五十一，还不止这个数，是杜市长说算了，就按一半吧，所以才是现在这个数。"

接过这份报告，聂小雨脸都变了，那一刻，她的想法只有一个：不做了。

"这也太高了吧？"秦石峰说。

"不高，"国资办负责人说，"这些都是经过专家反复核定的。"

杜治洪说："如果你们实在觉得高了，难以承受，可以提出你们自己认为合理的数据，让我们研究，或者是你们在付款方式上提出一个分步走的方案，都可以，谈判嘛，就是谈，双方都可以提出自己的意见，大家讨论嘛。"

秦石峰和聂小雨这时候一起看着聂大跃。

"不高，"聂大跃说，"我们接受这个数据。"

聂大跃说完，不但秦石峰和聂小雨大吃一惊，就连杜治洪也吃惊不小。杜治洪本来是想帮着聂大跃压点价的，没想到他自己把退路堵死了，难道真像郑天泽他们说的那样，反正他们有钱，不宰白不宰？杜治洪糊涂了。

"我这里也有一个数据，"聂大跃说，"比你们那个数据大。"

说着，聂大跃拿出根据刘工的那份资料整理出的一个报告，递给杜治洪，说："杜市长您过目一下。这些年稀土矿由于恶性开采，已经使矿产资源遭到了极大的破坏，这些破坏是永久性的，别说五千万，就是一个亿也恢复不了。我们也做了一个预算，不要说完全恢复了，就是基本恢复，比如将现在露天堆放的尾砂全部填回到原来的矿坑里面，另外请勘测设计院对稀土矿进行全面的重新勘测并制订出合理的开发规划，再把对当地农民的环保赔偿算进去，这三项的费用就远远不止两千五百万，这里面的资金缺口怎么办？我们到目前为止还没有参与管理，这部分资金总不能让岳鹏来承担吧？"

聂大跃的这个报告连秦石峰和聂小雨都不知道，事实上除了他自己以外，谁也不知道，所以它的杀伤力更大。

杜治洪没有说话，而是把报告递给国资办负责人。国资办负责人一边擦汗一边点头一边说："我们也是刚接手，很多情况不是很清楚。这样，先休会，我们回去研究一下，明天接着谈，怎么样？"

秦石峰没想到聂大跃还有这么一个杀手锏，真是佩服得五体投地，心里的怨气和身上的傲气顿时消失不少。感觉知识确实是力量，但是知识不只是来自书本，也不只是来自学校，更多地来自实践，来自思考。

秦石峰后来对聂小雨说："我佩服你大哥。"

"这世界上还有你佩服的人？"聂小雨问。

"我是讲真话，"秦石峰说，"你大哥比我强。"

第三天的谈判聂大跃没有说话，聂大跃让秦石峰代表他说话，秦石峰也非常乐意有一个展示自己口才的机会。

秦石峰说："不管怎么样，我们提交的方案核心是两条，一是我们从深圳实打实地拿来至少三千万真金白银到岳洲来，二是这些钱的一部分将投资岳洲市的基础建设。岳洲现在是'市'了，应该有更好的市容市貌。"

秦石峰由于有了底气，说话的穿透力强了许多。

谢天谢地，市里面这一关总算过了。

过了这一关，聂大跃与杜治洪就变成了同一战壕里面的两个战友。他们一起往上攻关，主要是攻地区这一关。杜治洪带着聂大跃一起跑地区，尽管他原来是省委的，上上下下熟得不能再熟，但地委那些大小领导似乎对聂大跃更客气一些，聂大跃觉得很奇怪，后来回到深圳以后他还跟秦石峰和魏长青一起谈论过这个话题，秦石峰说："这就对了，既然中央领导对李嘉诚肯定比对一个省长更客气，那么地委领导对您一个深圳来的大老板当然比对一个县长更客气。"

杜市长此时也顾不得别人客气不客气了，他几乎与地委罢蛮，他说："我到岳洲，你们资金上一点也不能支持，政策上还不能支持，像这样的态度，还不把深圳来的大老板吓跑了？"

世界上怕就怕"认真"二字，现在杜治洪这么玩命地认真起来，地委领导们也搞不清他在省委到底有多大的后台，再说地委也不愿意背上"把深圳大老板吓跑"的罪名，最后终于做了让步，与他一起往省上攻关，当一关一关都过了的时候，聂大跃发现自己和杜治洪都减了不少肥。当然，二人的情感也加深许多。

24

从岳洲回来之后，秦石峰与聂小雨的关系得到进一步的发展。秦石峰将他自己对聂大跃的那份佩服分出一部分给聂小雨，使得聂小雨的形象不但美丽，而且充满灵气，让秦石峰爱不释手。

有人欢喜有人愁。这些天陆大伟就非常不开心。在陆大伟的想象中，聂小雨与秦石峰的关系已经得到了提升，虽然提升的幅度不大，但也足有从地面到床面的高度，够了。

陆大伟自认为是君子，不做小人之事，自然不会与秦石峰发生正面冲突，仇恨只能埋在心里，等着它慢慢发芽生根，或者是慢慢烂掉消化掉，到底是什么样的结果，随机性非常大，符合鲍里定理——测不准。但是这股恶气也太大了一点，憋在心里恐怕要爆炸。陆大伟是爱惜自己身体的人，决定要找一个出气口。这时候的陆大伟简直就是一个火药桶，一点准炸。

这一天陆大伟又跟聂大跃大吵起来，并且故意将声音放得很大，唯恐写字楼里面其他人听不见。陆大伟已经忘记了谁是老板，责问聂大跃："既然建材市场已经承包给魏长青了，收回的承包押金又用到哪里去了？"

聂大跃有口难辩。

陆大伟提出辞职。

秦石峰是个有事业心的男人，回到深圳后，在与聂小雨倾诉爱意的同时，没有忘记追查魏长青那一千万的走向。就是为了证实自己心里面的判断，秦石峰也要一查到底。尽管聂大跃专门从银行走了一圈，但是秦石峰到底是人大研究生班毕业的，在金融系统盘根错节，还是查出这笔款最终落户到另一家证券公司。再一看盘口，"岳洲稀土"已经升到九块多。感觉得到了证实，秦石峰立即就明白是怎么回事了。

　　秦石峰发觉自己被聂大跃耍了。秦石峰最痛恨别人耍自己，因为耍自己不但说明对方不信任自己，而且说明对方小瞧自己，对方肯定认为他比自己聪明所以才敢耍自己。秦石峰一向认为自己是世界上最聪明的人，怎么能容得下一个没有上过大学的聂大跃来小瞧自己？既然尊重是互相的，那么反过来，小瞧也是互相的，现在秦石峰就非常小瞧聂大跃。

　　秦石峰马上就想到了反击，无情地反击！不惜一切代价进行反击，甚至不惜失去聂小雨。其实秦石峰喜欢聂小雨的一个重要原因就是因为她是聂大跃的妹妹，如果聂大跃变得那么可憎，聂小雨在秦石峰心中的分量也必然打折扣。

　　经过筹划，秦石峰果断地指挥下单，大举买入"岳洲稀土"。他现在这样大举吸纳"岳洲稀土"，不仅有经济上的考虑，更有战略上的意义。想到战略上的意义，秦石峰突然体味到二战时期美国名将巴顿将军指挥千军万马的那种快感。最近有学者的研究证实，当年巴顿将军在欧洲战场的出色表现，原动力并不是巴顿的爱国精神，而是巴顿本人渴望取胜的性格。现在秦石峰也有这种性格，不同的是当年巴顿指挥的是千军万马，今天秦石峰调动的是亿万资金，当年巴顿驰骋的是欧洲战场，今天秦石峰搅动的是中国股市。时间和空间不一样，但人性是相通的。

股票这种东西是经不起人捧的，特别是像秦石峰这样的机构大户，只要一捧，再厉害的股票也会飘飘然，马上就涨停板。

"岳洲稀土"连续几个涨停板，聂大跃心里美滋滋的，心想就算现在放弃收购计划，也净赚了一千多万了，做什么生意能赚这么多？难怪有人说做过证券生意的人不会再做实业，以前他不信，现在信了。

聂大跃找到魏长青，让他自己设立几十个账户，准备炒股票，并且暗示他最好别在秦石峰的公司做。魏长青感到很为难，觉得这样太不仗义了，并说上一次没跟秦石峰打招呼就转走一千万就已经让他觉得对不起秦石峰了。聂大跃想了一想，一个电话把秦石峰叫过来。

秦石峰假装什么都不知道。当一个人心中装着战略目标时，他总是比平常更能够沉得住气。

聂大跃说："我觉得我们兄弟仨应该联合做一把'岳洲稀土'。"

"好啊，"秦石峰说，"我正想找你说这个事呢。"

聂大跃说："你是专家，你说怎么做吧。"

聂大跃更会装傻。

秦石峰说："现在已经有一点难度了，不知是不是透漏了风声，八字还没见撇，股价却已经上了两个台阶，从七块到九块，现在又从九块到十一块，还有多大空间呀？"

魏长青看着他们俩说得起劲，并没有觉得这件事与他自己有多大关系。聂大跃不傻，知道自己这段时间做的事无论如何是瞒不住秦石峰了，如果这时候秦石峰跟他翻脸，他觉得还好说一些，至少他还有一个解释的机会，但秦石峰反倒装着没事，聂大跃连解释的机会都没有了，心里更没有底。于是，他决定自己硬着头皮把事情挑开。

仗着自己是聂小雨的亲哥哥，可以把秦石峰不但当作小老弟，还可以看作未来的妹夫，于是聂大跃说："秦石峰你是给证券公司做事的，所以前段时间我做什么没对你说，说了反倒让你为难，现在事情都过去了，我要是再瞒着你就不仗义了。但你也知道，这种事只能一个人做，希望你不要见怪。我是在七元价位进了一些，我吃了独食，如果我不做，我还真付不起收购岳洲稀土那三千万。"

　　聂大跃以为自己这几句话说得非常诚恳，而且想着秦石峰既然快要成为自己的妹夫了，怎么说也是自家人，做大哥的既然已经把话说到这个份上了，总该可以了吧？

　　果然，秦石峰没有在已经过去的事情上深究，而是问："现在怎么做吧？"

　　秦石峰一点都没有深究，聂大跃心里面反而不是很踏实，他不敢确定秦石峰是真的大度还是以大度掩饰小肚鸡肠。聂大跃知道，深圳人说湖南人会"讨巧"，湖南人说岳洲人会"讨巧"，而岳洲人都知道上河口人最会"讨巧"，秦石峰又是上河口人当中的精英，难道会这么善罢甘休？聂大跃也会分析盘口，从盘口分析看，最近明显有庄家吸货，如果不是秦石峰，那么反而更麻烦，但是从秦石峰这番"大度"的表现看，他是不打算说实话的，于是聂大跃只好采用"诈"的方法，看能不能"诈"出来。

　　聂大跃看看秦石峰，又看看魏长青，然后对着秦石峰说："我的意思是我们马上上去，与岳洲签订收购合同，你暂时停止进货，我反正需要带一千万首期款上去，明天我倒仓一千万给长青，算是对他那一千万的补偿，这只是第一波，以后怎么样再说。"

　　秦石峰说："行，但是从现在起我们三人一步不要离开，也不准打电话。"

果然"诈"出来了！这说明这些天在暗中吸货的就是秦石峰！

聂大跃心里像是被低音炮震了一下，想着这秦石峰这么小小的年纪就有如此心计，将来要是真的成了自己的妹夫，小雨会不会跟他吃苦头呀。

如果事情果真到此为止，那么聂大跃还算是幸运的，但事实上战略还没有开始，这仅仅只是一个战略行动初始阶段的一个小战役，整个战略计划秦石峰知道，但是聂大跃不知道，就像当初聂大跃在七元左右偷偷吸纳"岳洲稀土"的时候一样，那时候只有聂大跃知道，秦石峰不知道。现在的情形正好反过来了。

魏长青听了半天，这才知道这件事情到底与他发生了关系，说："我得回去跟万冬梅说一声。"

魏长青晚上跟万冬梅说了。万冬梅还是那句话：听他们的没错。

第二天开市之前，三人来到秦石峰的办公室，秦石峰当着聂大跃和魏长青的面对部下交代：先暂停下单，什么时候下单听我指挥。

聂大跃对秦石峰已经有了戒心，不放心，要求秦石峰把他手下的人集中到会议室，等着秦石峰跟他们开会。秦石峰说好，照办。

聂大跃这样做也是不得已，如果不这样做，万一秦石峰指使下面的人在集合竞价之前偷偷下了买单，那么，他自己的一千万就没有过给魏长青，而是倒给了秦石峰。为防止这种情况，他必须要求秦石峰的部下全部集中。

一开市，果然没有什么大的买卖单，集合竞价在昨天收市的位置。聂大跃秦石峰魏长青三人围着秦石峰的大班台，眼睛盯着电脑荧光屏，聂大跃卖，魏长青买，以最快的速度完成了一千万的交易，荧光屏上立马显示一根顶天立地的成交量粗线。

秦石峰问聂大跃："我现在可以下买单了吗？"

聂大跃点点头。

秦石峰来到会议室，所谓的"会议"只有一句话：大力买进"岳洲稀土"！

魏长青像看变戏法一样，"岳洲稀土"他刚买进一千万，马上就一路上扬，虽然不如前几个月B股涨得那么猛，但也是在涨停板的位置报收。

晚上回去魏长青把情况对万冬梅说了，并且打开证券公司营业部送的直线电脑，指给万冬梅看。万冬梅呆了，问："难道又是第二次B股行情？他们怎么有这么大的神通，想让哪只股票涨停板就涨停板，那么如果哪一天他们要让它跌停板呢？"

魏长青听了自然是心一跳，赶快自己安慰自己，说："应该不会吧。"但说话的口气明显不硬。"怎么不会？"万冬梅说，"跟我在一起玩的几个富婆这阵子赔得都快发疯了。"

魏长青想想也是，股市相当于一个大赌场，既然有人赚钱，就必然有人赔钱，要不然赚钱的人钱是从哪里赚来的？反正外国人没有拿钱来，国家也没有往股市上补贴一分钱，不但没有贴一分钱，而且还要从证券市场抽取数目可观的印花税和交易费，所以，从总量上说应该是赚少赔多才合理。

魏长青说："如果这样，那我们从明天开始就应该每天跑一点？"

万冬梅没有说话，因为她还没有想好。

25

聂大跃从秦石峰那里回到公司，马上叫来陆大伟。陆大伟的辞职报告还在聂大跃的桌子上。陆大伟以为聂大跃与他谈辞职的事，想着反正也没办法挽回了，再说也没有必要一定要挽回，干脆拿出视死如归的态度，大义凛然地坐在聂大跃的对面，等着他先开口。

聂大跃打开电脑，调出"岳洲稀土"的Ｋ线图，指给陆大伟看，告诉他："这只股票一直从七块涨到现在，马上还要有几个涨停板，知道为什么吗？"

陆大伟做梦也没有想到老板找他谈这个问题，非常疑惑，不仅对聂大跃问的问题疑惑，而且对聂大跃为什么要和他谈这个问题也非常疑惑，所以，陆大伟的反应只能是摇摇头。

聂大跃说："因为我们岳鹏实业马上就要完成对它的收购兼并，这段时间你知道公司为什么资金紧张吗？"

陆大伟还是摇摇头。

聂大跃说："因为我们在它七块钱的时候集中全部资金买了这只股票，你说我们做得对不对？"

陆大伟点点头，然后仿佛觉得表达得不够清楚，又更使劲地点点头。

聂大跃说："你说我当时能告诉你这一切吗？"

陆大伟咧开嘴笑笑，用手挠头。

"不但不能告诉你，"聂大跃说，"我连魏长青、秦石峰、聂小雨他们一个也没有告诉，你说我能告诉你吗?"

陆大伟大约是外语学多了，这时候碰到这个语氛，他不知道该点头还是该摇头，因为在这个语氛下，按照中国的习惯应该点头，按照西方的习惯应该摇头。

聂大跃说:"你还要辞职吗?"

这下陆大伟清楚该点头还是该摇头了，于是陆大伟立刻摇摇头，然后仿佛怕表达得不充分，又更加使劲地摇摇头，大有要把这些天的一切烦恼全部摇掉之势。

摇完之后，心情果然好了许多。陆大伟于是就发现，自己的修行还远远不到家，给点阳光就灿烂。对职业经理来说，老板的信任就是他们最大的阳光。从刚才聂大跃打开电脑的那一刹那到最后问陆大伟要不要辞职这个过程，聂大跃向陆大伟传递的其实只有一个信息，那就是:我是信任你陆大伟的。

够了。陆大伟需要的就是这个，好比当年诸葛亮需要从刘备那里得到的一样。

聂大跃和秦石峰一起去岳洲市签订收购兼并"岳洲稀土"的正式合同。不知是为了壮声势还是为了照顾热恋中的秦石峰与聂小雨，聂大跃把小雨也带上了。这一次秦石峰有经验了，打电话直接订了四张到衡阳的软卧，要求四张票在一个房间。

受前段时间聂大跃和秦石峰都背着对方私下吸纳"岳洲稀土"事件的影响，今天他们三个人在一个软卧包厢里面气氛有点怪怪的。最先感到这种不和谐气氛的是聂小雨，但是她并没有多想，因为聂大跃和秦石峰都没有对她说起过这件事。秦石峰没有对她说的原因是说不出口，聂大跃没有说的原因是不想因为这个目前还不能完全下结论的生意上的事情来影响妹妹的感情。说实话，直到目前为止，他仍然觉得如果妹妹能跟秦石峰结为夫妻，还真是一桩蛮美满的婚姻。

聂小雨因为不知道这几天股市上发生的不愉快的较量，以为包厢里面的不和谐气氛是由她引起的。她想是啊，因为哥哥在场，秦石峰当然不好放肆，所以就要克制自己的情感，而人一旦处于长时间克制状态，各方面的表现自然就要失常。而哥哥大约也是觉得因为自己在这里妨碍了妹妹和未来的妹夫，但是又没有理由回避，表现为不自在是非常自然的。既然找到了原因，聂小雨就打算消除这种不和谐。

"哥，你讲个故事吧。"聂小雨说。

聂大跃看看秦石峰，问："讲什么呢？"

仿佛要他讲故事的不是聂小雨，而是秦石峰。其实他看秦石峰是因为他刚才一直在想着秦石峰的事。

聂大跃这时候很想讲一个能够缓冲气氛的故事，但是越是想讲就越是讲不出来，最后只好乘火车讲火车，说："好，我讲。我上一次出去走访代理商，先是乘飞机到上海，到了上海之后，由于要一站一站地跑，就不能乘飞机了，于是就乘火车，就像我们今天这样乘火车。那一次我从江苏徐州乘火车去洛阳，乘的是198次，睡了一觉起来，快到洛阳了，列车却变成了197次，吓了我一跳，以为半夜睡糊涂了，稀里糊涂上错了车。找到列车员一问，说没有错。你们知道是怎么回事吗？"

本来聂大跃是为了轻松气氛，没话找话，没想到这个问题还真把秦石峰和聂小雨给问住了。他们上大学的时候确实是经常乘火车，但是从来都没有注意什么次不次的，只管什么时间从哪儿到哪儿，对什么次不次的并不是很关心。

聂小雨这时候坐在聂大跃的对面，与秦石峰坐在一起，她自己显然是不知道答案，但是她要求秦石峰回答，或许是她认为秦石峰一定非常聪明，应该知道。秦石峰认为这是一个智力测试题，使劲往急转弯上面想。比如有一次秦石峰去旅游，导游小姐问他们一个问题，问世界上什么车最长，当时他们都猜是火车，谁知道最后正确答案是"塞车"，仔细一想还真是这么回事，曼谷的塞车有时候长达十公里，比火车长多了。猜这种急转弯问题的要诀是：把问题往最简单的路上引。

聂小雨已经等得不耐烦了，使用了肢体语言，使劲地摇秦石峰胳膊，终于把秦石峰摇清醒了。秦石峰说："其实列车本来就是197次，是你自己上火车的时候记错了。"

秦石峰回答完毕，聂小雨马上就瞪着大眼看着聂大跃，非常希望聂大跃点点头，说对了。但是事实情况正好相反，聂大跃摇摇头，说不对。

秦石峰说："那就是这列火车去的时候是198次，回来的时候是197次，但是在行驶的过程中把上面那个牌子颠掉了，里面的牌子露出来，所以就是'197'次了。"

这一次聂大跃没有再摇头，但是也没有点头，眼珠定格了一下，说："有点接近了，但是不完全对。"

秦石峰再也想不出其他答案了，于是聂小雨又坐到聂大跃这边来，摇起聂大跃的胳膊，让他快说出正确答案。

聂大跃与秦石峰差不多，同样经不起妹妹的肢体语言，但是聂大跃蛮开心，觉得妹妹没有厚彼薄此。

聂大跃说："我刚才讲的不是智力题，是真实的经历。火车凡是往北京近的方向行驶，一定是双号，比如我们现在这趟列车就是，凡是往离北京越来越远的方向行驶，一定是单号，比如我们从岳洲回深圳。"

"我知道了。"秦石峰说。秦石峰显得十分兴奋，仿佛中国科学院考古研究所的那些考古专家，又有了新发现。

"快说！"聂小雨又坐回来，催着秦石峰快说。

秦石峰说："大哥从徐州上车的时候，火车是往郑州开，离北京越来越近，所以是双号198次，过了郑州之后，从郑州往洛阳开，火车离北京越来越远了，属于远离北京的方向，于是就改成单号197次了，对不对？"

"对！"聂大跃说。

聂小雨见秦石峰说对了，高兴得不得了，马上建议中午在餐车里喝一瓶啤酒祝贺。

聂大跃见自己不经意的一个小故事能够给大家带来这么多的快乐，也非常高兴，说："好，你们猜对了，我请客。"

秦石峰这点人情世故还是懂得，抢先跑到餐车占了位置，点了几样最好的菜，付了钱。其实所谓"最好的菜"也不过尔尔，但是在火车上也只能如此了。火车上的东西贵，贵得没有道理，贵得让人恼火，但是国家的物价政策对交通行业似乎总是网开一面的。火车上的物价还不算离谱，最离谱的是机场，一碗方便面可以收你二十块，难道物价局的人从来都不出门？秦石峰倒不是在乎贵还是便宜，他只是想搞几样像样的菜，于是私下塞给厨师一张五十元的钞票，叫他菜上好一点。果然，秦石峰这一桌的菜上得又快又好，而且是厨师亲自端上来的，旁边的旅客还有餐车的服务员都以为秦石峰是厨师的亲戚。可惜厨师上得太快了，这一幕聂大跃和聂小雨都没有看见，弄得秦石峰恨不能让厨师端回去，然后当着聂大跃和聂小雨的面再重上一次。

聂大跃和聂小雨来的时候，酒和菜都已经上齐了。聂大跃没想到铁路部门的服务提高这么快，质高量足速度快，一边吃还一边夸好，并且吆喝着多上一瓶啤酒。

秦石峰很想说这一切都是自己的功劳，但是不好意思说，急

176

得头上直冒汗，后来只好自我安慰，觉得这个功劳太小了，不值得炫耀，又想着聂大跃本来蛮高兴的，既然已经蛮高兴的了，我说节外生枝的话做什么？说得不好反而扫兴。于是马上调整了自己的情绪，提议说："来，我们碰一杯，祝此次收购活动圆满成功！"

聂小雨也很激动，当场把自己变成了洋人，大叫："Cheers！"
惊得邻桌的两个老外一阵狂喜，恨不能加入进来。

聂大跃真诚地与秦石峰碰杯，说："假如以前在工作上有什么不愉快，那么以后应该不会了，大家都快是一家人了嘛。"

"大哥您喝多了，"秦石峰说，"我们本来就是一家人嘛。"

听得聂小雨脸上一热。

26

这些天"岳洲稀土"天天涨停板，杜治洪非常开心。一方面岳洲市总算彻底露脸了，岳洲市露脸了也就是他杜治洪露脸了，另一方面他听从了聂大跃在长沙时悄悄给他的建议，让他老婆和老婆的娘家人以及自己的老父亲杜钧儒在七元左右买了不少"岳洲稀土"，现在天天涨停板，他当然天天高兴。

杜治洪的高兴倒不是一定在乎赚多少钱，关键是他觉得自己这会儿在自己的老婆和她的娘家人那边非常有面子。

杜治洪的老婆是长沙人，姓曾，叫曾蕾蕾。曾蕾蕾是部队干部子女，应该说是高干子女，父亲离休的时候是副军职，比杜钧儒级别高多了。

曾蕾蕾在省政府工作。杜治洪当年是在机关舞会上与她认识的。

那时候政府已经提倡跳舞，于是长沙人突然跳舞成风，势不可挡，高兴起来在路边上就跳起来，并且围观的人特别多。当年的五一大道上曾多次因此发生过交通堵塞。省直机关要文明一些，不会在马路边上跳，只是在机关食堂跳。机关食堂以前就是一个标准的舞场，"文化大革命"的时候差一点被砸了，后来因为改成了食堂，才没有被砸掉。现在既然又恢复跳舞，食堂马上就改回来。当然，要想完全改回来却是不可能的，完全改回来上哪儿吃饭？于是只好先改回来一半，白天照样当食堂，晚上恢复当舞场，倒也物尽其用。

大约是禁锢的时间太长了的缘故，那时候省直机关经常举行舞会。但是那时候还没有开放到跳交际舞，只能跳集体舞。这样就有了一个问题，那些人到中年的机关干部不会跳那种大家一起手拉手的集体舞，于是就要找人教，找谁呢？找到了杜治洪，因为杜治洪那时候刚刚大学毕业，毕业之前，他们刚刚学习了大学生圆舞曲，就是那种大家在一起手拉手的集体舞。于是杜治洪摇身一变成了省直机关的舞蹈老师。

据说杜老师当时老是拉住曾蕾蕾的手给大家做示范，拉着拉着就不想松手了。

其实曾蕾蕾也不是说长得最漂亮，省直机关里面比曾蕾蕾漂亮的女干部不少，但是杜治洪看上了曾蕾蕾身上那种气质——那种在当时只有高干子女才有的特殊的气质，是那种文明礼貌不卑不亢宠辱不惊的气质。当着那么多同事的面，如果杜治洪拉着别人姑娘的手做示范，她们哪怕心里高兴，表面上也要装着矜持一些，但是曾蕾蕾没有，曾蕾蕾大大方方高高兴兴地与杜治洪配合。杜治洪知道，只有那种对自己相当自信的姑娘才能这样，这种自信只能来自她的家庭。那时候全中国没有大款和老板，那时候能给子女提供这种自信的家庭只能是高干。一打听，果然如此。

当时家里面已经为曾蕾蕾介绍了一个对象，是父亲部队上的一个连长。曾蕾蕾也不知道自己喜不喜欢那个连长，但是这一点似乎并不重要，介绍对象关键是看条件，只要条件合适，喜不喜欢都没关系，只要结婚了，一男一女生活在一起，时间长了自然就会喜欢的，即便大脑不喜欢，体内的激素也会让他们相互喜欢。曾蕾蕾的爸爸和妈妈就是五十年代由组织上介绍认识的，据说一开始感情也不好，后来不是蛮好吗？前段时间部队女作家裘山山写了一部长篇小说，叫作《我在天堂等你》，就专门讲了这个问题。曾经有人给裘山山提建议，建议她将这部小说的名字换成《第一批进藏女兵》，并说如果改成这个名字小说更好卖，但是裘山山不同意，裘山山认为，只要读懂了这部小说的人，就一定会理解为什么叫现在这个名字。可惜裘山山的小说写得晚了一点，曾蕾蕾谈恋爱的时候还没有这部小说，如果有，作为部队首长女儿的曾蕾蕾肯定能读懂这部小说。所以，如果不是杜治洪的出现，曾蕾蕾十有八九就嫁给那个连长了，就像当年她妈妈嫁给她爸爸一样，或者说就像裘山山小说中描写的那些第一批进藏女兵嫁给部队首长一样。但是，这时候出现了杜治洪，而杜治洪又拉住曾蕾蕾的手不放，于是情况就发生了变化。

当然，曾蕾蕾最后能够选择杜治洪而没有选择连长与当时中国社会的大环境大气候还有一定的关系。当时中国人民的努力方向是实现四个"现代化"，而实现四个"现代化"主要依靠知识分子，所以那时候姑娘们找对象的标准也悄悄发生了变化，变化的结果是：大学生最受青睐。曾蕾蕾就是在这种大背景下嫁给杜治洪的。

曾蕾蕾嫁给杜治洪后，他们也有过一段阳光灿烂的日子，但是后来热情慢慢地没有以前那么热烈了，特别是杜治洪差不多将近二十年一贯制，老是待在省委政策研究室，要权没权要钱没钱，慢慢地曾蕾蕾就有点看不起杜治洪作为小地方一般干部这个家庭出身了。一个典型的例子是：杜治洪的父亲杜钧儒几年不来儿子家，好不容易来了一次，还必须遵守曾蕾蕾的"家庭守则"，进门必须脱鞋，而从副军职岗位上离休下来的岳父大人，上女儿家则从来不用脱鞋，一次也不用。

杜治洪这一次自己坚决要求离开省委大院去岳洲，曾蕾蕾既不反对也没支持，总的态度是无所谓，就像她对待今天的杜治洪一样。反正杜治洪去岳洲是他自己去，曾蕾蕾和孩子是不会离开长沙跟着他跑的。然而过了一段时间之后，曾蕾蕾还是感觉到了一点变化。比如杜治洪在家里面接电话，再也不像以前那样唯唯诺诺，而是中气十足，满口的"知道了，我考虑一下，这件事情等我回来再说，我有数"等等。那是一种曾蕾蕾从小就熟悉并且已经听习惯的口气，或者说是隐藏在记忆深处已经久违的口气，这是一种曾蕾蕾所喜欢的口气。于是，曾蕾蕾感觉杜治洪是个男人了。

上次杜治洪回长沙，不经意地对她说：你让家里人买一点"岳洲稀土"，不要对外人说。

曾蕾蕾这时候才猛然意识到：自己的丈夫是岳洲市市长。于是，赶紧加重语气地对兄弟姐妹说了。

说实话，这是兄弟姐妹第一次沾她的光，严格地说是沾她丈夫杜治洪的光。在曾蕾蕾看起来，父母的几个亲家就是杜治洪这一边差劲了，现在杜治洪终于当上了市长，她有义务赶紧把这种变化的实际意义传播出去，扳回一点尊严与面子。这几天"岳洲稀土"果然一路上扬，曾蕾蕾的尊严与面子更增加不少。特别是曾蕾蕾的小弟弟，前几年靠着父亲的面子倒腾了几个钱，烧得架不住，坐进证券公司当起了"大户"，以前最看不起杜治洪，然而这两年学习前辈曾国藩，屡败屡战，钱也折腾得差不多了，搞得老婆小丽几乎要出墙，这时候，抱着试试看的心理听了一次姐姐的，马上见效，他对杜治洪来了一个一百八十度大转弯，佩服得五体投地，直夸姐姐有远见，嫁了一个好老公，让他们曾家跟在后面沾了光。

曾蕾蕾的小弟弟在母亲心目中地位最高，杜治洪在曾蕾蕾小弟弟心目中的地位高了，在整个曾家也就水涨船高。弄得曾蕾蕾突然发觉自己进入了第二青春期，有时候竟然忍不住要跑到岳洲来看看杜治洪。

子贵父尊。曾蕾蕾已经想好了，如果杜钧儒下次再来长沙，她一定不要求公公脱鞋进屋。

由于市长高兴，岳洲市国资办与深圳岳鹏实业有限公司关于岳洲稀土股份有限公司的百分之五十一法人股转让协议顺利签订，按协议规定，岳鹏实业当场支付了人民币一千万，另外两千万将在协议签订之后七个工作日内支付。第二天，《证券时报》等有关媒体都报道了"岳洲稀土"董事会公告，并且刊登了关于召开特别股东大会的通知。

为了体现新公司新气象，特别股东大会在深圳召开。上市公司的总部由岳洲搬到深圳，这本身就是一个极好的炒作题材，国内其他媒体上也少不了作一番报道，并且说"岳洲稀土"将主要业务定位在稀土矿的开采及综合利用、高科技和市政基础建设上。总之，全是利好，"岳洲稀土"不用任何庄家操纵，自动天天涨停板。

特别股东大会半天就结束了，对这种股权相对集中的上市公司，股东大会其实就像如今男女青年结婚，本来早就"婚"过了，现在也就是履行一道必要的法律程序罢了，说白了纯粹是为了走过场。

下午，秦石峰把魏长青悄悄地带到他自己的办公室，非常严肃地问魏长青："你觉得信得过我吗？"

魏长青说："这还用问？"

"那好，"秦石峰说，"你现在用我的电脑，将你手中的'岳洲稀土'全部抛出去，要快。"

魏长青将信将疑，甚至手腕发抖，但他还是照办了。由于单子下得急，引起该股迅速下跌，到收盘时，秦石峰帮着魏长青查单，居然发现前面下的单还有没成交的。秦石峰让魏长青把没有成交的单赶紧撤掉，然后直接在跌停板的位置重下，力争全部卖掉。秦石峰告诉魏长青：如果今天没卖掉，剩下的在明天一开市就在跌停板的位置下卖单，否则就卖不出去了。魏长青将信将疑，但还是直点头。

秦石峰最后问魏长青："能答应我一件事情吗？"

魏长青点点头。

"今天的事你不要告诉任何人，"秦石峰说，"包括你老婆。你能做到吗？"

魏长青没说话，甚至没有点头。他甚至想问"能不能对聂大跃说"，但是，他没有问。

秦石峰见魏长青既不说话也不点头，急了，几乎是求着他，说："只保密三天，三天以后你要跟谁说跟谁说，行吗？"

魏长青仍然没有说话，但是点了点头。

秦石峰知道，魏长青的点头就是保证书，放心了。

其实魏长青这个头点得相当不情愿。他联想到前些天聂大跃背着秦石峰划走那一千万的事，现在回想起来，绝对不止"家丑不外扬"那么简单。那么这一次秦石峰是不是又搞什么名堂？搞什么名堂呢？是不是对聂大跃的报复？很可能，魏长青从小就知道上河口人喜欢报复。那么自己要不要对聂大跃说呢？怎么说呢？

算了，魏长青最后想，即便这次是秦石峰对聂大跃的报复，那也是一比一，既然上一次自己听了聂大跃的，没有对秦石峰说，那么这一次就应该听秦石峰的，也不对聂大跃说，扯平了。

27

晚上，聂大跃正在深圳大酒店举行盛大的宴会，招待岳洲市领导和银行资产管理公司头头脑脑，湖南省驻深办事处以及深圳市有关方面应邀出席。

如今做什么都要讲双赢，而深圳岳鹏实业收购"岳洲稀土"不但是双赢，而且是"多赢"，除了看不见摸不着的国家长远利益外，所有的参与者都是大赢家，所以大家都非常开心。市长杜治洪甚至有点喝多了，喝多了更好，只有领导喝多了，部下才能尽兴，才敢尽兴，不但尽兴，而且高兴。

杜治洪发觉还是来岳洲好，同样是正处级，在省委他是儿子，在岳洲他是老子，不是有句话叫作"宁做鸡头不做凤尾"嘛，其实市长既不是鸡头也不是凤头，应该算是龙头，只不过是一条小龙罢了，小龙也是龙。

酒过三巡，正当大家尽兴的时候，陆大伟从外面进来，一脸凝重地绕过众人，走到聂大跃身边，俯下身子，悄悄地请他出来一下。

聂大跃有些不情愿，抬起头，看着陆大伟。陆大伟接着他的目光，表情异常严肃地点点头，然后直起身子，自己先往外走。聂大跃继续犹豫了一下，还是起身跟了出去。同时心里想，如果这次陆大伟找他谈的不是非常要紧的公事，而是关于他自己的私事，那么，不管他是何等人才，坚决请他走。

聂大跃请陆大伟走很容易，因为陆大伟的辞职报告一直放在聂大跃的抽屉里，什么时候聂大跃不高兴了，在上面签个字，陆大伟屁都不能放一个，只能自己走人。

但是，陆大伟是有层次的人，他绝对不会因为自己的私事在这个时候打扰老板。

在旁边的休息室，陆大伟郑重地告诉聂大跃："岳洲稀土"今天跌停板。

聂大跃一听，以为自己听错了，甚至怀疑自己喝多了，让陆大伟再说一遍。

陆大伟顿了顿嗓子，又说了一遍。

"不可能呀，"聂大跃说，"上午我看还是涨停板呢，今天又有实质性利好，应该继续冲两个涨停板才对呀。肯定是你看错了，或者是电脑出现技术问题。"

陆大伟不说话，继续看着聂大跃。

聂大跃回到席上，继续向别人敬酒或接受别人的敬酒。

由于大家都很尽兴，聂大跃和陆大伟的举动并没有影响众人的兴致，但秦石峰注意到了。秦石峰在嘴角露出一丝旁人不易察觉的微笑，别人很难判断他在这个场合露出这种微笑的真正含义。秦石峰悄悄地关上了手机，拉上魏长青，趁大家不注意，出去了。到了门口，秦石峰突然又止住脚，打开手机，对魏长青说："你把手机关了，回家。从现在开始，到明天早上你下单之前，谁的电话都不要接。记住，最好今天晚上你和嫂子浪漫一下，找个酒店住一夜，别回去，如果在家里住，就将电话线拔掉。"

魏长青心存疑虑，明显感到有什么不对劲，但想到"扯平了"，也就没有再说什么。

秦石峰回到席上时，深圳市有关领导已经退席，剩下的都是自家人，宴会也才进入真正的高潮。

聂大跃好像被人灌得差不多了，杜治洪则不知从什么渠道知道聂大跃、秦石峰和聂小雨三者之间的关系，执意要为秦石峰和聂小雨做媒，仿佛如果他不做媒秦石峰和聂小雨过去的关系都不算数了。秦石峰显得很开心，反正好事不怕重复。聂小雨已经面如桃花，仿佛已经是在婚礼上。众人都在喝彩，仿佛今天的庆功会真就要演变成她和秦石峰的订婚仪式了，只有陆大伟气色不佳，脸上的笑仿佛是硬挤出来的，有些地方肌肉过于坚硬，挤不动，不知道是因为股票跌停板的缘故还是追聂小雨彻底失败的缘故，或者二者皆有，反正祸不单行。

秦石峰非常得意，是那种财色皆收的得意，与陆大伟的感觉正好相反，居然在众人的起哄下，当众吻了一下聂小雨，终于把晚会推向高潮。

秦石峰想，既然高潮都已经到了，那么该谢幕了。当然不是现在这个表面上的"幕"，而是他那个带有战略意义的大"幕"。

宴会之后，一脸凝重的陆大伟拦住聂大跃，说："不会错的，我下午还完成几单交易呢，怎么会错？"

聂大跃瞧着陆大伟，不明白到底是自己喝多了还是这个陆大伟喝多了。最后认为还是陆大伟喝多了。他甚至想到刚才的一幕，想到秦石峰与聂小雨刚才的表演一定深深刺伤了陆大伟，于是马上就对他表示出理解与同情。想安慰几句，但是不知道该说什么话，最后还是陆大伟自己说话。

"是真的。"陆大伟说，"前几天你跟我说了要收购'岳洲稀土'后，我马上就满仓买进了，所以一直关注这只股票，今天下午见抛盘很重，赶紧出了一些，但大部分还在里面。"

聂大跃愣了一下，感觉他不像是喝多了，想着这两天自己忙昏了头，只有这个倍受冷落的陆大伟可能还真的面对电脑排除寂寞，他讲的应该是事实。于是，聂大跃不知是安慰陆大伟还是安慰自己，说："肯定有人想做我们这只股票，嫌价位高了，想打压一下，好啊，我们明天正好要出两千万，倒给他罢了。"

第二天，聂大跃打开电脑，想先看一看那个想做他这只股票的人怎样刻意打压和吸货的。边开电脑边对聂小雨说："这个人真不懂规矩，想做'岳洲稀土'找我呀，我们不配合他怎么做？"

话还没说完，哑了。

他清楚地看到"岳洲稀土"一开盘就在跌停板的位置，并且在这个价位上挂了数以千手的大卖单。聂大跃的额头马上就出汗了，这显然不是想接盘的，倒像是故意不让聂大跃出货，由于股票本来就是跟风的，越是跌停板越是没人敢买，就是聂大跃现在在跌停板的位置下单，也根本卖不出去，要有人买也只能买前面的单。

聂小雨在一旁担心地说："如果我们今天不出货，明天就没法办理支付，我们就要违约，后果不堪设想。"

聂大跃感觉自己的脑袋"嗡"了一声。

秦石峰此时正拉着魏长青在打高尔夫。

秦石峰问魏长青说："你现在差不多有三千万了吧。"

魏长青没有出声，而是点点头，算是回答，但回答得不是很爽快。但秦石峰不管，他继续按照自己事先设计好的思路说话，他说："而且还全是现金吧。"

魏长青这次仍然没有出声，而且有所退步，连头都没有点一

187

下。秦石峰仍然不管，仍然继续说话，他说："那你不学会打高尔夫怎么行。来来来，我比你忙，但今天我们兄弟是第一次玩高尔夫，我带头，把手机关了，要玩就玩个痛快。"

秦石峰是痛快了，但是魏长青并没有体会到高尔夫的快乐。不知道是心里面有事不踏实，还是确实没有感觉到这种活动有什么高雅的。魏长青觉得这个运动他小时候就做过。小时候玩的场子没有这么大，也不是这样平整的草地，而是就地取材，随便在家门口的空地上挖几个洞，既可以徒手玩玻璃弹子，也可以锯一长一短两根棍子，打得往起一跳，再甩起来一下，打得老远，再用长棍子丈量，越远得分越多。

秦石峰与魏长青的感觉不一样，秦石峰确实玩得相当痛快，在这个痛快的时候，秦石峰对魏长青说："其实高尔夫运动是一项哲理性非常强的运动，这个哲理就是'一致性'。如果单从一个洞来说，即使一个新手，比如说你，也可能赢得了一个职业选手，但是高尔夫运动是九个洞或者是十八个洞，一个新手可以在一个洞上取胜，但绝对不可能在九个洞或者是十八个洞都取胜，就像中国人说的'谁笑到最后才是笑得最好'一样。这就是'一致性'，就是'几十年如一日'，这就是哲理，难能可贵的哲理。"

魏长青觉得秦石峰讲得有道理，但是他肯定有所指，因为高尔夫运动所反映的这个"一致性"其实在中国到处都是，就比如小时候玩弹子，虽然只有一个洞，但是重复十次不就相当于高尔夫的十八个洞了？魏长青愈发觉得秦石峰在搞鬼。

果然，秦石峰这时候问魏长青："你记得莎士比亚的名言吗？"

魏长青问："哪一句？"

秦石峰说："把钱借给朋友就会人财两空。记住我的忠告，我和你还有聂大跃，我们都是亲如兄弟的好朋友，将来三人中无论是哪一个落难了，尽可以供他吃供他喝，甚至供他嫖供他赌，但是，绝对不要互相借钱！"

魏长青没有说话，他不知道秦石峰跟他说这些话什么意思。但是他感到不自在，他现在坚定地认为秦石峰一定在搞什么名堂。搞什么名堂呢？魏长青相信秦石峰不会害自己，要不是秦石峰，他可能还守着那两个咖啡屋，但是现在魏长青已经不想做咖啡屋了，如果想做，恐怕能做几十家咖啡屋，如果那样，那就是深圳的咖啡大王了。这一切不都是秦石峰给他带来的吗？所以他相信秦石峰绝不会害自己。但是他为什么把他拉到这么远的地方来打高尔夫球呢？而且从昨天到今天都不让他跟万冬梅联系，也明显背着聂大跃。魏长青现在几乎可以肯定秦石峰是在报复聂大跃，他报复聂大跃魏长青理解，魏长青甚至想到了"一比一"，但是他不希望这种报复做得太过分。人有点报复心理是可以理解的，但是一旦过分了就不能容忍了。

魏长青这时候很想问一问秦石峰，但还是忍住了，想等等再说。

28

第三天，"岳洲稀土"继续跌停板，而且同样是在跌停板的位置挂了足够量的卖单，聂大跃想卖一股都卖不掉。由于是透资操作，一个跌停板对聂大跃来说就是两个跌停板。而且股票这东西怪得很，虽然涨停板和跌停板都有一个百分之十的限制，但连续几个跌停板的总消耗却比连续几个涨停板的总增长大得多。以前聂大跃不懂，现在通过连续几个跌停板，天天割肉，亲身体会，再仔细一琢磨，才想明白，知道这是基数从小往大和从大往小造成的。幸好"岳洲稀土"已经 ST，每天涨跌幅的限制是百分之五，要不然，恐怕早就被证券公司强行平仓了。

上午证券公司已经通知聂大跃：如果再这样，明天就要按协议强行平仓。聂大跃知道证券公司不是吓唬他，而是说到做到，并且能理解他们为什么这么做，如果证券公司不这么做，那么，行情不好的时候，客户不是连证券公司提供的透资也亏进去了？

下午，岳洲市国资办打来电话：如果明天再不将剩下的两千万打过来，收购协议作废，一千万罚没，并且保留进一步追究责任的权利。聂大跃相信他们也能说到做到，因为岳洲稀土突然从天天涨停翻脸成天天跌停，连聂大跃都没有逃脱，市长杜治洪当然也没有逃脱。聂大跃想都能想象出杜治洪恨死他了，因为杜市长老婆及其娘家人现在肯定都在骂杜治洪害死他们了，杜治洪痛苦等待这么多年好不容易赢得的老婆家人的尊重一夜之间就完蛋了，这个时候，杜市长不秉公办事，难道还要对聂大跃网开一面？

当天的报纸对"岳洲稀土现象"也已经开始关注，一则不起眼的小消息躲在《南方证券报》的一角，小消息说：据透露，收购"岳洲稀土"的深圳岳鹏实业其实根本没有实力，并没有在规定的时间内支付足够的资金，整个收购兼并活动成为一场闹剧。

文字不长，杀伤力却极大，据说还惊动了证券管理的最高领导，当前正在抓监管，"假收购"正好碰上枪口了。

此时，聂大跃已经听取聂小雨的意见，让万冬梅报警了，并且他们正赶往万冬梅那里，与她会合。

聂大跃和聂小雨是在华侨城派出所与万冬梅会合的。他们见到万冬梅的时候，发现万冬梅已经变了一个人，脸瘦了一圈。聂大跃暗暗地责备自己，应该昨天就报案的。

万冬梅大约以为聂大跃他们是专门为了魏长青的安危才赶过来的，所以十分感动，说："大哥您就不该来了，公司里面那么忙，您回去吧，有小雨陪我就行了。"

被万冬梅这样一说，聂大跃当即感到有些不好意思，忙说："没事，没事。"

警察见到聂小雨，脸上立刻热情一些，让他们喝水，并且安慰说没关系，马上就能查到。

警察不是瞎吹，果然，大约只有几分钟时间，就查出来了：在观澜。

派出所马上电话联系观澜派出所，让他们无论如何把那两辆车和车主都扣住，等他们过去处理。

191

事情很快真相大白。其实聂大跃本来也算出来是秦石峰干的事情，其他人就是想干手中也没有那么多的筹码呀。但是聂大跃就是不愿意承认，仿佛秦石峰确实是他的亲兄弟，承认是秦石峰干的就仿佛承认是自己干的一样，或者是他想证实魏长青是不是也参与了，是被动参与还是主动参与了。

　　万冬梅见到魏长青，禁不住流下了眼泪，仿佛她的丈夫这些天真的被人家绑架了一般，于是，万冬梅抓住警察的手感谢了半天，还说一定要给他们送锦旗。

　　几个人一对质，聂大跃知道魏长青是蒙在鼓里的，长长地舒了一口气。

　　魏长青问聂大跃现在怎么办，聂大跃说没有办法了，只有仰仗老兄了。魏长青问什么意思，聂大跃说："只有先请老兄帮着垫上岳洲市国资办的那两千万，这是目前解决一切问题的唯一办法。"

　　魏长青没有马上说话，他想起来秦石峰跟他说的莎士比亚的那句名言，他抬眼看着远处秦石峰和聂小雨的身影，仿佛聂小雨正在对秦石峰发火，秦石峰似乎在做着解释什么的，但是太远，听不见。

　　魏长青还是一如既往听老婆的。他拿眼睛看着万冬梅，等待她发话。

　　万冬梅说："为了矿上，先垫上再说吧。"

　　"可以，"魏长青说，"亲兄弟明算账，反正到下星期一还在'七个工作日'之内，我们先签一个正式的协议。"

　　"对对对，"聂大跃说，"签协议，签协议。亲兄弟明算账。"

　　聂大跃说的也是真心话。通过秦石峰这件事，他确实感到还是古人说的对，亲兄弟明算账。

　　协议按照魏长青的意思，由陆大伟执笔。协议规定：魏长青以两千万现金和一千万建材市场租金预付款作为对岳鹏实业的投入，占岳鹏实业百分之五十一的股份，魏长青本人担任岳鹏实业董事长，聂大跃担任副董事长，协议自下星期一两千万现金实际支付之日起生效。

魏长青的这份协议事先是跟老婆万冬梅商量的。魏长青对老婆说："我真的不是逼聂大跃，但是我不得不这样做，为了矿上我也要这么做，这么做比给矿上赞助好，你说呢？"

万冬梅点点头，非常认可，并且说这其实是天意。

聂大跃看着这份协议书，感觉手中的笔有千钧之重。聂大跃本来以为魏长青要跟他签订的是"借款协议"，没想到魏长青要签的是"收购协议"。因为如果聂大跃跟魏长青签订了这份协议，就意味着他自己的岳鹏实业其实是被魏长青收购了，就像"岳洲稀土"被他收购了一样。

签还是不签？聂大跃与聂小雨进行了紧急磋商。聂大跃现在只能与聂小雨磋商了，除了聂小雨，他还能跟谁商量？

"签吧，"聂小雨说，"魏大哥这人不错，由他当董事长说不定更好。"

聂大跃没有说话，心里想：你意思是我当董事长不好？但是只是心里想想，并没有说出来。

聂小雨见哥哥没有说话，继续说："再说这也是目前唯一的办法，总比不可收拾要好。"

聂小雨本来可能要说"总比破产好"，同样是没有说出口。其实她就是说出口聂大跃也能承受。是啊，聂大跃想，除了被魏长青收购还能有什么更好的办法吗？想一想自己本来是收购"岳洲稀土"的，现在却首先被魏长青收购了，资本市场真有魔力。

聂大跃终于在协议书上签了字。按照陆大伟的建议，协议书进行了公证。

星期一，魏长青先是以即时支付的方式从自己在证券公司开设的保证金账户上往岳鹏公司的账户上打了两千万，完成魏长青入主岳鹏的操作，下午，岳鹏实业同样以即时支付的方式往岳洲市国资办的指定账户上打了两千万，完成深圳岳鹏实业入主"岳洲稀土"的操作，同时，岳鹏实业将内部改组的情况通报岳洲市人民政府和作为顾问单位的证券公司，然后，魏长青与聂大跃一起去证券公司严正交涉。证券公司也非常震惊，当即对秦石峰做停职处理，立刻停止对"岳洲稀土"的"围剿"行动。

证券公司在"岳洲稀土"跌停板的位置卖单刚一撤销，封口马上就自动打开。市场的反应比人还快，当"岳洲稀土"重组成功的消息公布之后，"岳洲稀土"立马天天涨停板。市场分析人士见风使舵，马上改口，一致认为前几天的跌停板是庄家故意打压吸货的行为，并据此判断"岳洲稀土"的行情才刚刚开始，再现当年的每股四十八元不是没有可能。

当"岳洲稀土"在众人的哄抬下一口气又恢复到十三元附近时，魏长青指示聂大跃分批出货。聂大跃有点犹豫。魏长青说："物极必反。再说过分的炒作对稀土矿没有太多的好处，我们还是实打实地做事情，炒作并不能创造实在的财富。"

聂大跃觉得魏长青讲得有道理，只能照办。其实他就是不认为魏长青讲得有道理，也得照办，因为现在魏长青是董事长。

等到货全部出完的时候，还了证券公司透资款和利息，岳鹏实业的账户上马上就有了将近四千万的现金。但是聂大跃知道，这些钱已经不是他聂大跃的了，而是岳鹏实业的。从理论上说，是岳鹏实业的说明差不多有一半是他聂大跃的，因为他占岳鹏实业百分之四十九的股份，但事实上这些钱他一分也动不了，岳鹏实业现在是真正意义上的有限责任公司了，不是以前的私营企业。《公司法》对有限责任公司股东权益有明确的规定，规定其实也就是"限定"。

聂大跃在聂小雨的开导下，已经接受现实，并且认为这个现实对他未必不好。自己虽然不是"老板"了，但是由于魏长青对岳鹏的收购，促成了岳鹏对"岳洲稀土"的成功收购，两次收购导致他在二级市场的全身而退，使聂大跃的个人资产不但没有减少，反而增加了。相当于原来是他一个人拥有一个小蛋糕，现在是他和魏长青两个人拥有一个大蛋糕，尽管在这个大蛋糕里面他只占百分之四十九，但是即使这样也比原来的那个小蛋糕大，并且这个大蛋糕还在高速增长。

这一天聂大跃接到杜治洪的电话，问怎么回事，聂大跃哈哈大笑，说："这就叫作真人不露相，其实岳鹏的后台老板一直都是魏长青。"并且向他暗示："我们已经出了。"

杜治洪在电话通知老婆曾蕾蕾之后，心里想，闹了半天魏长青才是真正的大鱼呀，上一次差一点就漏网了。突然，市长猛然一想：岳洲真是一个出人才的地方呀，说不定还有大鱼没有查出来呢。于是下令重新排查。

29

由于补救及时，陆大伟在股市上最后还是赚了。想到岳鹏的这些天，所见所闻和亲身经历比以前几年都要多，收获不少，于是心理得到某种平衡。

陆大伟感觉魏长青当老板可能比聂大跃强，强就强在他是实实在在的真谦虚。那天他单独找陆大伟谈话，陆大伟习惯性地恭维了他几句，魏长青说："其实我完全是碰巧才当上这个董事长的，丝毫不能说明我的水平比你们强。"

不管是真心还是假意，陆大伟认为他至少讲的是真理。陆大伟由此就觉得魏长青比聂大跃会好一些，比他来岳鹏以前的那个老板也强一些。于是，陆大伟又向新任董事长魏长青提了几项建议。

重组后的岳鹏召开第一次管理层会议，会议接受陆大伟的建议：岳鹏实业停止 VCD 的研发、生产和销售，将"安视"品牌移植到以前的通信产品上来，但不是重复过去的电话机产品，而是生产光纤接口。这项工作仍然由聂大跃负责，陆大伟协助，并且申请注册"深圳岳鹏科技发展集团公司"和"深圳市岳鹏光电技术有限公司"，有关光电技术公司申请二板上市的工作仍由陆大伟负责，聂小雨协助。魏长青自己北上岳洲，全力负责重组之后"岳洲稀土"的下一步工作。

会议结束之后，魏长青和聂大跃都自动留下，他们同时感觉好像还有什么话要说。最后先说话的还是魏长青。仿佛在这种场合先开口的应当是老大，从年龄上魏长青本来就是老大，现在又是董事长，恢复老大顺理成章。

魏长青问："秦石峰情况怎么样？"

聂大跃身上抖动了一下，问："什么怎么样？"

魏长青没有回答他关于"什么怎么样的问题"，而是叹了一口气，说："如果你不反对，我想带他上去，让他担任'岳洲稀土'的董事会秘书。"

聂大跃没有说话，不知从什么地方摸出一根香烟，点上，不急不慢地吸着。等吸过瘾了，才不急不慢地说："这事也不能全怪他，一开始其实是我自己不好，是我不仁在先，我承认。但是从这件事情可以看出他是一个心胸非常狭窄和报复心理特别强的人，所以我建议你最好不要用他，因为关键时刻他这个人太狠了一点，狠得让人可怕，如果你确实要用他，我只能建议你一定要小心。"

晚上回去，魏长青把白天在会议室聂大跃的谈话对万冬梅说了。万冬梅说："大哥讲得对，秦石峰是太狠了一点。一个人可以自私一点，可以犯错误，甚至在一定的条件下为了达到目的可以不择手段，比如像聂大哥那样背着我们买股票，我都能理解，但是做人不能太狠，要留有余地，太狠了别人不敢跟他共事，一天到晚提防着多难受呀。"

"你说得对，"魏长青说，"但是你们都是只看到了一面，还有另一面，另一面是秦石峰骨子里那种永不服输的性格。这种性格如果发挥得好，他肯定能做出一番事业来。"

"这么说你还想用他？"万冬梅问。

197

"那倒不一定，"魏长青说，"既然你跟大跃都反对，不如先放一放，或许放一放对他自己也有好处。"

万冬梅发现，丈夫好像在一夜之间主见多了不少。

第二天，魏长青对聂大跃说："我们还是请秦石峰吃一次饭吧。"

"好，"聂大跃说，"我也是这样想的，毕竟兄弟一场。"

聂大跃知道，既然要请秦石峰吃饭了，那么也就是不打算用他了。仿佛打了不罚，罚了不打一样。或者像老板面对应聘者，如果不打算录用了，总要说几句好听的话一样。现在既然不打算用秦石峰了，聂大跃自然就要表现得大度一点。

"要不要叫上聂小雨？"魏长青问。

聂大跃想了好长时间，说："随她自己吧，怎么样？"

魏长青就打电话给聂小雨，叫她过来，然后说："我跟你哥哥想请秦石峰吃饭，你参加不参加？"

"请秦石峰吃饭？"聂小雨问。

魏长青和聂大跃同时点点头。

"他还没有走吗？"聂小雨问。

魏长青和聂大跃你看看我，我看看你。

"到哪儿去？"聂大跃问。

"不知道，"聂小雨说，"他停机了，我也找不到他，是他自己昨天晚上打电话跟我说他走了，离开深圳了。"

"还说了其他的吗？"魏长青问。

"还说了一些对不起我的话，"聂小雨说，"其他就没有了。"

聂大跃和魏长青又互相看看，没有说话。

由于秦石峰不能跟魏长青去岳洲，魏长青真的觉得自己没有底，有那么一刻，他甚至想到带聂小雨去，但是想着她毕竟是个女孩子，又刚刚遭遇感情上的痛苦，这时候带她上去肯定不合适。那么带谁呢？要不要另外招聘一个？招聘一个来得及吗？

想到招聘，魏长青马上就想到了陆大伟，他觉得这个招聘来的陆大伟确实不错，于是又专门找陆大伟长谈一次。

魏长青首先是谈他跟聂小雨的关系。按说这是私人问题，作为老板的可以不管，但是陆大伟是他请的公司总经理，而聂小雨又是聂大跃的妹妹，从这个关系上说，魏长青似乎又不能不谈。再说谈这个问题好切入呀。

陆大伟则对魏长青说了心里话，说他不可能再追聂小雨了。

"为什么？"魏长青问，"是不是好马不吃回头草？"

"不是，"陆大伟说，"是我自己的问题。这段时间我好好地反思了一下，觉得是我自己思想上不成熟，甚至有自相矛盾的地方。我一方面想着坚决当一辈子职业经理，不当老板，另一方面其实还是羡慕老板，否则为什么想找老板的妹妹？"

魏长青说："现在你不要考虑她是不是老板的妹妹，而是你说你到底爱不爱她。"

"要说不喜欢她是假的。"陆大伟说，"要说不恨她也是假的。但是现在我好像突然既不爱她也不恨她了。真的，既不恨她也不爱她，只是有点看不起她。"

"你这种想法可要不得呀，"魏长青说，"如果你有这种思想，我真担心你在这个位置上能不能做好。"

"是的，"陆大伟说，"但是她毕竟是股东，她不可能走，实在处理不好我自己走。"

"我不是这个意思。"

"我知道你不是这个意思，"陆大伟说，"但是我有这个意思。我这个人是批判主义者，老是对现实持批判主义态度，说到底，是自以为是。我知道，但是总也改不了。以前在大连，总觉得大连不好，现在到了深圳，又觉得深圳很多地方还不如大连。其实这是我的毛病。聂小雨没有跟我是好事，如果跟了我，过几年我肯定也会觉得她不好，就像我以前的那个老婆。"

"你以前结过婚？"魏长青问。

陆大伟点点头。

魏长青又问他大连哪里不好了。

陆大伟举了一个例子，说大连最大的不好就是没有跟旅顺融为一体。陆大伟认为大连和旅顺应当融为一体，只有融为一体了，大连才是真正的大都市，才能有足够长的海岸线。旅顺和大连就像一对不安分的夫妻，不在一起相互思恋，到了一起又天天吵架。历史上大连和旅顺倒是正式结合过，并且曾经一度改名叫"旅大市"，当时显然是过于"重女轻男"了，所以夫妻没有到头，最终还是离了。后来他们又"复婚"一次，这一次矫枉过正，干脆把旅顺降格为大连的一个下辖区，相当于以前的老婆关系变为"侄女"，住在一起更加名不正言不顺。陆大伟认为，造成这种局面的根本原因在于人们没有放弃旅顺作为"军事要塞"的旧观念。当初建"旅大市"，正是"深挖洞"的年代，强调"备战备荒为人民"，所以把"军事要塞"凌驾在大连之上，二次"结合"的时候，正赶上全国到处"军转民"，旅顺没了往日的威风，只能享受"区"级待遇。陆大伟还说他曾经以"一个大连市民"的名义上书中央，要求放弃旅顺作为"军事要塞"的陈腐观念，还她作为一个海滨城市的本来面貌，信中说：随着巡航导弹和空中对抗的强化，传统意义上的"军事要塞"已经没有任何实际意义。但是看他那份建议书的人并没有响应他的建议。

魏长青被他说笑了。他觉得其实陆大伟这个人非常自信，只有像他这样自信的人才能这样袒露自己的胸怀，正视自己的缺点。魏长青又忽然发现现在的人都自信，秦石峰不自信吗？聂小雨不自信吗？就是自己也好像比过去自信不少。是深圳容易让人产生自信还是时代让人自信？应该说是时代，因为深圳也是时代的产物。

魏长青又问他深圳哪里不好。

陆大伟笑着说："多着哪。"

"说说看。"魏长青说。

陆大伟一口气说了深圳没有专门的小吃街，在街边摆卖又属于违规行为；深圳是南方，但是马路上没有遮阴，路边的绿化只图美观不讲实用，一天到晚光彩照人，看着就累，而且热；深圳的主要干道上找不到厕所，《深圳指南》告诉外地人：要想方便请进饭店；深圳出租车少，起步价高得离谱，通常是内地城市的两倍以上，外地出租车进来就要被抓。

陆大伟说："最不能容忍的是深圳的规划。作为一个新兴的移民城市，深圳本应该有一个最好的规划，但是现在你看，说起来是海滨城市，哪里有'海'呀？滨海大道被深圳人称作'滨河大道'，深圳人真幽默。"

"深圳有海呀，"魏长青说，"大鹏和蛇口不都是大海吗？你总不能说大鹏和蛇口也是'河'吧？"

"大鹏和蛇口当然有大海，"陆大伟说，"但是大鹏有核电站，蛇口靠海的地方有一大排火电厂，所以我说规划差劲。"

魏长青发觉还真是这么回事，自己在深圳这么多年怎么没有想到这个问题呢？难道真是外来的和尚会念经？或者是只缘身在此山中？如果这样，那么我此次回到稀土矿会不会也有这个问题？想到这里，魏长青似乎坚定了信心，他问："如果你感觉到跟聂小雨在一起工作别扭，那么是不是愿意跟我去岳洲？"

陆大伟想了想，说："也没有什么别扭，反正我跟她之间什么事也没有。不过去岳洲我倒是愿意的，长长见识也好呀。"

"如果你愿意，我明天跟聂总商量一下。"

第二天，魏长青找聂大跃，商量着带陆大伟去岳洲的事。

"也好，"聂大跃说，"但是我就怕深圳这边的力量不够。我搞光纤接口，小雨负责二板上市，建材市场谁顶着？"

"万冬梅行不行？"魏长青问。

聂大跃说："行是行，但不是长久之计。总不能让你老是夫妻分居呀。"

"那倒没关系。"

"要不然这样，"聂大跃说，"我们再招聘一个总经理来协助我？"

魏长青想了想，说："最好先招聘一个副总，协助你，干得好了再提拔为总经理。"

30

稀土矿的人这些年被一茬接着一茬的领导折腾怕了，所以对这一次被收购兼并的反应并不热烈，甚至有点麻木，好像被谁收购与他们没有多少关系。在老百姓的眼里，无论怎么折腾，最后占便宜的总是那些当官的，吃亏的不是国家就是老百姓。

本来听说胡工原来的女婿要来收购稀土矿，矿上真还议论了一阵子。因为胡工的女婿大家并不认识，但是又多少有一点了解，所以大家对他既有一点好奇与神秘，又有一点亲切，特别是关于他回来之后怎样处理与胡娅沁的关系，更是给矿上的人留下了无限想象的空间和悬念。所以，人们对聂大跃的到来不管是喜欢还是不喜欢，是欢迎还是不欢迎，多少还有点盼望。后来，突然说聂大跃不来了，换成是魏长青回来收购了，人们立刻觉得非常失望，没劲。矿上人情绪上这种莫名其妙的变化，主要是因为这个魏长青他们太熟悉了，太知道底细了，一点神秘感都没有，所以连议论的积极性都没有。仿佛这来收购他们的人是女人，对于有点认识但是不十分了解的女人，又穿了一件蛮漂亮的衣服，这些人对她还有一些想象空间，如果这个女人真要是一丝不挂地站在大家面前，一点神秘感都没有了，大家反而没有什么可想的了，剩下的最多只有一点原始本能的冲动，现在倒好，这个人是魏长青，是大家再熟悉不过的魏长青，熟悉得就像自己的老婆，

203

恐怕连那点原始本能的冲动都没有了。一些曾经与魏长青一起穿开裆裤长大的土著人甚至有点心理不平衡，觉得魏长青算什么深圳大老板？还不跟我们一个样？小时候还被我们揍过呢。

矿上只有一个人认为魏长青了不起，这个人就是刘工。

刘工现在想起来了，上次魏长青回来探亲原来是探听情报的，一点痕迹都没有露，城府真深！

魏长青这一次回来仍然找到刘工。当然，由于万冬梅没有跟着回来，魏长青不可能还住在刘工家，但是万冬梅还是托魏长青给刘工带了两条"好日子"牌香烟。刘工虽然并不稀罕两条烟，但是它代表了自己的分量，所以它的价值被大大地高估了，这两条烟似乎也成了某些科技股，具有了成长性。

魏长青对刘工实话实说："正是听了您老的介绍，让我感到身上有一种责任，所以我才参与这次收购的。"

"好！"刘工说，"你来收购好！你对矿上情况熟悉，你是咱矿上人，你的根在矿上。你来收购好！"

刘工的爱人问："冬梅怎么没有回来？"

"忙，"魏长青说，"那边还有一大摊子事情，走不开。"

刘工的爱人当然知道自己的这门远房亲戚在深圳发财了，但是她做梦也没有想到他们能发这么大的财，连整个矿上都买下了，所以这时候她感到自己特别有成就，因为他们那个时代流行过一句话：发现天才的人是超天才。果真如此，那么造就老板的人是不是"超老板"呢？不管是还是不是，刘工夫妇都精神不少。

魏长青那天是跟陆大伟两个人去拜访刘工的。由于不了解情况，陆大伟几乎没有怎么说话。事实上，这些天魏长青无论走到哪里都是带着陆大伟，陆大伟到哪里都是听的多，说的少。等到情况了解得差不多了，陆大伟问魏长青："下一步该怎么办？"

魏长青知道，陆大伟能够这样问他，就表示陆大伟自己已经有想法了，于是就反问他："你有什么想法？"

　　陆大伟笑。

　　魏长青说："说说看嘛。"

　　"那我就瞎说？"

　　"瞎说吧。"

　　"马上停止生产。"

　　"马上停止生产？"魏长青问。

　　"我说过，瞎说。"

　　"继续瞎说。"魏长青说。

　　陆大伟解释说："只有停产做全面勘探，弄清楚矿脉，包括主矿脉和支矿脉，并且请勘测设计院制订科学的开发规划，同时清理堆在外面的尾矿和矿渣，保护环境，才能实现可持续发展。"

　　魏长青听了没有说话，而是在思考。

　　其实陆大伟说的这些正是魏长青这几天想的。但是如果这样做，那么眼下矿上就只有支出没有收入，矿上工人吃什么？年报怎么做？杜治洪他们能同意这么干吗？毕竟国资办和资产管理公司还占了一半的股份，他们能同意吗？

　　"以后怎么办？"魏长青问。

　　"什么以后怎么办？"陆大伟反问。

　　魏长青想了一下，仿佛是整理一下自己的思路，然后说："我是问勘测清楚了，尾矿和矿渣也处理完了，该怎么办？"

　　"按照规划设计开发呀。"陆大伟说。

　　"按照规划设计开发能够支付矿上的巨大开支吗？"魏长青问，"能够填补养矿期间落下的巨大窟窿吗？能够养得活矿上的这么多人吗？能够有'光'让当地政府和农民沾吗？"

　　陆大伟不说话了。

这时候，魏长青突然有一种力不从心的感觉。不但感到自己力不从心，同时也感到他的这个助手陆大伟其实也是力不从心。不知怎么，他突然想起来秦石峰，他感觉如果是秦石峰在，可能会比陆大伟强一些。魏长青承认，人确实是有能力和聪明程度上的差别的，秦石峰这小子就是聪明过人，难道一次聪明过头或者是聪明用错了地方就终身不得使用吗？即便是他围剿"岳洲稀土"这件事情，做得是绝了一点，但是从技术上来说是相当成功的。秦石峰现在在哪里呢？

魏长青这样想着，甚至有一种马上就要找到秦石峰的冲动，但是当着陆大伟的面，他还是把这种冲动压下去。

"你再多了解一些情况，"魏长青说，"看有没有两全其美的办法。比如即使没有稀土矿，工人也能自己养活自己，或者是至少不用完全依靠稀土矿。我总是感觉这么多工人纯粹靠资源吃饭肯定不是长久之计，你说呢？"

"也是，"陆大伟说，"吃资源饭就多少要破坏环境。我再多了解了解，多想想。"

陆大伟出去之后，魏长青马上给深圳打了一个电话，先找聂大跃。他要想重新起用秦石峰就必须先找聂大跃，这是魏长青做人的原则与本分。尽管他现在是董事长，他如果不打招呼就把秦石峰请回来了，聂大跃也不能说什么，说了也没用。

魏长青在电话里面把矿上面临的严峻形势和各种矛盾说了一遍。有些情况聂大跃是知道的，有些情况以前聂大跃还真的不知道。总之，面临的困难和挑战比他们以前想象的要大。

"你现在打算怎么办？"聂大跃问。

魏长青就把陆大伟的建议以及他自己的看法说了一遍，并且把他想请秦石峰回来的想法也说了一下，算是征求聂大跃的意见。

聂大跃说："当然要以工作为重，如果你觉得秦石峰回来确实能够有利于矿上问题的解决，当然还是请他回来，我没有意见。"

"其实我现在也想明白了，"聂大跃说，"秦石峰主要是年轻，虚荣心重。他'围剿'我，最主要是想证明他自己，证明他自己比我强。说不定当初如果我不报警，到最后关头他可能也会放过我一把。"

"你能这么想当然好，"魏长青说，"并且我觉得你分析的有道理，他就是想证明自己聪明，但是聪明过分了，我相信通过这件事情他应该吸取教训。"

与聂大跃通完电话之后，魏长青又给聂小雨打电话。先拉了一会儿家常，然后问她能不能找到秦石峰。聂小雨沉默了一会儿，说她找了，找到他以前的同事那里去了，得到的消息不好。

"怎么个不好？"魏长青问。

聂小雨又沉默了片刻，说："他好像受到了比较严厉的处分。"

"什么严厉的处分？"魏长青问。

"处分"这个词魏长青好多年没有听说过了，仿佛如今已经没有这个说法，比如在他以前的咖啡屋，比如现在在岳鹏，谁处分谁呀？怎么处分呀？谁怕处分呀？对于现在深圳这些聘用人员来说，好像连人事档案都没有了，处分往哪里放呀？放进去有谁看呀？看了有谁会把它当回事呀？

"好像是他以后不得从事证券行业了。"聂小雨说。

"你能不能找到他？"魏长青问。魏长青现在不关心秦石峰能不能从事什么行业，他现在关心的是秦石峰在哪儿，怎么才能找到他。

"暂时找不到。"聂小雨说。

魏长青听出来了，聂小雨说暂时找不到，那就说明她还在找，并且她还觉得有希望能够找到。

"下一步你打算怎么找？"魏长青问。

"我准备回岳洲找。"聂小雨说。

"来岳洲找？"魏长青问。

"是的，"聂小雨说，"哎，对了，魏大哥您不就是在岳洲吗？您可以去找呀。"

聂小雨突然兴奋起来。魏长青也被她的兴奋所感染，问："怎么找？"

"去他家呀。"

"去他家？"

"对呀，"聂小雨继续兴奋地说，"去他家找呀。"

"你认识他家？"魏长青问。

"不认识。"

"那怎么找？"

"嘻！"聂小雨说，"上河口就那么大地盘，一问不就知道了？"

"就是！"魏长青说，"你看我傻的。"

31

　　矿上的奥迪车没用一个小时就将魏长青送到了上河口。魏长青是地道的岳洲人，他自小也听说过上河口，但是却从来都没有来过。

　　现实中的上河口与魏长青想象中的不太一致。在魏长青的想象中，上河口应该是世外桃源一样的悠闲与宁静，青山绿水炊烟人家。魏长青甚至想象他的奥迪车一到，马上就会引起一大堆人的围观，甚至会引起当地政府的高度关注，说不定镇长书记会出来迎接。到了上河口一看，才发现如今的上河口与矿上没有什么两样，甚至比矿上还热闹。矿上的人可能比上河口多，但是矿上的人都是熟人，没有什么可新奇的，而上河口如今有很多外地人，是外地来旅游的人。所以，上河口实际上比矿上繁华得多。

　　上河口最近开发了一个新的旅游项目，叫作漂流。其实也就是旅客乘汽车上来，然后顺着小溪漂下去，与原来的一叶竹筏顺流而下没有什么两样，只是改了一个名称，就与探险结合起来了，收费自然也增加不少。胡娅沁描述的那种"纤夫的苦"现在也见不到了，因为上来的时候有汽车，汽车司机神气得很，哪有什么苦的，天天数票子，乐都来不及呢。

　　这种热闹和繁华给魏长青找秦石峰增加了一点难度，因为一热闹，人都没有心思关注他和他的奥迪，这样他就要主动凑上去问。魏长青知道，上赶子不成买卖，只要是你自己凑上去的，事情就不好办。果然，司机一连问了几个人，对方都像脖子上安了弹簧。

"问中学在哪里。"魏长青提示。

看来人当了老板以后智商自然提高。比如现在魏长青好像就比司机智商高，果然，司机按照魏长青的话一问，没过一会儿就有了方向。

重新上车，又往里面走了一会儿，终于找到大名鼎鼎的上河口中学。好在中学对奥迪还买账，居然没有费劲就见到了校长。司机很会来事，平常喊魏长青董事长，背后称魏长青老板，现在向校长介绍的时候却是"局长"。

"这是我们矿务局魏局长。"司机说，"我们是稀土矿的。"

"啊魏局长，您好您好！"校长立刻像是见到了老熟人，一面热情地招呼一面把手伸过来。

"您好。"魏长青一边握手一边说。并且在握手的时候，微笑保持一定的节制，不能像一般的小老百姓那样卑微地笑。

握手之后，魏长青递上自己的名片。

此时的魏长青多少还有点心虚，因为他毕竟不是"局长"，是董事长，但是转念一想，董事长其实比局长还要大，虽然两种称呼都是管理稀土矿的最高领导，但是局长是上面任命的，随时可以被撤换掉，为了不被撤换掉，局长必须既要对下负责，又要对上负责，对上负责就要跟上级搞好关系，对下负责就要搞好职工福利，弄不好就要两头受气，而董事长只要对经济效益负责就行了，也没有一个"上面"能来撤换你。这样一想，魏长青的底气顿时足了不少。

校长倒没有在意什么局长还是董事长，这年头名称换得快，只要是稀土矿的一把手就行了。

"哎呀魏老板。"校长热情地招呼着。

魏长青和司机都吓一跳，以为这个校长已经知道魏长青的底细了。其实知道底细魏长青也不怕，但是在一个知道自己底细的人面前装腔作势地自称是"局长"总是有点寒碜的。

"你们矿上以前还有几个同学是在这里上的高中。"校长说。

"是吗？"魏长青问。魏长青见校长没有在老板、局长、董事长的称呼上纠缠非常高兴，于是赶紧顺着他的话往下说，差一点就忘了自己是来干什么的了。

"是的。"校长说，"很不错的。几个人好像都考上了大学。"

校长一口气报了几个人的名字，里面居然有"程光辉"，而程光辉就是魏长青那个现在在矿上的中学当老师的亲外甥。本来魏长青不想说穿的，说穿了没什么意思，再说他也不希望校长知道他的底细，没想到司机多嘴，说了出来。

"是吗？"校长说，"是有点像啊。我以前是他的班主任呢。"

既然已经说开了，魏长青只好说了一些表示感谢的话，并且把今天来的意思都搞反了。

"早就听说上河口中学有名，"魏长青说，"今天特意来看看，也顺便拜访一下校长大人。"

"不敢不敢，"校长说，"前几天杜老板来了也这么说，说得我都不好意思。"

"杜老板？"魏长青显然是不认识那个杜老板。

"市里面杜市长。"校长说。

"杜治洪呀？"魏长青说。

"对对对，魏老板也认识杜老板？"校长问。

魏长青想笑，他没想到社会进步得这么快，领导全部变老板了。但是他实在不能笑，不管怎么说他现在相当于以前的矿务局局长，要有点克制力，这时候如果笑出来是非常不礼貌的。

魏长青努力控制住自己笑的幅度，然后点点头，说认识。

不知怎么，一直老实本分的魏长青这时候突然冒出了虚荣心，居然掏出手机，拨通了杜治洪。两人聊了一些不咸不淡的话，仿佛是故意在校长面前证明自己确实是认识杜治洪市长。聊到最后才告诉杜治洪，他现在在上河口中学，和校长正在说起他呢。

魏长青说着，还把手机递给校长，仿佛是进一步证实。

校长接过电话，紧张得不得了，仿佛他已经不是校长，而是深圳一个屁大公司里面的打工的，而杜治洪也不是什么市长了，一眨眼变成那个屁大公司的小老板。

天知道杜治洪在电话里面跟校长说了什么，校长马上热情得不得了，坚持要请魏长青吃饭。

魏长青说："吃饭可以，但是必须我请您。"

"那不行，"校长说，"魏老板您要是这样就是看不起我了，难道我们一顿饭请不起吗？"

没办法，恭敬不如从命。

说话间就已经是午饭时间。席间，校长说："再穷不能穷教育。我实话对您说，我们不穷。"

"看出来了。"魏长青说。

魏长青确实是看出来了，从这一桌菜就看出来了。

校长仿佛兴致很高，接着说："关键要自强。只要教学质量好，家长都把学生往里面塞，学校能穷吗？"

魏长青点点头，觉得是这么个道理。

"其实您也不用亲自来，"校长说，"您打个电话就可以了。再不行让程光辉跑一趟不就行了吗？"

魏长青听着有点糊涂，发觉校长一定是误解他的来意了，于是赶紧说明。

魏长青说："我这次来想顺便打听一个人。"

"打听人?"校长问。

"打听人。"魏长青说。

"哪个?"

"秦石峰。"

"秦石峰?"

"秦石峰,"魏长青说,"也是你们学校毕业的,后来上了大学,大学毕业之后又考上研究生了。"

魏长青这么一说,校长马上就想起来了,说是有这么个人,但他以前在这里上中学的时候并不叫"秦石峰",而是叫"秦石娃","石峰"是他上大学之后改的。

"但他现在不在上河口呀,"校长说,"好像听说他在深圳。"

"我想看看他父母。"

"没问题,"校长说,"他家在后山,我带你去。"

32

后来魏长青对万冬梅说，一切都是天意。

那天是校长亲自带着魏长青去后山的，因为杜治洪在电话里面对校长说了一句话：你怎么接待我的就怎么接待他。"他"就是魏长青，所以校长必须亲自陪了去。

他们见到秦石峰的父母后，刚刚说了两句话，还在进一步证实"秦石娃"现在是不是叫"秦石峰"呢，秦石峰就回来了。

秦石峰这次回来没有麻烦杜治洪，自己直接从城关镇打的士回到上河口。回来得正是时候。

既然秦石峰回来了，当然就不用再证实是不是同一个人了，于是，校长也就算是圆满完成市长杜治洪亲自下达的任务了，要回学校去。他忙着呢。

魏长青说了一些感谢的话，又让司机开车送校长回学校，这才正式和秦石峰说话。

那天魏长青和秦石峰坐在他家后面山坡上整整聊了一个下午。其间除了被秦石峰的母亲端上来的两碗糖水鸡蛋打断了一会儿之外，基本上没有受任何干扰。

秦石峰问："你怎么知道我今天回来？"

"不知道。"

"不知道你怎么找到这里来的？"

"受人之托。"

"谁?"

"你知道是谁。"

秦石峰不说话了。

"你不应该辜负她。"魏长青说,"不是我说你老弟,你知道你身上最大的毛病是什么吗?"

秦石峰想了一下,说:"知道。自私,狭隘,自以为是,肤浅,势利。"

"这些都还是小毛病。"魏长青说。

"小毛病?"

秦石峰恨不能把世界上最令人讨厌的缺点都安在自己身上了,他以为这样魏大哥就一定会说"没有那么严重",哪知道魏长青还说这些都是"小毛病",言下之意还有更大的更不可饶恕的大毛病了?这些天秦石峰几乎天天都在反思,自以为反思得很彻底了,在心里面已经把自己骂成一堆不耻于人类的臭狗屎了,没想到还不彻底,那我还活不活呀。

"这些小毛病主要是你年轻和没有吃过苦造成的,"魏长青说,"或者是从小家长和学校没有对你全面要求造成的。随着年龄的增长,多摔打几次,慢慢就会好了。因为你这些小毛病最大的受害人是你自己,所以一个人只要自己碰壁的机会多了就会自己克服的。我说的是你身上的大毛病。"

"大毛病?"

"大毛病。"魏长青说,"大毛病主要是由一个人的性格造成的,所以克服起来就非常困难。"

秦石峰点点头,表示认同。但是他现在急于知道的不是这些道理,而是他自己身上的大毛病到底是什么。秦石峰这时候点头除了表示认同之外,还是希望魏长青快点说,有时候对对方意见

215

的肯定其实就是鼓励他往下说。

　　不知道魏长青是不是接受了秦石峰传递的这个信息，果然接着往下说："你身上最大的毛病是做事情过分，走极端。包括你刚才对自己批评，都偏激。其实人都有一点自私势利和自以为是，只要不比别人过分，严格地说就不能算作一个人的缺点，偶然犯一下，别人也会原谅你，但是你做什么都过分，一过分就突出了，就不能容忍了，到头来受到最大伤害的是你自己。比如你'围剿''岳洲稀土'，可能你的本意就是想在聂大跃面前证明自己，因为他当初那么做其实是小瞧你了，你为了不被他小瞧，所以要证明自己，但是证明一下就行了嘛，干吗要做得那么过分？你知道吗，做那么过分，受伤害的就不是聂大跃一个人，而是很多人，包括小雨，也包括你自己。"

　　秦石峰这时候抬起头，看着魏长青，因为他感到很惊讶，惊讶魏长青竟然把他看得这么透，比他自己都透。说实话，秦石峰以前对魏长青虽然尊敬，但是并不佩服，现在听魏长青这样一分析，分析得比秦石峰自己的反思都明白，才发现以前不是聂大跃小瞧自己了，而是自己小瞧别人了，包括小瞧了眼前这个魏大哥。

　　"听小雨说你被处分了？"魏长青问。

　　秦石峰点点头。

　　"不能做证券了？"

　　秦石峰还是点点头。

　　"也好。"魏长青说，"我总觉得那东西不是正经事。大家都炒股票，谁来创造实实在在的财富呀？你正好可以接受教训，干脆全身心地投入岳鹏来。"

　　这一下秦石峰没有点头，也没有摇头，而是茫然地看着魏长青。

216

"不要看着我，"魏长青说，"赶紧给小雨打个电话。刚才还叫你做事情不要过分，就是两个人分手，也还要好讲好散吧？哪能说走就走？再说你不还是岳鹏的顾问吗，就是要走也要办个手续吧。快打电话。"

魏长青说完自己找个大树后面方便去了。回来之后，问电话打了没有，秦石峰说打了，但是打不通，这里没有信号。魏长青打开手机一看，真的没有。说走，到镇上就有了。

奥迪回到镇上，两个人都打起了电话。

魏长青先给陆大伟打了电话，问矿上有没有什么事。陆大伟说没有，但是有点好的想法，等他回来再说。魏长青又给万冬梅打了个电话，告诉她找到秦石峰了，并且把他还是打算请秦石峰回来的想法说了一下。万冬梅说："可以，通过这次事情，他也应该接受教训，不过秦大哥的话也不能不听，你要多注意。"

秦石峰的电话当然是打给聂小雨，聂小雨在电话里面哭了，让他别离开岳洲，她马上就过来。

"别别，"秦石峰说，"你忙，我正好闲着，我马上就回来。"

当天晚上魏长青和秦石峰在岳洲大酒店住宿，本来已经说定了，第二天秦石峰回深圳，魏长青回矿上。但是晚上两个人聊天的时候，魏长青谈到了矿上的事，并要秦石峰帮着出出主意，秦石峰听魏长青这么一说，干脆说暂时不回深圳了，还是先跟他到矿上。魏长青不同意，说："你又过分了，矿上的事情不是急的事，聂小雨那边才是急的事。"秦石峰说："我只有帮矿上出了力，回去见聂小雨才好意思。"魏长青想想也是，他回去不但要见聂小雨，还要见聂大跃，当然是带了"礼物"比较好。

当天晚上秦石峰就给聂小雨打了电话，说明了情况，聂小雨果然深明大义，坚决支持他在矿上帮魏大哥解决问题，并说如果解决不了就不要回来。

魏长青和秦石峰回到矿上，陆大伟虽然感到意料之外，但是仔细一想又在情理之中。所以主动与秦石峰拉了一下手，表示欢迎。陆大伟发现，只要他们之间不横了一个聂小雨，大家还是应该非常合得来的，现在陆大伟既然已经完全放弃对聂小雨的幻想，所以对秦石峰也就少了隔阂。

陆大伟给魏长青的好消息是：经他与工人和工程技术人员反复商量，觉得把浮选尾粉全部返回地下不一定是最合理的方法，因为浮选尾粉已经碾磨得相当精细，直接填埋回地下太浪费了，不如加工成水泥或者是建筑预制件。

魏长青就是选矿厂出来的，对于浮选尾粉当然了解，一听就知道这事有门。但是他不主张生产水泥，如果生产水泥，投资太大，而且造成污染，不如直接生产预制件。刘工也支持魏长青的观点，说直接生产预制件还可以省去烘干工序，又节约用水，从理论上当然划算。并且他建议与省建材研究所合作搞这个项目，以前他们曾经跟建材研究所接洽过，后来因为没有资金中途放弃了，现在应该接着谈。

魏长青让技术处派一个年轻人陪着刘工去，刘工说不用了，有老伴陪着就行了，正好老伴也想去长沙走亲戚，住宿费都不用了。魏长青说行，让矿上汽车送他老两口去长沙。刘工坚持说不用，并说他只是去打探打探，结果还不知道，这时候兴师动众，搞得他反而有压力。魏长青一听，也有道理，于是安排小车送他们去火车站，并按出差，报销全部费用。刘工夫妇这才高高兴兴去长沙了。

　　秦石峰是学金融的，与陆大伟的思路和做法都不太一样。陆大伟的方法是深入群众调查研究，秦石峰是分析报表核查账目，特别是查看了这些年矿上的往来账目，并且用上了电脑，又从互联网上查阅了国际市场的稀有金属及其制品的行情和价格变化情况。

　　刚开始，魏长青对秦石峰搞的这一套看不懂，总觉得不如陆大伟的那一套对路，但是没有说。陆大伟对秦石峰的做派更是时不时地摇摇头，不知道是表达不理解还是不以为然。半个月忙下来之后，这一天吃晚饭的时候，魏长青问秦石峰最近跟聂小雨联系没有，准备什么时候回深圳看看。秦石峰赶紧把嘴里面的饭咽下去，说："行了，这边我已经忙完了，明天把报告搞出来交给你我就走。"

　　"能不能先说一说？"陆大伟问。

　　魏长青很难判断陆大伟这样问到底是什么意思。但是不管是什么意思，说出来听听也没有关系，反正也就是他们三个人。说实话，魏长青自己也有点憋不住了，很想听听。

　　秦石峰把嘴巴擦了一擦，看看魏长青。魏长青点点头。秦石峰说："这可是严格保密的事情，事成之前我们千万不能往外说。"

219

"放心，"陆大伟说，"这里我就认识你们俩，想跟人说也没人听。"

"我不是这个意思。"秦石峰说，"但是这确实不能说出去，包括杜市长他们。"

"行，你说吧。"魏长青说。

秦石峰本能地朝门那边看看，仿佛怀疑门没有关严，或者干脆就是担心有人偷听。当他确信没有任何走漏风声的可能之后，才压着嗓门说出自己的锦囊妙计："立即停产。对外的理由是做全面勘探，弄清楚矿脉，包括主矿脉和支矿脉，请勘测设计院制订科学的开发规划，同时清理堆在外面的尾矿和矿渣，保护环境，实现可持续发展。"

本来魏长青和陆大伟是伸着头凑到秦石峰面前听他说悄悄话的。听着听着，魏长青觉得怎么这么耳熟？这不是跟半个月前陆大伟说的差不多嘛。

"就这些？"陆大伟问。

秦石峰点点头，非常肯定地说："就这些。"

陆大伟不说话了，直起身子，把头向后仰了起来，看着魏长青，然后又问："你折腾半个月就折腾出这个？"

秦石峰又点点头，这一次点头的幅度比刚才大一些。

魏长青这时候也直起身子，仔细想着刚才秦石峰说的这些话，听起来好像与半个月前陆大伟说的一模一样，但是好像语气不一样，语气不一样意思可能就不一样。

"你刚才说的'对外的理由'是什么意思？"魏长青问。

"就是对外的借口呀。"秦石峰说。

"什么意思？"魏长青问。

这时候陆大伟听出来了，秦石峰的话和他自己半个月之前讲得几乎一模一样，但话虽然一样，观点却并不一定一致。不过，他没有问，有魏长青问他听着就行了。

"就是我们以实现可持续发展为借口，达到停产的目的。"

"然后呢?"

"然后就逼着湘江特种材料厂也停产。"

"再然后呢?"

"再然后我们就收购湘江特种材料厂。"

"收购湘江特种材料厂?"魏长青问。

"是啊,"秦石峰说,"收购湘江特种材料厂。"

"慢点,"魏长青说,"你说详细点。"

秦石峰说:"这些天我仔细研究了财务资料和国际国内特种材料的行情与价格,我发现一个问题,我们辛辛苦苦把矿石从地底下挖上来,先是破碎,后是手选,再粉碎,浮选,得到的精矿卖到湘江,他们与其他廉价的金属合在一起,加工成特种材料,价格马上就翻了一百倍,结果他们把肉吃了,我们总是啃骨头。"

"相差多少?"魏长青和陆大伟几乎同时问。

"一百倍。"秦石峰说。

"有这么多?"

"是这么多,"秦石峰说,"以前的几任是有点瞎搞,甚至搞恶性开采,但是从某种意义上说他们也是没有办法,说到底是体制问题。国家规定精矿粉就是这个价钱,给也得给,不给也得给。为了生存,不得不加大产量,而产量一大,导致特种材料市场价格下降,总的收益并没有增加,于是只好再增加产量,形成恶性循环。我已经调查过了,只要我们一停产,湘江那边马上就跟着停产。只要我们坚持几个月,它那边就要破产,它一破产,我们就去收购。到那时候,特种材料价格肯定已经飞涨,等一收购到我们自己手中,成本就是我们自己控制了。"

陆大伟这时候对秦石峰有点刮目相看了,禁不住频频点头。

"这样是不是太狠了一点？"魏长青问。魏长青估计是想起了聂大跃对于秦石峰的评价，看来这秦石峰做事情是太狠了一点，本性难改呀。于是趁早提醒。

"不狠怎么办？"秦石峰问。

魏长青想了一想，说："比如我们和湘江方面协商，看能不能适当提高价格。"

"提高多少？"秦石峰问，"能提高一百倍吗？"

"那当然不行。"魏长青说。

"这种事情没有什么商量不商量的，"秦石峰说，"就是商量，也不是我们跟他们商量，而是他们来找我们商量。只有等他们来找我们商量我们才好商量。但是如果我们不停止供料，他们会来找我们商量吗？再说做生意也没有什么狠不狠的，他们占了我们这么多年的便宜，他们怎么没有觉得狠？你知道他们厂职工的待遇是什么样，我们矿上职工的待遇是什么样的吗？我的意思就是要收购他们。"

"如果他们坚决不肯就范呢？"魏长青说。

"那倒好办。"陆大伟终于忍不住了，插话说，"大不了我们自己另外上一套，最差的结果也能达到提价的目的。"

秦石峰对陆大伟点点头，不知道是对他的观点表示赞同，还是对他的理解表示感谢。

"上面会不会干预？"魏长青问。

魏长青仍然不放心，他觉得这事情绝对没有这么简单。

"上面是哪里？"秦石峰问，"有色公司都撤销了。"

"省里面，"魏长青说，"省政府。"

"所以我说要严格保密呀。只要我们一口咬定是为了'可持续发展'，保护环境，合理规划与开发，省政府怎么能反对？"

"反对也没用，"陆大伟说，"这是企业行为，政府不得干预企业的正常经营活动，这是《公司法》明确规定的。再说你这个董事长也不是政府任命的，他们拿你没办法。"

陆大伟再次站在秦石峰一边，让秦石峰真的有点感动了。

尽管陆大伟与秦石峰这两个死对头现在观点空前的一致，但是他们仍然没有完全说服魏长青。魏长青总觉得这里面不踏实，于是说："行，你先拿报告吧。等报告拿出来之后，我们一起回深圳一次，跟秦总他们一起讨论讨论。"

魏长青这里所说的"他们"当然包括聂小雨，听得秦石峰心跳加速，决定连夜加班把报告赶出来。

34

　　魏长青和秦石峰一起回深圳了，陆大伟没有去，是他自己提出不回去的，理由是他要去长沙，看看刘工夫妇跟省建材研究所合作的事情到底怎么样了。这个理由相当充分，因为刘工夫妇去长沙那边已经半个月了，昨天还来电话报喜，说实验非常成功，但是具体怎么个成功法说了半天也没有讲出要点，魏长青只大致听出是充分利用浮选尾粉里面的水分与发泡剂，加上固化剂，直接生产非承重隔墙板，总之，全部是技术上的东西，而魏长青现在最关心的不是技术，而是经营，具体地说，是合作方式和赢利模式，而恰恰是这些东西刘工说不明白。魏长青感叹年龄不饶人，年纪一大，就听不懂别人的话，不明白心里最想要的东西，抓不住要点，所以，陆大伟说要去长沙，魏长青立刻就同意了。

　　聂大跃看到秦石峰的报告非常赞同，并且发出感慨，说以前矿上的领导只知道生产，不懂得经营，所以吃了这么多年的亏还以为占了便宜，幸亏现在改革了，要不然还要继续守着金碗讨饭吃。聂大跃还在魏长青的面前忍不住夸秦石峰这小子就是聪明。

　　"是不是太狠了一点？"魏长青说出自己的担忧。

　　"不狠，"聂大跃说，"'狠'本身不是缺点，看要用在什么地方。做人不能太狠，但是做生意不能不狠。"

魏长青见聂大跃这么说，忍不住笑了。

魏长青一笑，聂大跃愣了一下，也笑了。

笑完之后，聂大跃说："人呀都是以自我为中心，对自己有利的，恨不能越狠越好，对自己不利的，就要反过来。"

"你这是说你自己吧？"

"谁都一样。"

俩人这样笑了一会儿，言归正传。聂大跃认为，无论从哪个方面考虑，这件事情都不应该瞒着杜治洪。

魏长青想想也是，毕竟岳洲市占了百分之四十九的股份，再说，也只有联合杜治洪，大家才能一起通过省里这一关。

"我觉得也是，就怕秦石峰想不通。"

"把他叫来，我们商量一下。"聂大跃说。

聂大跃打通聂小雨的手机，问秦石峰在不在，聂小雨说在。聂大跃说："你让他过来一下。"

秦石峰过来以后，聂大跃首先就批评秦石峰，批评他不该把原来的手机停机，搞得有事也联系不上，并且说男子汉大丈夫，在哪里跌倒从哪里爬起来，躲什么。

秦石峰不好意思地笑笑，魏长青看出他是真笑。聂大跃这样的批评，就等于已经是原谅和接受秦石峰了，秦石峰没法不笑。

魏长青把刚才他跟聂大跃谈话的意思说了。秦石峰没有作声。聂大跃说："你要相信杜治洪的素质。"

"我当然相信他的个人素质，"秦石峰说，"但是他是岳洲市的市长，他考虑问题的角度肯定与我们不一样，不相信你们看，跟他一谈准出麻烦。"

魏长青和聂大跃互相看看，然后又摇摇头，他们实在想象不出杜治洪能够给他们出什么麻烦。湘江又不是洪湖，难道杜治洪还能胳膊肘朝外拐？

秦石峰说："行，那就对他说吧，最好不要在电话里面说。"

"为什么？"魏长青问。

"如果在电话里面说，他接到电话之后肯定要找他的幕僚商量，那样消息就扩散了。而当面说，他有什么疑问我们马上就当面解释，消息不会立即扩散。"

魏长青和聂大跃又相互看看，然后轻轻一笑。魏长青心里想，我们看刘工老了，说不定秦石峰还看我们老了呢。

幸亏陆大伟去了长沙。

陆大伟去了长沙不但搞清楚刘工与湖南建材研究所合作研究的这个项目的实质，而且还理顺了双方的合作关系。如果陆大伟不来，按照刘工的意思，这个项目是湘南稀土矿与省建材研究所合作开发，共同收益。但是研究所好像不同意这样做，研究所希望一手交钱一手交货，直接把成果卖给湘南稀土矿。建材研究所这样考虑并不是对该项目没有信心，而是对合作风险没有把握，这些年研究所吃这样的亏都吃怕了。以前也与下面搞过不少"合作开发"，说好了要共同收益，但是，等到研究所去找他们兑现这个收益的时候，合作单位马上就把自己打扮成叫花子，说这个项目一分钱没有赚，不仅没有赚钱，而且还赔了不少，那意思是研究所害了他们，他们不向研究所索赔就是客气的了。

陆大伟来了之后，分析了一下工艺核心和未来可能的收益，马上表示同意研究所的意见，一手交钱一手交成果，交钱之后，整个成果完全归稀土矿独家享有，研究所方面不再享受任何其他收益。

陆大伟的意见正合研究所的心意，所以，所长马上就要与他签订购买成果协议，并且当场就表示要感谢陆大伟和刘工。

"感谢倒不必了，"陆大伟说，"以后如果遇到技术上的什么问题，你们能帮着解决就行了。"

"没问题，没问题，一点问题都没有。"所长说。

所长的高兴写在脸上。

所长是高兴了，但是刘工不高兴。刘工甚至认为陆大伟到底不是矿上的人，花矿上的钱不心疼，这么爽快地答应对方其实是出卖矿上的利益，而对于任何出卖矿上利益的事情，刘工都是不能接受的。

刘工知道陆大伟现在是矿上的领导，而自己只是一个返聘的退休工程师，于是当面没有跟陆大伟较劲。回到亲戚家，刘工马上给魏长青打电话，告状。

魏长青说："知道了，您辛苦了，谢谢您了，我马上打电话给陆大伟。"

魏长青的电话直接打到陆大伟的手机上，陆大伟解释说："这是一个非常好的技术，我们只要付十万块钱就可以买断并独家享有这个技术。我已经去省专利局填写申请单了，好在研究所还没有报专利，我们报，只要卖出一笔专利就不止十万。"

魏长青在打电话的时候，聂大跃和秦石峰就在旁边，所以，他们两个也能听见。魏长青这时候并没有征求他们两个的意见，但他显然没有想好该怎样回答陆大伟，所以，本能地看了一眼聂大跃和秦石峰。聂大跃还没有来得及表态，秦石峰已经说话了。

秦石峰说："相信陆大伟。没错。"

聂大跃也点点头，表示同意。

于是，魏长青就对着话筒说："不就是十万块嘛，你是总经理，你做主。刘工有什么想法回头我跟他解释。"

不用说，陆大伟听了这话，恨不能为魏长青两肋插刀。

后来的发展证明，陆大伟的决定非常正确。

该项技术的最大的优点是充分利用了浮选尾粉的水分和发泡

剂，加少量固化剂之后，直接浇注成非承重建筑隔板，真正做到了变废为宝。由这项技术生产出来的非承重轻质预制隔墙板不但保温隔热，而且隔音效果好，质量轻，施工方便，关键是单位体积成本远远低于传统的红砖墙。国家建设部已经明确规定，今后的建筑将全部采用框架结构，填充框架的隔板根本就不需要承受任何重量，全采用这种预制隔板代替红砖，不但施工进度大大加快，提高建筑物的保温隔热和隔音效果，还可以减轻整个建筑物的自重，在同等条件下，建筑物的地基和框架可以适当节省。这种材料的缺点是不便于长途运输，因为它实际上是过去常用的红砖的替代物，价格太低，长途运输不合算。但是不便于运输也有好处，这个好处就是各地必须就地生产，湖南是矿业大省，而且矿区挨着城市，每个矿区都有尾矿的问题，都有环境保护和实现可持续发展问题，所以，陆大伟认为，将来卖专利的收入可能高于预制厂本身生产产品的收入。

后来魏长青为这事还专门跟刘工解释了半天。刘工说："我也是为矿上好，想着矿上穷得揭不开锅，哪有十万块钱给他们呀，不如等到以后再说。"

魏长青于是就发觉，人的思维不但与年龄有关，而且与经济状况也有直接关系。刘工想着矿上没钱，穷得揭不开锅了，当然只能一根筋想着只要不付现钱就行，而不会从更长远的利益思考。

35

果然没有出乎秦石峰的预料，当他们三人郑重其事地把矿上准备停产的想法跟杜治洪谈了之后，杜治洪一开始觉得十分好，高兴得连连点头，但是仅仅一顿饭的工夫，麻烦出来了，因为市长大人冒出了一个新的设想。

杜治洪提出："干吗要收购？我们直接在岳洲重建一个特种材料厂不是更好吗？"

秦石峰和聂大跃两人你看看我，我看看你，眼神里都装满了词汇。秦石峰显然有些得意，心里想：我说的吧。聂大跃的意思是：还真让你小子猜着了。然后，两个人又一起看着魏长青，毕竟，现在魏长青是老板。

魏长青没有接他们的眼神，而是问杜治洪："有这个必要吗？"

"太有这个必要了。"杜治洪说，"我看了这份报告了，湘江特种材料厂的产值比我们矿上还高呢。如果在岳洲也建设一个特种材料厂，等于我们岳洲又发现了一个稀土矿，而且建设一个特种材料厂投资规模比开发一个矿山小，产出周期比开发一个矿山短，再说也省得运输了，就地加工，何乐不为？"

魏长青没有说话，不知道是被杜治洪说动心了，还是想着该怎样应对杜治洪。

聂大跃本能地感觉这事情绝对不会像杜治洪说得这么简单，但到底复杂在哪里他并没有完全想好，不过，他可不能不说话，如果他们都不说话，那不等于是默认杜治洪的观点了？而当领导的都很自负，一旦真让杜治洪的观点得到确认，再想让他回头比登天还难，所以，聂大跃觉得自己现在必须站出来说话，哪怕并没有想好反对的理由，先提几个相反的问题也好。于是，聂大跃问："厂建在哪里？资金从哪里来？"

"厂就建在矿上，"杜治洪说，"资金问题嘛，你们投一点，银行贷一点，地方上再筹集一点，实在不行就申请上市，从资本市场募集资金。哎，对了，干脆还是上市公司上这个项目，并且以这个理由申请增发。"

杜治洪越说越激动，仿佛他一个县级市市长既能左右中国证监会，又能控制中国资本市场。说实话，要不是努力克制，秦石峰差不多就要笑起来。

秦石峰没有魏长青和聂大跃考虑的那么多，他是想到哪儿说到哪儿，他说："当初国家在湘江建设特种材料厂，肯定是经过多方论证的。特种材料厂不仅需要稀土矿，还需要其他许多原料和许多方面的配合。建设特种材料厂需要有一个完整的工业体系来支撑它，配合它。再说生产特种材料也不是一个简单的技术，原料、设备、工艺、自动化控制、供销渠道、产品定位、市场价格、资金回笼一大堆问题，如果我们自己从头做起，肯定不如整体收购来得把握和节省，而且时间上也快一些，万一搞不成也没多大损失。"

两位助手的发言无疑为魏长青争取了思考的时间，同时也提供了有价值的参考。这时候，他也基本思考成熟了，一句话，不能重建，只能收购，即使收购不成，起码能达到提价的作用，所以，他赞同秦石峰的意见，但是，他也不想和杜治洪硬顶，于是，魏长青以商量的口气对杜治洪说："要不然这样，先停产再说，反正无论是自己建厂还是收购湘江的厂，停产肯定是跑不了的。这不仅是借口，也确实是资源保护和实现可持续发展的需要。等我们停产了，湘江方面肯定会求上门来。如果是湘江特种材料厂找上门来，我们接待，但背后我们肯定还是听市里的；如果是湘江市政府出面，麻烦杜市长您亲自接待，给他们什么脸色您自己定，我们听市里的。不管怎么样，先拖着再说，反正我们现在有预制厂和卖专利两项养着，还不至于饿肚子，杜市长您看呢？"

杜治洪没有立刻回答，而是有点愣神，大概是魏长青的话太有想象力了，导致杜治洪也不得不跟着想象，想象着如果湘江市领导来了，他该怎么样接待，给什么脸色给他们看，所以，当魏长青再次征询他意见的时候，杜治洪仿佛刚刚睡醒过来，随口就说："啊，好，先停产，停产再说。"

聂大跃、魏长青、秦石峰见市长认可了，当然非常高兴，立刻回去着手稀土矿停产的事情。

事后，魏长青对聂大跃说，不服老不行，秦石峰的脑子确实比我们转得快。

聂大跃想了想，说："是感觉。这小子感觉比我们灵敏。其实现在回头一想，也很容易理解老杜。他作为一市之长，当然希望肥水不流外人田。工厂建在岳洲，不仅产值算在岳洲头上，政绩上去了，而且对增加当地的就业机会和税收都有好处，他当然希望在岳洲重新建设一个特种材料厂。但我敢肯定，当初秦石峰说老杜一定会生事，并没有想到这一层，如果想到了，按他的性格，事先就会对我们说的。所以，我认为是感觉，是秦石峰这小子的感觉比我们好。他能感觉这事情到了市长那里肯定就生出麻烦。还真让这小子感觉对了。"

事态的发展果然如他们所料。岳洲稀土矿这边刚刚停产，湘江特种材料厂那边马上就嗷嗷叫。刚开始是来电话。没过两天，人来了。最先到达的是供应科业务员。业务员跑过来一看，知道这事情他处理不了，马上给科长打电话。科长接到电话后，只说了一句"你在那里等着"，然后立刻赶了过来。了解清楚之后，跑回去向厂长汇报。又没过两天，分管供应的副厂长亲自来了，而且带来很多礼物，说要见魏长青。魏长青当然不会见他。自从上次在上河口中学与校长的一番交往之后，魏长青忽然明白许多道理，第一明白他现在是"局长"了，身份已经发生了根本性改变，自己的行为方式也应该做相应的调整，不是随便什么人想见就能见的。第二是明白如今社会风气变了，变得势利了，自己作为"局长"，不能一点架子没有，否则自己能不能得到应有的尊重是小事情，矿上的利益能不能得到维护是大事情，于是，在周围人的参谋下，魏长青事先就定了个规矩，湘江那边来什么级别的人，矿上这边就安排什么级别的人接待。还规定不管什么人来，饭照吃，酒照喝，可什么时候恢复供应谁也没权力答应。所以，对方分管厂长来了魏长青仍然没有出面，而由陆大伟负责接待。陆大伟是见过大世面的人，不仅接待周到，而且说话得体，始终不离开环境保护和实现可持续发展这两个主题，而且还摆出一副自己也是受害者的样子，把责任推到杜治洪的头上，说没办法，新官上任三把火，岳洲新来的市长是省委下来的，典型的理想主义者，来岳洲之后，不为企业争取宽松的政策发展地方经济，却把精力放在环境保护和实现可持续发展上，好像他一个市长不但能管小小的岳洲，而能管到整个地球，环境保护和实现可持续发展是全人类的事情，全人类的事情是他一个岳洲市长能管得了的吗？说实话，我们比你们还着急。但官大一级压死人，我们也只能忍着，要不然这样，你们直接去找一下他？

陆大伟这话当然是在酒桌上说的。说的时候舌头还打哆嗦，所以，不仅不需要负责任，而且听上去非常诚恳，非常贴心，听得对方副厂长都有些感动，频频点头。而事实上，他是在演双簧戏，明知道对方一个湘江的企业领导是不可能去找岳洲市市长的，却偏偏当酒话说，如果对方不去找，陆大伟也就把责任推了一半，如果对方回去请他们当地领导出面找岳洲这边的政府领导，那么正好实现了杜治洪"平等接待"的愿望，反正不管对方做怎样的选择，对陆大伟来说都是好事情。如此，陆大伟就客客气气地把对方打发了。而且走的时候双方都喝多了一些，握手拥抱互相吹打搞得真像老朋友了。

最后，湘江特种材料厂的一把手出面了。和岳洲稀土矿一样，湘江特种材料一把手的行政级别也相当高，高到和湘江市长平级，所以，这次魏长青出面接待了。

对方的厂长还带了两个副手，魏长青这边也带了陆大伟和秦石峰。

魏长青对湘江的一把手非常热情，反复强调大家是兄弟单位，现在归两个地方管，以前可都是国家有色总公司的两个直属企业，是一家人，是朋友，无论发生什么事情，都好商量，但是，可持续发展也不能忽视，这是国策，是人类社会共同面临的大问题。

对方提出：能不能一边整顿一边生产，比如部分生产？

陆大伟说：如果部分生产，开工不足，则设备的利用率就会下降，能耗也会上升，必然导致成本上升，还不如不生产。

对方想了半天，说："要不然这样，在部分生产期间，我们可以在价格上做适当补贴。"

秦石峰说恐怕不好。

对方问怎么不好。

秦石峰说:"补贴少了不足以弥补我们的损失,补助多了你们会认为我们故意停产提高价格,这个罪名我们承担不起啊。"

"不会的,"对方说,"现在是市场经济了,价格当然可以随行就市,不像以前那么死。"

这时候魏长青才说话,问:"那么你们准备出什么价?"

按照对等原则,魏长青这话是直接问对方一把手的,而且,魏长青知道,也只有一把手才能回答这个问题。

既然是直接问一把手的,那么,对方的两个副手当然就不便回答,而是一起看着一把手。其实不仅对方的两个副手看着他们的一把手,而且魏长青这边的三个人也一起看着湘江方面的一把手,期待一把手在最关键问题上做出最关键的回答。

或许这个问题对方早就考虑过,所以,回答起来应该不成问题,但是,当真要回答这个问题的时候,对方一把手在现场这么多的人的眼睛集体注视下,他突然感到这个问题的严肃性和重要性,于是,无形当中产生了一种压力,这个压力让他说不出话。憋了半天,一把手说:"这个问题我们要回去集体研究。"

对方的这个回答当然令在场的所有人失望,但对稀土矿无疑是好事情,因为这意味着事情又要向后拖延一段时间,而造成这次拖延的责任不在岳洲稀土矿,而在湘江特种材料厂自己。

魏长青这才意识到,对方还是正统的国营单位,他那个一把手与魏长青这个一把手不完全是平等的,对于涉及原料价格这样重大的问题,如果是魏长青,最后跟两个副手商量一下,当场就能决定,而对于湘江特种材料厂这样还没有改制的正宗国营企业,则必须回去集体研究,党委决定,说不定还要报上级主管部门同意,然后才能决定。也好,魏长青想,你慢慢研究吧,反正我不急。

36

这期间，杜治洪已经指示郑天泽以岳洲市人民政府的名义给湖南省人民政府和湖南省环保局打了报告，报告称：为了保护环境和实现可持续发展，需要对岳洲市境内的稀土矿进行"休矿"整治，列举理由一二三四五。这份报告立刻得到省环保局的大力支持，因为他们已经知道国家环保总局在北方已经紧急叫停几个投资数亿的大项目，使环保总局在社会公众心目中的威望大大提高，他们正打算在湖南境内寻找类似的机会，但考虑到自己并不是国家环保总局，而是隶属于省政府领导下的一个职能机构，担不起吃里爬外的罪名，不敢拿省内企业开刀，而外省的企业更是没有办法插手，这时候接到岳洲市政府这样的一个报告，当然如获至宝，立刻把它作为典型，搞成好像是在他们责成之下的所为，于是，大张旗鼓，正面褒奖，广泛宣传，闹得几乎人人皆知。为此，省电视台还专门策划了一期谈话节目，邀请省环保局局长和杜治洪市长做嘉宾，此举不仅果然让环保局威望上升，而且也顺便让杜治洪彻底露脸了。事先，郑天泽自作主张以非正式方式电话通知市直机关和相关单位组织收看，而杜本人也在"不经意"间把消息透露给自己的老父亲杜钧儒和妻子曾蕾蕾。曾蕾蕾这边好办，以最快的速度通知全体娘家人及时收看，而父亲这边则比较麻烦，因为湖北洪湖那边收不到湖南电视，杜钧儒急得团团转，第二天在老干部活动中心当着众人的面用手机把当市长的儿子臭骂一顿，算是出了气。

其实父亲的"臭骂"未必真心，这种等到第二天才当着那么多人面的"臭骂"其实是一种更高境界的祝贺。而杜市长以前在省政策研究室的几个老同事却没有这么高的境界，他们于节目播放的当天晚上就迫不及待地给杜治洪打电话，一致赞扬杜治洪的环保意识，说杜治洪的环保意识比美国总统都强，因为美国总统居然还拒绝执行《京都议定书》，还说杜治洪是他们的榜样和骄傲，夸杜治洪英明果断，有远见，早该下去任职了，并让他请客云云。

不用说，这两天杜治洪精神特别好。魏长青就是在这个时候向杜治洪汇报了湘江那边的反应情况。

杜治洪说："你们只要能顶住就是胜利。"

"顶住没问题，"魏长青说，"他们回去研究价格，不管他研究出什么价格，肯定是比原来高了。不管它高到什么程度，我们都说我们这边也要研究，等'研究'完了，估计他们已经被拖得差不多了。"

杜治洪听了这些汇报非常满意，按照杜市长的判断，只要再拖一段时间，下一步就是湘江市人民政府出面。

杜治洪甚至已经想好了，尽管岳洲是县级市，湘江是老牌的省辖市，但既然"国家不分大小一律平等"，那么"市"也应该是对等的，所以，除非对方是市长亲自出面，否则他坚决不出面。为此，他还让郑天泽搞到一个湘江市委市政府的官员的花名册和排名顺序，仔细对照，说如果他们那边是谁谁谁来，我们这边就谁谁谁接待。郑天泽马上照办。

郑天泽在照办的过程中，还禁不住心中的喜悦，悄悄地将消息透露出去一些，结果，整个岳洲市政府大院个个喜气洋洋，仿佛岳洲已经转为地级市了，或者虽然还没有正式转成地级市，但大家的思想已经比以前开放多了，联想到如今的企业已经取消"级别"，一切以经济规模大小和社会综合影响力决定企业地位的高低，那么，一级地方政府也应该一样，实际地位不应当取决于上面的行政命令，而应当取决于该地方的综合实力，现在，既然作为正地级的湘江市政府领导都要来请求我们岳洲市政府出面协调，那么，不正好可以说明我们岳洲市的综合实力和实际地位有所提高嘛。所以，大家有理由高兴。最能体现这种心情的是分管工业的副市长，本来该副市长是要出国考察的，现在为了能够"平等"地接待对方可能来拜访的副市长，干脆也不出国了，毕竟，出国的机会今后还有，而享受正地级副市长待遇的机会不可多得。

然而，让大家感到失望的是，湘江方面并没有这样做，他们绕开岳洲市，直接找到了省政府。这一招倒是完全出乎杜治洪的意料之外。

"他们这样做是不是不想解决问题了？"郑天泽问。

杜治洪没有说话，但是他心里面已经打定主意，坚决收购特种材料厂。假如说以前的收购纯粹是经济行为的话，那么现在就有政治意义了。杜治洪不是为他自己争气，而是为岳洲市委市政府争气，为岳洲一百万人民争气。

杜治洪叫郑天泽把魏长青他们找来，问矿上情况怎么样，还能坚持多长时间。

魏长青和陆大伟正好有事要见市长，于是马上赶过来当面汇报。

魏长青说："如果单纯从矿上的利益考虑，我们现在就应该恢复生产了，因为他们差不多已经把精矿粉的价格在原来的基础上提高了一倍，即使我们现在不收购湘江特材厂，矿上的日子也

237

会今非昔比。"

陆大伟说:"再说我们的预制产品供不应求,及时恢复生产对增加预制品的产量也有利。"

"不行,"郑天泽说,"说好了要收购就一定要收购,这里面市里还有战略上的考虑。"

郑天泽当然不能说还有市长面子上的考虑了。

魏长青没有说话,而是看着杜治洪,明显是怀疑郑天泽的话并不能代表市长的意见,他要听一听市长大人自己是什么意见。

杜治洪已经读懂了魏长青眼睛中包含的意思,但是无论如何他是不能说出意思非常明确的意见的,毕竟在机关泡了二十多年,又有家父杜钧儒的言传身教,官场上的这点基本规则他还是懂的,但是,对魏长青的问题他又不能不做回答,好在杜治洪毕竟不是昏官,知道如今是市场经济,政府的工作也是以经济建设为中心,说到底,利益决定一切,只要给好处,就不怕魏长青、陆大伟他们不听招呼,于是,想了想,杜治洪说:"如果能再坚持一下,当然能为稀土矿争取更合理的利益。你们是不是有什么困难?"

魏长青支吾了一下,没有说出来,仿佛怕是说出来了会给市长添麻烦,或者他天生就是一个不轻易向别人开口的人。

"说嘛,"郑主任说,"没关系。"

魏长青看看杜治洪,又看看陆大伟。

陆大伟说:"北京至珠海高速公路正好经过岳洲,需要用的石料量很大,如果能把矿上这几年堆积如山的尾矿卖给路桥公司作为石料,就可以变废为宝,也可以解决矿上因全面停产而造成的暂时困难。"

"尾矿?"杜治洪问,"你们的尾矿不是用来生产预制件了吗?拿去当石料用不是可惜?"

杜治洪这样说当然是因为他对矿上的业务并不真正了解。这也很正常，作为一名文科出身的市长，哪能要求他了解下面企业的业务细节呢。好在魏长青是选矿工人出身，正好在行，这时候，他见杜治洪这样说，就平静地向市长解释：尾矿分为两种，一种是浮选尾矿，现在我们用来生产预制件的就是这种尾矿，还有一种是在浮选之前就被分离出来的尾矿，这种尾矿呈块状，其实就是一块块的石头，稍微分筛一下，正好可以满足高速公路建设对各种规格石料的需要。

杜治洪点点头，听懂了。

"主要是为了环保，"魏长青接着说，"如果用块状尾矿当石料用，不仅解决矿上本身和周围环境的保护，也解决其他地方的环境保护。因为只要用了矿上多年的堆积尾矿，其他地方就可以不必乱挖乱采，避免山体裸露，保护生态，一举两得。"

杜治洪想了想，说："老郑你了解一下情况，如果确实是有利于环境保护，可以下个文件，禁止其他地方乱挖乱采，京珠高速公路岳洲段的石料先从矿上解决。"

郑天泽说："行，我了解一下。"

说"了解"而不说"马上办"，郑天泽是有考虑的，这样说既表明他坚决执行市长的指示，因为市长的指示是"先了解"，又能让魏长青和陆大伟体会到他的作用和价值，如果魏长青和陆大伟他们真要实现这个愿望，那么私下就要与郑天泽充分沟通，否则，到时候郑天泽说了解到的情况并不完全像他们说的那样，他们的目的就实现不了了。

果然，在拖了两天之后，陆大伟终于主动打电话给郑天泽，询问事情进展情况。郑天泽则回答说他非常忙，还没有忙到这件事情上来，陆大伟当然说了一些拜托和感谢一类的话，郑天泽嘴巴上答应，说："好吧，我尽量安排"，但事实上并没有动，直到有一天魏长青在电话里和聂大跃说到这件事情，聂大跃说："你赶快私下找郑主任沟通呀！"并具体点拨魏长青该怎么样"沟通"，魏长青才恍然大悟，一面骂阎王好见小鬼难缠，一面吩咐陆大伟去沟通。

尽管"岳洲稀土"的董事长并非以前的矿务局局长，所以魏长青也并非真正的官员，但由于实际位置非常相似，所以魏长青现在多少也学会官员的思维了，知道"沟通"也是分层次的，如果是杜治洪，他出面，而如果是郑天泽，则只能是陆大伟出面，这不是摆架子，而是保持尊严，如果魏长青私下与郑天泽沟通了，还怎么与杜治洪保持平等？当然，如果是秦石峰在更好，毕竟秦石峰与郑天泽更熟悉一些，可惜，秦石峰此时并不在岳洲，而是在深圳，并且在深圳忙得不可开交，所以，与郑天泽沟通的任务只能落在陆大伟头上了。

37

　　深圳，在秦石峰的建议下，聂大跃为深圳岳鹏光电子技术有限公司招聘到了一个总经理，该总经理有海外留学背景，最大的特点是同学和校友关系广泛，不仅有同学在移动通讯和中国联通的技术部门担任要害职务，而且还有同学在美国的公司任职，因此岳鹏公司的产品只要能生产出来，将来的销售估计不成问题。聂大跃跟魏长青商量，为了切实保证能留住人才，准备给这个新来的总经理百分之二十的干股。魏长青问：是哪个公司百分之二十的干股？聂大跃说当然是岳鹏光电子。魏长青说可以。

　　秦石峰还向魏长青和聂大跃建议，让深圳的光电技术发展有限公司和湖南的湘江特种材料有限公司独立上市。

　　"上市好啊，"秦石峰说，"公司上市好比个人透资，可以把今后几十年公司可能取得的利润一下子从资本市场上提前兑现来，而且公司上市与个人透资还不完全一样，个人透资是一定要偿还的，不仅偿还本金，还要偿还利息，如果偿还不了，就要被证券公司强行平仓，所以，个人透资虽然能获得超额利润，但必须同时承担破产的危险，但公司上市不是，公司上市不是向某个个人或法人透资，而是向广大股票投资人透资，向整个社会透资，因此，也就没有真正意义上的债主，永远不用偿还了。永远不用偿还的透资谁不透资？傻了？"

魏长青和聂大跃都被秦石峰说服了,他们一致同意秦石峰的建议,并愿意为他策划的操作支付费用,包括灰色费用。

让大家都没有想到的是,秦石峰的操作刚刚开始实施,当初给他严厉处罚的证券公司就不计前嫌,主动找上门来,要求充当财务顾问,听那口气,仿佛当初秦石峰不是被他们开除出来的,倒像是派到国外进修了一样。秦石峰由此就非常惭愧,因为他只知道正透资,没想到这个世界上还存在"负透资",以前明明打击过他,现在却可以像提携过他一样来索取回报。

想是这么想,但秦石峰还不是那么小肚鸡肠的人,他想到天下乌鸦一般黑,找哪个证券公司做顾问都一样,而如果让自己原先任职的券商做,他们好到什么程度不敢说,但坏到什么程度自己心里有数,再说,还可以显示自己的包容和大度,因此,原则上就这么定了。

秦石峰留在深圳的另一项任务是把自己与聂小雨的关系从生米做成熟饭。通过上一次的风波,在处理个人感情的问题上,秦石峰一下子成熟不少,深感他与聂小雨的情感来之不易,倍加珍惜。他感觉世事无常,为防节外生枝,早早地与聂小雨把结婚证领了。至于何时举行正式的婚礼,他们并不着急,反正已经住到一起了,打算干脆等有了孩子之后再举行婚礼。带着孩子举行婚礼,至少落个别开生面。

魏长青现在经常能见到聂大跃的儿子胡啸,并且他也给了胡啸不少打长途用的 IP 卡,就差没有为他配手机了,但是据聂大跃说,儿子从来都没有给他打过一次电话。魏长青想安慰聂大跃,却不知道从哪个角度开口,倒是聂大跃自己安慰自己,说:"也好,这样至少每天都提醒我一个道理。"

"什么道理?"魏长青问。

"金钱确实不是万能的。"聂大跃说。

省有关部门给杜市长打来一个电话，询问关于稀土矿停产的事。杜治洪的回话非常原则，他说："岳洲稀土矿是上市公司，他们这样做纯粹是企业行为，我们市政府还真不好干涉。再说他们停产对矿产资源进行全面勘测，重新制订科学的合理的开发计划，也是为了实现可持续发展，他们这样做也是得到省环保局大力支持和表彰的，我们怎么好管？"

说得省有关部门恨不能道歉，马上说我们也只是了解一下情况，并不打算干预企业正常的经营活动，再说养矿也是好事，如今有些企业搞短期行为，应该要他们好好学习岳洲稀土矿的先进经验。

特种材料厂最终不得不面临被收购兼并的困境，他们是专用设备专业技术，想转产都不行。但是他们好像对岳洲稀土非常有成见，宁可到处张罗请别人来收购他们，也不打算被岳洲稀土收购，不过，这显然是他们一厢情愿的想法。凡是有意收购的单位，基本上都要到岳洲稀土矿和省委政策研究室了解相关的情况，得到的信息是一样的：关键要有米下锅，"米"就是稀土矿。

这样又拖了几个月，省委政策研究室几个老同事在他们的前任领导杜治洪宴请了几次之后，工作的主动性和积极性都得到一定程度的提升，主动搞了一份报告，报告提出资源整合的新观念，其中以湘江特种材料厂作为例子，认为湘江特种材料厂就应当与岳洲稀土矿股份有限公司进行整合，资源共享，优势互补，形成新的核心竞争力，共同促进湖南地方经济的发展。这份报告还得到了省政府有关负责同志的批示，让湘江市政府不得不认真对待。

"整合"当然比收购好听，至少从字面上湘江方面可以接受一些，但是对稀土矿更加有利，因为既然是"整合"，那么"岳洲稀土"就不用掏一分钱了，直接实行国有资产无偿划拨，从湘江市国资办划拨到岳洲市国资办。对湖南省来说，相当于自己的钱从左口袋划拨到右口袋，对"岳洲稀土"来说，比"零收购"都好。

　　其实，对广大股票投资人来说，"整合"也是资产重组，跟收购兼并没有什么区别，甚至更好，现在可以把"新资产注入"装进去，将来可以把"整体上市"概念揉进去，短线长线都考虑到了，所以，"岳洲稀土"公告整合湘江特材的那一天，"岳洲稀土"自动涨停板。

　　杜治洪现在对资本运作已经相当熟悉了，这一次"岳洲稀土"的涨停板他就没有接受任何人的暗示，聂大跃没有暗示他，魏长青也没有，杜治洪完全是根据自己的判断认定：一旦宣布"整合"成功，"岳洲稀土"肯定会涨停板。杜治洪将这种判断跟他老婆曾蕾蕾谈了，曾蕾蕾根本就没有跟他讨论这个问题，而是以最快的速度告诉她弟弟，结果他们家那个最小的弟弟又辉煌了一把，把弟妹吓得再也不敢"出墙"了。杜治洪对他们曾家的贡献显而易见，弄得曾蕾蕾现在有事没事就往湖北洪湖打一两个电话，真诚地邀请公公杜钧儒没事来长沙玩玩。杜钧儒则说："不行呀，我现在忙得不得了，大家推举我做了洪湖市老年协会的会长，实在走不开呀。"

　　唯独陆大伟这边的情况不是很好，主要是他并没有完成与郑天泽的沟通任务，最后的结果是京珠高速公路岳洲段所用石料既选用了稀土矿的尾矿，也选用了本市其他石料场的石料，没有达到全部消化他们尾矿的预定目标。魏长青因此对陆大伟有看法，认为他办事不得力。

"如果是秦石峰回来办，事情可能就不是这样。"魏长青在电话里面对聂大跃说。

"也不一定。"聂大跃说，"这事情没这么简单。"

聂大跃对魏长青说："这事情从一开始就并不这么简单，否则，老杜当场就可以答应，为什么还要让郑天泽下去了解了解情况，然后再决定呢。毕竟，杜治洪是一市之长，他必须掌握全面，如果京珠高速所有的石料都由我们一家提供，那么其他方面怎么摆平？市委书记怎么看？那么多的副书记副市长怎么看？人大政协领导怎么看？我们能傍住杜治洪，其他企业就不会傍别的领导吗？老杜不可能因为我们一家企业而得罪一大片人。"

"就这，老杜可能还顶了不少的压力呢。"聂大跃说，"你再别批评陆大伟了。"

魏长青承认聂大跃讲得对，他突然发现，自己虽然是名副其实的老板，但在很多方面仍然不如聂大跃强，比如对如今官场上和生意场上许多规则和潜规则的认识与领悟等等。魏长青想，聂大跃说金钱确实不是万能的，其实"董事长"这帽子也不是万能的，并不是一个人当上董事长就表明他是一个合格的企业家了。

果然，没过几天，有关部门就收到举报信，说稀土矿的尾矿放射性超标，不适合做民用。这一下把魏长青吓傻了，如果真是这样，不仅意味着他们供应京珠高速公路的石料有问题，而且意味着他们预制厂生产的预制件也有问题。魏长青在第一时间给聂大跃打电话。尽管他自己现在是老板，但面临这么严峻的问题，他相信还是立刻请聂大跃一起解决为好，不能自己逞能。

聂大跃也感到事态严重，立刻带着秦石峰连夜赶回岳洲。几个人紧急商量对策。结论当然只有一个，依靠政府，借助于行政力量把谣言压下去。最后，事情是摆平了，但他们的把柄也被杜治洪捏住了，"放射性"成了罩在他们头上的紧箍咒，而咒语就掌握在杜治洪嘴巴里。魏长青感慨，在岳洲，真正的大老板其实并不是我魏长青，而是杜治洪。而聂大跃则怀疑举报信本身就与杜治洪有瓜葛，但是他没有说，对任何人都没有说。

　　杜治洪回长沙更勤了，一方面曾蕾蕾对他温柔有加，另一方面他要经常与省委政策研究室的那帮老哥们聚聚，不然老同事就会说他升官不认人了，这些人虽然并没有多大实权，帮杜治洪或许为难，但毕竟生活在省委大院里，想坏他的事情并不困难，所以，杜治洪不敢怠慢。当然，更为主要的是他每次来回都要经过湘江，每次经过湘江他都要去特种材料厂看看。现在特种材料厂的厂长是陆大伟。陆大伟和岳鹏光电技术公司的那个总经理一样，在特种材料厂里面也有自己的干股，而且秦石峰的计划上已经写了，一旦公司上市成功，干股可以转变成期权，如果不发生意外的情况，期权早晚是要变现，在变现之前，仍然可以按照股份享受分红，如此，他就不是完全意义上的打工的，他就可以把特材厂的事当作自己的事情来做，只是遇上重大问题才向魏长青汇报。魏长青给陆大伟一个重要指示：你怎么接待我的就怎么接待杜市长。这话与当初杜治洪给上河口中学校长的指示精神完全一致。所以，现在每次杜治洪路过湘江都能找到自己是这里真正主人的感觉。

　　今天杜治洪又回长沙，再次经过湘江。不用说，再次体味一把真正主人的感觉。此时的杜治洪正靠在他那辆奥迪车的后座上，他刚刚被陆大伟隆重接待过，喝得不多不少，正正好，处于临界状态。

　　杜治洪现在正眯着眼睛，看着窗外湘江的景色，心里想：还是改革开放好啊！收购兼并真是一件天大的好事情，要是城市之间也能收购兼并或者是"整合"就好了，如果那样，杜治洪想，干脆把湘江市整体收购过来。对了，杜治洪进一步想，最好能把洪湖也收购过来，跨省收购，影响更大。

杜治洪靠在奥迪的后座上睡着了，而此刻的魏长青却没有睡，他刚刚听到一则关于杜治洪的坏消息。

自从收购"岳洲稀土"成了矿上"一把手"后，魏长青感到最大的变化是身边自动围了一帮人，这些人别的本事没有，但小道消息却向他灌输了不少。前几天有人向他报告，说陆大伟和市政府办公室的一个秘书搞上了。魏长青听了心里一惊，问她老公是谁，对方回答没有，还没结婚呢。魏长青说："屁话，既然没结婚，怎么能说是'搞上'呢？陆总正好没有老婆，这是好事情嘛。"对方马上说："是好事！是好事！"今天，又有人来向魏长青报告，说市长杜治洪马上要被调走了，据说是因为和市委书记不合拍。

这次，魏长青听了没有追问细节，但他相信无风不起浪。

是啊，魏长青想，领导权力和风头也存在是否透资的问题，透资多了，早晚也要偿还。

汇报人走了之后，魏长青很想给远在深圳的聂大跃打个电话，通报一下这个最新情况，交流一下自己的感受。

想了，但没有打。第一，这是小道消息，不确定，自己现在是"一把手"，不能听见风就说雨；第二，自己作为老板，不能遇上什么事情都给自己的下属打电话。当老板的或当领导的，肚子里面的信息量不能少于部下，心里面要能装得住东西。

魏长青打算明天一早向市长汇报"岳洲稀土"下属两公司独立上市的问题。他相信市长对这个问题一定非常有兴趣。他明明知道杜治洪市长回长沙了，并不在岳洲市，但他还是要去汇报，

"万一"市长不在，他正好可以名正言顺地向书记汇报嘛。

聂大跃虽然人在深圳，但对这边岳洲的一切了如指掌。关于市长杜治洪要被调走的事情，不需要魏长青打电话告诉，他早听说了，而且知道的细节比魏长青多。他有些为杜治洪抱不平，想着这杜治洪既没有成为岳洲的书记，也没有成为地级市的市长，还没有到高位呢，怎么就早早地出局了呢？

这时候，聂小雨向他说起魏长青趁杜治洪回长沙期间直接向市委书记汇报工作的事情，感叹这么老实巴交的人怎么也学会见风使舵了。

聂大跃脑中马上就想起二十年前自己在水塔上下不来的情景，愣了一下，叹口气，说："他还在往上攀呢。"

说得很轻，很随意，很感慨，恐怕只有他自己才知道这话的真正含义。

图书在版编目(CIP)数据

透资／丁力著. －－北京：中国文史出版社，
2021.7

（中国专业作家作品典藏文库. 丁力卷）

ISBN 978－7－5205－2878－8

Ⅰ. ①透… Ⅱ. ①丁… Ⅲ. ①长篇小说－中国－当代
Ⅳ. ①I247.5

中国版本图书馆 CIP 数据核字（2021）第 023813 号

责任编辑：薛媛媛

出版发行：**中国文史出版社**

社　　址：北京市海淀区西八里庄路 69 号院　邮编：100142
电　　话：010－81136606　81136602　81136603（发行部）
传　　真：010－81136655
印　　装：北京新华印刷有限公司
经　　销：全国新华书店
开　　本：720×1020　1/16
印　　张：16.5　　　　字数：193 千字
版　　次：2021 年 7 月第 1 版
印　　次：2021 年 7 月第 1 次印刷
定　　价：59.80 元